太阳鸟文学年选

丛书主编　阎晶明

主　编　王彦艳

2024 中国小小说精选

人间小温

辽宁人民出版社

图书在版编目（CIP）数据

人间小温：2024中国小小说精选 / 王彦艳主编.
沈阳：辽宁人民出版社，2025. 1. --（太阳鸟文学年
选 / 阎晶明主编）. -- ISBN 978-7-205-11388-9

Ⅰ. I247.82

中国国家版本馆CIP数据核字第2024G26Q99号

出版发行：辽宁人民出版社
　　　　　地址：沈阳市和平区十一纬路25号　邮编：110003
　　　　　电话：024-23284325（邮　购）　024-23284300（发行部）
　　　　　http://www.lnpph.com.cn
印　　刷：辽宁新华印务有限公司
幅面尺寸：145mm×210mm
印　　张：9.5
字　　数：205千字
出版时间：2025年1月第1版
印刷时间：2025年1月第1次印刷
责任编辑：祁雪芬
装帧设计：丁末末
责任校对：吴艳杰
书　　号：ISBN 978-7-205-11388-9

定　　价：68.00元

年选是一种责任

◎ 阎晶明

每到年底，选本就成为热点。各种文学年选依次推出。名家主编、机构筛选，分体裁、分题材、分年龄、分性别，各显其能，各出新招。这是一个传媒不断发达，而且极速迭代的时代，也是一个写作方式、文学传播不断发生变革的时代，十年前的"新生"，已然成为"传统"，很多曾经的热议，今天看来，完全不具备继续关心的必要，只留下当年那般单纯的感慨。比如说吧，我现在参加文学活动，经常会听到对 AI 的议论，仿佛一场革命就要到来，又仿佛一个洪水猛兽正在闯入的路上。人们呼吁关注，也发表写作将会被替代的忧虑。文学是人学，难道会被"文学是人工智能学"所取代？现在当然给不了答案，但是它让我想起40年前电脑取代"笔"成为书写工具，引来文学人的一片惊呼。书写工具变了，思维岂能不变？写作速度提升，水分焉能防止？复制极大方便，原创如何保证？现如今，谁还把这个作为文学话题讨论呢？谁又敢说，坚持用笔书写的人一定比电脑录入的人更文学呢？也或者，谁还在阅读时嗅出了"电"的味道而感慨墨香不再呢？

文学就是如此在被迫适应与主动变革、坚守传统与引领新潮的纠缠中寻找着生存之道和发展之路。就像江河，曲折蜿蜒，清浊有别，又奔腾向前；就像空气，无形无色，浓淡各异，又须臾不可离开。这是我们最大的信念，这信念既来自文学数千年的伟大传统，也来自文学在一次次革命中获得的新生。

在如此复杂多样的文学生态背景下再来讨论文学年选的必要性和价值，就显得很有历史感。作品如此繁多甚至过剩，阅读又如此方便甚至厌食，年选是否仍有必要？回答应该是：正是因为目不暇接，精选才更显作用。如果有人问你近年来有什么好作品，说实话，一下子说出一篇小说、散文，或一首诗，还真的不易。那么，最方便的方式，就是推荐一本或一套年选作品集。

选编从来都是选编者眼光、审美的表达，是对文学形势的判断，更体现出一种文学的社会的责任。

1930年代，有人问鲁迅，如果只选自己的一篇小说推荐给世界，会是哪一篇？鲁迅说是《孔乙己》。为什么？因为在不足3000字的篇幅中写出了苦人的凉薄。这是鲁迅对自己小说艺术水准的自评，但我们看1927年鲁迅在《中国新文学大系·小说二集》中选了自己的四篇小说，《狂人日记》《药》《肥皂》《离婚》，恰恰没有《狂人日记》与《药》之间的《孔乙己》。为什么？因为1927年，五四新文学的时代主题还在，即使是选编，也更愿推出体现当时主题、现时仍然继续这一主题的作品。这就是一种责任的体现。

年选对于写作者，尤其是青年写作者具有特殊的鼓舞作用，我不妨再举一例。

青年方志敏，同时也是一位文学青年，他写过诗、小说、舞台剧作品。其中他在上海《民国日报》副刊上发表的小说《谋事》，曾被当时的某个小说研究机构选入了1922—1923《中国小说年鉴》。年鉴中出现的作者名字，包括鲁迅、茅盾、叶圣陶、郁达夫等名家。几乎没有文名的方志敏与之并列，给予他的鼓舞可想而知。1935年，方志敏在狱中坚持写作，写出了《可爱的中国》等美文。他设法把狱中文稿传送出去的时候，想到了鲁迅，并让传送者将部分手稿送到上海内山书店转交鲁迅。鲁迅也的确把这些手稿交给了冯雪峰，最终转送到延安。我个人以为，方志敏的这份信任，在一定程度上来自文学，这份信心也部分地得自于当年曾经在年选中与鲁迅"同框"。

　　你能说年选不是一件必须慎重、责任非常重大的事吗？我由此想与我们的编辑团队强调这份责任。我们的工作背后，有众多的目光关注，我们应该谨记这份责任和使命，为文学负责，为作家负责，为读者负责，甚至为未来留下年度的印迹负责。

　　辽宁人民出版社的文学年选坚持了很多年，已成为一个重要的文学和出版品牌，我们能够成为编选者，既感到荣幸，更感责任之重大。

　　愿我们的选择能够为读者带来新的审美体验，让文学像太阳鸟一样展翅飞翔。

　　是为序。

阎晶明

2024年11月18日

小小说的小温暖

◎ 王彦艳

你为何写作？我想这是每个作家在创作之初都应自问并且有明晰答案的问题。作家的写作动机如何、格局气度怎样，其作品便自然会呈现出怎样的样貌和气质。这是很难伪装的，即便是虚构作品。

汪曾祺先生在《书画自娱》一文中曾以一首小诗描述自己的为人和书画创作态度，其中有"写作颇勤快，人间送小温"二句。他说："给人间送一点小小的温暖，这大概可以说是我的写作的态度。"这是很朴素平易而又清净自洁的创作观，包含着对世人的慈悲和对生活的由衷喜悦。他的作品风格与写作初衷是契合的，闲适恬淡，清新温润，使人如沐春风。以汪先生的"小温"诗句为这本选集命名，便因其为小小说，形制短小，却也有着映照人间百态、温暖人心的文学品格。

小小说的小是天然的，在不足两千字的篇幅里，注定无法施展鸿篇巨制的勃勃野心。以文物比之，小小说不是大尊巨鼎那样的青铜重器，而是精巧玲珑的璧玉。但正如小物件也可能蕴含着厚重的历史故事一样，小小说也不全然小。和长、中、短篇小说一样，小小说完全可以在有限的篇幅内完整地发挥小说的功能，拥有丰富的文学内涵，正如一滴水也能映照出幽深辽阔的景致。本选集中，聂鑫森的《月明家国图》、石钟山的《唐小艺》、何君华的《孤岛》、张国平的《去广府城》等篇目在完整地叙述故事、塑造人物的同时，赞颂了慷慨豪迈的家国情怀；刘庆邦的《说媒》、阿成的《文大傻子》、王小忠的《旺秀道智》、侯德云的《花开满院》、陆涛声的《舒老看流年》以及张望朝的《家人》、于德北的《年夜饭》等生活流式的作品冷静客观地呈现了日常生活的某些片段，没有激荡起伏的情节，却蕴含着人物精神和道德层面的思索，或是对生命的体悟。在刘亮程的《黑暗》中，人与鬼同在一个时空，鬼藏在人的黑暗影子中，使人疲累，是跟随着人的死亡阴影。而当夜晚降临，人、树和麦田等事物的阴影都融入浓厚的黑暗夜色中，人与鬼便也没有了界限，彼此相融，方生方死。这种人鬼同在的特定氛围与作者的长篇小说《捎话》是气息相通的，洋溢着耐人寻味的哲学意蕴。敏奇才的《牺羊和地动》和侯建臣的《杀羊》都写了人在杀戮一只羊时所面临的艰难的精神困境，但侧重点有所不同——前文中的人物纠结于三只羊是家里的经济来源而难以割舍，后文中的羊主人则出于对羊生命的同情而难以下刀；前文中的儿子儿媳最终下定决心要为已故父亲的殁祭牺牲一只羊并付诸行动，却恰恰躲过了一次地动屋塌的灭顶之灾，仿佛杀羊祭父的举念之因冥冥之中导出了两人幸免于难的果，后文则通过在羊与人之间变换视角的叙述，将人在即将杀羊时的举步维艰和羊面对屠刀时的焦虑恐慌写得入木三分，以主人公再三的自我道德说服使读者对于人畜之间的生命羁绊产生深刻的共情。同样面对"杀一只羊"的问题，这两篇小小说语言风格迥异，也从不同的角度阐发了作者的生命观、世界观。——小小说形制虽小，却并不"身单力薄"。不过，要在尺幅之间达到意蕴丰厚的文学效果，需要作者选取恰切的素材，以精当的角度切入，巧妙地剪裁。这需要相当的文学技巧，对作者是一种挑战，这也是小小说的魅力所在。正因如此，自小小说发轫至今，一代代写作者热情地投身创作，也不断拓展了这一文体的内容广度。

在本选集作品中，作者年龄遍布"四〇后"到"〇〇后"，他们中有阿成、刘庆邦、刘亮程、石钟山等文坛名家，也有魏闻初、邵川其、黄宁东、陈七斤、史雨昂等初露锋芒的在校大学生。"全年龄段"的创作态势显示出小小说当今强大的生命力，他们的作品所呈现的文学容量也诠释了小小说生命力强大的内因。

"七〇后"作家岑燮钧的《合钵》写两位梨园女性之间动人的情感故事，语言平实，内容却相当厚重，是一篇十分"耐嚼"的作品。《合钵》是戏曲《白蛇传》中的一折，讲述白娘子和许仙重归于好后，被法海用金钵收服并镇压在雷峰塔下的故事，极为悲壮感人。小说中的两位人物"双凤"便在舞台上分别饰演这两个角色。她们不仅在舞台上是一对，现实中也感情真挚，亲密无间。而本文的亮点就在于"双凤"割裂的危机，具体表现为人物内心的微澜——"双凤"之一陈凤娣为了个人夙愿而与他人合作演出时的矛盾纠结，这便使小说有了引而不发的张力。在文章的末尾，"双凤"之一柳凤娟离世，另一位穿上象征着她们亲密感情的旧西装在台上与逝者隔空对唱《合钵》，使戏中人物和现实中演员的情感达到了完美的和谐统一——戏中白娘子被压在雷峰塔下，现实中饰演白娘子的柳凤娟已不在人世；而陈凤娣无论在戏里还是在现实中，都成了孤独的许仙——她在戏中是女唱男腔的许仙，现实中也穿着女扮男装与柳凤娟拍婚纱照时穿的那件旧西装。设若小说单写两人怎样好，便完全扁平，寡淡无味；假如作者在小说末段明确表示"双凤"感情崩裂，便如引弓而弓断，使小说漏气，没了回味。而作者以陈凤娣独自站在空旷的舞台上感受人生的孤独寒凉来收尾，拔高了小说的境界。这篇小说的人物鲜活可感，情节富有生活气息，具有较高的影视化的价值。

王生文的《纽带》和黄宁东的《蝌蚪》同样给人"看电影"般的阅读感受。两篇小小说的故事都发生在一天之内，不同的是"六〇后"作者王生文关注的是老年人，而"〇〇后"作者黄宁东的主角是儿童。《纽带》一文的作者如同扛着一台摄影机，只是给我们看人物的表演，很少作旁白解释。小说由老头早上送孩子上学的画面展开，出现了三个人物：老头、孩子和妇人。我们从"摄影机"拍摄给我们的人物对话可知，老头是孩子的爷爷，但妇人是孩子的奶奶吗？不像。随着这一天的生活内容逐步展开，我们从老头和妇人的对话和行为举止大概能猜到，妇人是老头的亲家母——直到结尾孩子的话印证了这个猜测。这篇小说中，"摄影机"是全程跟着老头的，其他人的活动都以老头的视角来展现。在这平常的一天中，老头洗自己的衣服，偷偷吸烟，在和妇人单独相处时蹲在门口吃饭，在外面和几个老头打扑克，接孙子回家，晚餐时像以往一样充当听众，找准时机洗脚刷牙……几乎是流水账式的，但丝毫不枯燥，为什么？一方面，作者没有通过旁白明确地告诉我们次主角妇人的身份,这构成了一个悬念;另一方面,整篇小说中,与妇人的自在安逸相比,老头的行为状态是紧绷而不自然不放松的、与整个家庭疏离的,这营造了一种紧张感,构成了另一个悬念。作者对于这两个悬念的解答是独具匠心的,尽量通过白描式的"镜头语言"从人物的活动和对话中逐步透露信息,因为一旦多作旁白就容易陷入抒情。直到结尾,我们才将文中老头的身世信息拼凑完整,也才真正对老头内心的孤独、对他在儿子家中的无所适从产生深切而巨大的共鸣。不过,小说末尾老头决定戒烟,也预示着他决心走出自我疏离,融入新的生活——从妇人对他的诸多行为细节可以看出,这生活是随时准备接纳他的。小说中,孩子是来自乡下的老头与城市的妇人之间的纽带,也是怀恋过往的老头与未来的新生活之间的纽带。这篇小说是一部家庭伦理剧,而结尾是温情的。

《纽带》的"摄影风格"可以说是仿纪录片式的,一整天的生活情节纷至沓来,作者扛着"摄影机"紧跟着老头活动,画面是流动的。与之相比,《蝌蚪》的画面则常常是凝滞的。文中的主要场景只有两个:孩子在稻田里捉蝌蚪;孩子回家在树荫下。孩子捉蝌蚪时,作者以"近景"或"特写"极具耐心地展示孩子和蝌蚪的每一个动作细节,捕捉每一声响动。孩子回家以后,画面在孩子与奶奶的互动、瓶中的蝌蚪以及孩子看到的自然景观之间切换,仿佛每个画面都是一次长久的凝视。这篇小说的情节是很弱的,而其能立而不倒正是因为作者通过细腻地描写孩子的行为和内心感受,营造了一种沉静的文学氛围。撑起这个氛围的有一个重要的元素——孤独。孩子在野外没有玩伴,回到家与奶奶的沟通是粗浅的，其父母也是缺位的——从奶奶"吸鼻子""眼睛泛着泪光"的细节，我们可以大概猜出其父母缺位的原因。孩子在稻田里聚精会神地捉蝌蚪，在树荫下观察蝌蚪的"小嘴一张一翕，摆动尾巴在如丝绸般细腻的水中游动"，看"明净的天空有如清洁的房间"，云层间的阳光"如淡淡的蛛网一样柔和地向外伸"……然而，这一切都被笼罩在一层淡淡的忧伤中——对于大平这个尚未长大的孩子来说，他的美好童年已经结束，奶奶已不再用粗糙的手掌给他洗澡，因而他"陷入了对过往美好事情的回忆"，"心里难受，觉得有口气憋在胸口"，如同被关在空气稀薄的瓶中的蝌蚪。在一个南方村庄的夏日午后，一个孩子陷入了孤独，感受到了生命的"难受"，这可是个大问题。作者运用了大量的细节描写，却通篇对孩子的父母只字未提，这种情感的克制使小说充满张力，这是一个优秀作者的品质。小说以孩子与奶奶的对话结尾，让孩子的孤独和忧伤向阅读之外弥漫开来，萦绕在读者心头，后劲儿十足。

"〇〇后"的青年作家能够以如此细腻的文笔和克制的情感营造出紧致密实的文学氛围，我们有理由对青年作家们抱有更多期待。本选集中"〇〇后"作家邵川其的《陌生人的车》、魏闻初的《吉日成婚》、陈七斤的《番茄市长》，"九〇后"作家周楷棋的《章鱼橡皮》、李宇的《消失的骑士》、李森的《郑州在下沉》，"八〇后"后作家蒋宁的《屋檐下》、刘晶辉的《吃面条的男人》和叶北海的《发育万物》等篇目也都显示出青年作家们富有个人特色的创作风格和不俗的文学追求，让我们对小小说的未来充满期待。

当今人类正在快速以科技推进虚拟现实（VR）产业，而小说恰是另一种虚拟现实。不同的是，VR工作者用的是计算机编程代码，而作家的编程代码是文字。通过营造文学的虚拟世界，作家将读者从人间现实中短暂地带走，感受文学的抚慰和温暖，从而在苦短的人生中获取热爱生活、坚定前行的勇气和力量。

从这个意义上讲，这本小小说选集中的作品就像一个个小房间，你推开一扇房门，便短暂地进入了一个作者营造的虚拟世界，开启了一场模拟人生的游戏。正如每一篇作品都有不同的故事，你的每一次虚拟世界之旅也都有不同的"游戏脚本"。

现在，游戏开始了。

目录

月明家国图

◎ 聂鑫森

今夜，秋风飒爽，月轮很圆，月光好像是被风吹进窗口的，洒下一地凉凉的银白。

满头华发的刘岳江和两鬓微霜的妻子张晓岚并排坐在床头，痴痴地望着对面墙上挂着的一幅《家国图》。

他们终于可以安安心心地回老家去了。

老家在湘西吉首乡下的天风镇。他们在这座湘中的工业重镇株洲，一待就是十五年。

老家的房子由一个远房侄儿看管，经常会去打扫、通风，随时等待主人归来。儿子儿媳为他们置办了崭新的被子、床单、毯子和四季衣物，都已快递到家。随身带的行李也早料理清楚。到明天上午出发前，再把这幅《家国图》取下来，卷好，放进行李箱就诸事齐备了。

妻子忍不住说："《家国图》一眨眼挂了十五年。我们来时，孙子正好三岁，要上幼儿园了。"

刘岳江点点头，说："那年，你五十五岁，我六十岁，正好退休。儿媳来电话，说她辞退了保姆，麻烦我们去帮一阵儿忙，我们就来了。"

"在天风镇的天风中学，你教地理，我教数学，还有点儿名气，领导想延聘我们再干几年，可带孙子也是大事啊。这'一阵儿'，就是十五年。"

"我教了一辈子地理，哪个地方的历史沿革、山形水势、物产气候我不烂熟于心？但去过的地方很少，大多是从书本和图册中读来的。读万卷书我做到了，行万里路却差之甚远，既没时间也没经济实力。我们一直教的是高三毕业班的课，连寒假、暑假都要为学生补课。"说罢，刘岳江叹了一口气。

张晓岚也跟着叹了一口气，说："儿子出生后，你从古诗'行行复行行'中选出两个字，叫他刘行行。想不到他倒是出行不止，大学毕业后应聘到株洲的光明数控机床厂，搞的是售前调试和售后服务，隔三岔五地出差。我们来了，才体会到年轻人的不易。"

"儿媳也是，在旅游局做事，经常要去探访、考察各条旅游线路，留下我们陪伴孙子。孙子上幼儿园时，常常做梦都哭喊着要爸爸妈妈。其实我们也挂念孩子，儿行千里母担忧呀。"

"于是，你买来两米乘两米的高档牛皮纸，用毛笔蘸着红颜料画出一幅中国地图的外轮廓，再用浅灰线勾勒出各省位置。然后，在湖南省的西端用绿色写下'吉首'二字。再用蓝色在湖南省中部写出'株洲'二字。你说我是教数学的，画线画圆都可以不用直尺和圆规，先让我画一条从吉首到株洲的紫线条，表示我们从老家来到了新家。"

"乡愁是同等的，你不能缺席。"

"以后呢，待孙子睡了，往往是十点后我们就'上班'了。出差了的儿子或儿媳，有时他们都双双在外，这时候会有电话来，说他们到什么地方了，我们就用红铅笔画线标出儿子从株洲到了某地，然后再去了某地，儿媳则用绿线。"

"如果他们时间充裕，我就在电话里介绍这个地方有什么奇山异水、名胜古迹、经济开发区、新城区，等得闲时可以去看一看。"

"你说，这可以让人生发一种实实在在的家国情怀，所以这个地图叫《家国图》，当然，也寄托了我们对后辈的关爱与牵挂，还让我们沉浸在本职工作的氛围里，快活得很哩。"

"对。记得吗？孙子读初中时，有一夜，他在梦中醒来，蹑手蹑脚来到门外，听我和他妈妈讲新疆的葡萄沟、魔鬼城、火焰山、坎儿井。谁知第二天上午的地理考试竟有相关题目，他全答对了。"

两个人都忍不住笑起来。

"《家国图》是第几张了，晓岚？"

"对数字我不会记错。基本上是两年一张，以前的七张你都寄回老家了，由侄儿代收再锁进你书房的一个箱子里。这是第八张，今年元旦才启用的，儿子的红线，儿媳的绿线，只有寥寥可数的几条。儿子如今是总工程师，主要精力放在厂里抓全面技术工作，儿媳当上了旅游局的工会主席，也不用经常出差了。图上属于我们的紫线，依旧标着从吉首到株洲，只是又新添了一条从株洲回溯吉首的紫线。但孙子考上了北京的清华大学，你让我画了一条由株洲到北京的金线。"

"孙子毕业后，会到哪里去打拼，那么这条金线就会牵到哪里。可惜我们年纪大了……但我们可以珍惜有限的时日，去好好地看看祖国的锦绣河山，让那条紫线标示在图上。"

"我也是这么想的。"

"睡吧，睡吧，早过子夜了。"

"好的，好的。"

老两口回到了湘西吉首天风镇的老家。

走的时候，儿子儿媳恳请他们不要带走《家国图》。

回到老家的他们，在探亲访友畅叙别情之后，开始了有计划的旅游。

第一次出门远游，去的是昆明，登大观楼，访石林，去谒拜国歌作曲者聂耳之墓。晚上，在下榻的宾馆，刘岳江打手机向儿子报平安。不一会儿，张晓岚的手机上出现了视频电话，是儿媳打来的：儿媳正在《家国图》上画一条从吉首连向昆明的紫线！

"老头子，他们在牵挂我们哩！"

"他们要留下《家国图》时，我就知道了。"

说　媒

◎ 刘庆邦

　　在我们老家，把给别人介绍对象说成是"说媒"，说媒的人被称为"媒人"。在人们普遍看来，为人说媒是做好事，是积德的事，一有机会，天经地义似的，最好做一做。

　　我和妻子谈对象时是自谈，中间没有媒人为我们牵线搭桥。可是，我们结婚近半个世纪以来，曾分别先后为多个男女青年介绍过对象。如果把我们给别人介绍对象的过程——记述下来，恐怕写一篇长篇纪实文学作品都够了。实话实说，我们介绍对象的成功率很低，大多以失败而告终。通过说媒我们得知，堪怜莫过人想人，最难莫过人找人，给人介绍对象不是一件容易的事，比在水塘里徒手摸鱼都难。

　　我妻子有一位家在郑州的女同学，她们既是同学，又是当年一起下乡插队的"插友"，女同学亲切地称我妻子为"老姐们儿"。女同学的女儿冉晓敏学习很好，考到了北京的一所大学。冉晓敏读完四年本科，刚留在北京参加工作，妻子的女同学就给我妻子打电话，把给她女儿冉晓敏找对象的事托付给了我妻子。女同学话说得很恳切，说她的女儿既然留在了北京工作，就在北京找一个对象，在北京成家吧。她说她在北京没有别的熟人，只有我妻子一个熟人，帮忙为她女儿找对象的事，只能拜托给老姐们儿。

我妻子义不容辞，满口答应，说："咱姐妹儿谁跟谁呢！你的孩子跟我的孩子一样，你放心，为晓敏找对象的事我一定会放在心上。"

不能说我妻子不上心，在寻找合适的男孩子资源方面，她眼观六路，耳听八方。一听说谁家有还没找到对象的男孩子，她就想给冉晓敏介绍。可是，因我妻子的社交范围有限，认识的人有限，所知道的能和冉晓敏般配的男孩子更有限，两三年过去了，直到冉晓敏又考上了硕士研究生，我妻子为她介绍对象的事还没有着落。北京的婚配情况，是"剩女"很多。据保守统计，"剩女"超过了八十万之多。北京是全国"剩女"最多的城市，而北京的"剩男"却很少，连千分之一都不到。实际上，北京的男女比例是51：49，基本上处在平衡状态。那么，北京为什么有那么多"剩女"呢？原因可能有多种，其中一个主要原因，是北京姑娘的家庭和个人条件都比较好，眼光都比较高，不知不觉间就有些"京姑奶奶"范儿。她们不愿嫁给在北京谋生的外地人，对北京本地的男孩子也很挑剔。她们挑着挑着，拖着拖着，玩着玩着，嘻嘻哈哈，就把自己剩下了，转眼之间成了明日黄花。

我妻子曾给与我们家同住一座楼的一个胖姑娘介绍过对象，小伙子家是北京的坐地户。胖姑娘和小伙子门当户对，妻子估计这次介绍对象可能有戏。不料胖姑娘太过随意，去跟小伙子见面时素面朝天，不捯饬一下妆容不说，穿件短裤就赴约去了。小伙子吸烟，她也跟着吸。结果，两个人只见了一次面就没了下文。

北京的小伙子找不到合适的本地姑娘，遂把目光投向外地的姑娘。北京小伙子的优越条件在于，他们一旦找到外地的姑娘，和外地的姑娘结了婚，生了孩子，若干年后，外地姑娘的户口可以迁到北京。外地的姑娘很多，挑选的余地很大，这让北京的小伙儿娶外地的姑娘为妻几乎成了一种潮流。这样一来，北京本地姑娘中的"剩女"不见减量，只见增量，越来越多。

冉晓敏参加工作后，户口也落在了北京。她会不会成为北京城里新的"剩女"呢？

天下无情是时间，最是时间不饶人。冉晓敏硕士研究生毕业后，应聘到一家国有企业工作。她的工资收入提高了，还贷款买了房子，买了汽车，俨然已进入白领阶层。冉晓敏的爸爸妈妈带冉晓敏去过我们家，我见过她。冉晓敏长得高高挑挑，大大方方，白白净净，是个美丽的姑娘。她这样的条件，找个对象成家应该不成问题吧？可是，不知怎么回事，一转眼十多年过去了，她刚到北京时十八九岁，现在已三十多岁，仍迟迟没有找到对象，还是单身。我妻子的同学几乎每年都给我妻子打电话，有时打的电话还会被我听到。有一次，我听到她说："晓敏都这么大了，连个对象都没有，真把我愁死了，愁死了。原来我还想着，趁我还不太老，可以去北京帮她看孩子。我等了一年又一年，把我的头发都等白了，看孩子也没力气了，她还是孤零零的一个人。"她连连叫着我妻子名字的后面两个字说："人留孩子树留根，我这一辈子连个第三代人都见不着，活着还有什么劲呢！"

接完同学的电话，妻子沉默不语，心情似有些沉重。没能给冉晓敏介绍一个合适的对象，她好像有些歉疚，有些对不起老姐们儿的重托。我赶紧安慰妻子说，时代不同了，现在的生活方式，还有年轻人的想法，都跟我们年轻的时候大不一样。那时候对男女之间的交往戒备森严，稍有不慎就可能引起非议，甚至受到批判。现在的男女交往要自由得多，他们没有找到固定的对象，不等于没有异性朋友。他们没有结婚，不等于没有那方面的生活。不生孩子，他们可以养狗，养猫。自由有时也是一把双刃剑，男女交往自由了，他们找对象的积极性反而不高了。妻子虽然认同我的说法，但还是要我帮她注意着点儿，发现有合适的未婚男青年，尽快为冉晓敏介绍。

北京某报社有一位年轻的记者，名字叫国欣。他为我的文学创作做过长篇专访，我们就认识了。有一次，我们一块儿喝酒，他喝得稍稍有点儿多，说起他从农村走到北京多么不容易。他父亲在挖窑洞时因塌方被砸，导致瘫痪，在床上躺了十多年。是母亲辛辛苦苦供他上学，从小学一直供到大学。父亲去世时，他去坟地里为父亲送葬，不知为何，就是哭不出来。直到把父亲埋葬，从坟地往家里走时，他才突然悲从心来，扑倒在地，大哭不止。说到这里，他在酒桌上呜呜哭了起来。好可怜的孩子，我劝他别哭了，自己也流出了眼泪。交谈中得知，国欣的老家在郑州郊区的农村，他的岁数比我儿子还小，我们成了忘年交。我问他在北京找到女朋友了没，他说有了。我问他买房了没，他说买了一套一居室。我说："那就好，赶快结婚，争取早点儿为你的母亲生一个孙子。"

因疫情相隔，我有好几年没见到国欣。终于又可以坐到一起喝酒时，我问他的孩子几岁了，他有些不好意思地说，他还没结婚。国欣的回答让我吃惊不小，我说："你这小子，是怎么搞的嘛！我得赶快给你介绍一个。"我首先想到的是冉晓敏，觉得他们年龄相当，学历相当，又都是郑州老乡，在一块儿生活再合适不过。

一回到家，我就把我的想法对妻子讲了。妻子也认为可以。于是，我立即给国欣发微信，说要给他介绍个对象，要他把他的简历发给我。国欣很快回复说："刘老师，非常感谢您的关心！我现在还不着急谈，以后再说哈。"他的意思是明显的，等于拒绝了我给他介绍对象。我把国欣的拒绝随即对妻子讲了，妻子说："牛不喝水不能强按头，这事勉强不得。"

让人意想不到的事还在后头呢！

又有机会坐在一起时，我一不小心对国欣说起，我要给他介绍的对象是他的近老乡，叫冉晓敏。国欣一听这个名字，眼睛顿时亮了，问："是那个'冉冉上升'的'冉'吗？"

"是呀。"

"冉晓敏我认识，人挺好的。我们两个谈过，谈了两年多呢。"

"那怎么没谈成呢？"

"一言难尽。"

"你给我讲讲嘛！"

国欣看着我说："我要是对您讲了，您不会把我们俩的事儿写成小说吧？"

我说："看来你们俩的故事不少。你要是不想讲，那就算了。"

唐小艺

◎ 石钟山

　　唐小艺入伍比我们晚了几年，她是机关的打字员，留着男兵一样的短发。因为机关兵少，她和通信连的女兵住在一起。傍晚的时候，我们经常能看见她抱着把吉他坐在机关楼门前的台阶上，身体一侧摊着一本琴谱，然后就Do、Re、Mi、Fa地弹着吉他。这把木棉牌吉他，我们都认识，是她的前任老兵留下的。

　　前任老兵姓伍，差不多和我们同龄，参加过几年前的战役。当时机关打字员被下放到通信连，为战场上的各支部队架设电话线。伍老兵有惊无险地从前线回来，没立过什么功，只受过几次嘉奖，后来就平淡地复员了。我们都知道，伍老兵弹得一手好吉他。每到傍晚他都会站在楼前的台阶上，边弹边唱，夕阳照在他后脑勺上，风吹乱了他的头发。在我们眼里，伍老兵就是一个标准的歌手。他不仅弹吉他，还唱歌，用沙哑的喉咙唱出来的歌别有一番韵味，我们都喜欢伍老兵唱歌时的样子。

　　后来伍老兵复员，就把这把吉他留下了，现在唐小艺用的就是这把吉他。她现在还弹不出个调来，音符在风中零乱着。唐小艺有时也不弹吉他，她会加入操场上那些踢野球的男兵队伍中，球滚到她脚下，她抢起一脚，把球踢得又高又远。她也会晃着膀子和男兵一起抢球，此时的她完全忘了自己是名女兵，寸土不让，你争我抢，有时为了抢一个球，和一堆男兵一起摔倒在地上，场面乱七八糟。久了，我们就给她起了个外号：假小子。以后有什么事不再喊她的名字，而是直呼她的外号，她也从不生气。

后来她弹吉他渐渐地有了调，我们能听出她弹的是《血染的风采》《十五的月亮》什么的。听着她弹出的歌，我们就想起留在陵园里的那些烈士，还有那些和我们一起出生入死、已经复员的老兵，心里就潮潮的。

唐小艺每天早晨出操都和通信连的女兵站在一个队伍里。有一次机关新调来一个参谋，早晨带操时，他把唐小艺误当成了男兵，指着女兵队列中的唐小艺道：你，怎么站在那了？唐小艺也不分辩，从女兵的队伍里走出来，站到男兵队伍里。一连几天都如此这般，后来有人提醒那个参谋，这事才算结束。

我们给唐小艺起外号假小子，不是因为她长得像男兵，除了她的短发，她的面容其实很精致，比很多女兵还有女人味，但她的性格更像个男兵。通信连和她同宿舍的叫柳婉的女兵在老家谈了一个男朋友，那个男朋友出差路过我们驻军的城市，特意来部队，住在招待所里，后来我们才知道，他不是来看柳婉的，而是通知她结束这段恋情的。原来柳婉的男友另有了新欢，顺路和柳婉摊牌。这对柳婉的打击可想而知，两人是同学，明里暗里谈了好几年了，柳婉天天盼男友的来信。日里夜里的思念一下子被人斩断了，柳婉蒙着被子哭。唐小艺问清原委后，二话不说，找到招待所，一脚把门踹开，把那个男朋友揪出来，又踢又打。那天深夜我们听到一个男人的哀嚎声。唐小艺给柳婉出了一口气，可唐小艺因违反纪律被全部队通报一次。

之后，唐小艺在我们眼里就是个女哥们儿、女侠客。

唐小艺也有胆小的时候，有一次我们部队野外训练，不知怎么一条蛇爬到了她的身边，她惊叫一声，一下子扑到身边一个男兵怀里。那条蛇被人挑走，她仍不肯放手，身子仍吊在男兵身上，弄得那个男兵红头涨脸，不知所措。这件事成了我们那阵子捉弄她的理由。只要我们一提起蛇，她就神情紧张。

那年夏天雨水特别多，看天气预报整个中国都在下雨。我们所在的城市一连下了几天的大雨，仿佛天被捅漏了一般。部队接到抗洪的命令，是在一天夜里，一个小时后，整支部队就拉了出去。城市的上游有条河，洪水即将溃堤，军民抢险时，已经有一小部分堤坝决口了，如果整个大坝决堤，下游的城市将成为一片汪洋。部队出发时，首长已下达了人在堤在的铁令，已经有一群官兵跳进了水里，用身体筑起肉堤。风夹着浪劈头盖脸地砸下来，分不清是官兵哪是堤坝了，随着决口处被洪水越冲越大，一连又一连官兵手牵手跳进了水里，为军民修补堤坝赢得时间。直到第二天下午，风歇雨住，堤坝才转危为安。各连清点人数时，才发现少了三名战友，其中就包括唐小艺。我们集体在河岸下游寻找他们，他们的名字在两岸飘散。直到三天后，我们在堤坝的下游二十多公里处才发现三位战友的尸体，他们仍手拉着手，紧紧地挨在一起，后来还是军医通过手术的方式才将他们分开。

追悼会上，赵军长的出现，我们才知道唐小艺的真实身份。她是赵军长的女儿，入伍后改用了母亲的姓。赵军长和另两位烈士的父母一样，手捧骨灰盒站在台上完成了追悼仪式。军长那天以烈士家长的身份讲了几句话，他说：我养了一个好女儿，她是个称职的军人。军长讲到这就讲不下去了。

赵军长离开时，捧着小艺的骨灰盒，人一下子苍老了许多。

小艺牺牲后，机关又调来一位新打字员。每天傍晚，和小艺生前一样抱着那把吉他，坐在机关楼前的台阶上，Do、Re、Mi、Fa生疏地弹奏着那把木棉牌吉他。我们看到他的样子，就会想起小艺。操场那边，一群战士仍生龙活虎地踢着足球。

铁打的营盘流水的兵，几年过去，军营又换了一批新面孔，可小艺的名字和生前的趣事仍在流传。

黑　暗

◎ 刘亮程

　　老八拖着黑黑的影子从坡上走下来。他的摩托车停在大路边，我以为他会骑摩托车回家。如果他骑上摩托车，黑影会被他甩掉，老八骑摩托野得很，"鬼都追不上"。这是老五说的。老五的意思是鬼追不上飞跑的摩托。我有点儿不相信。年前我看见有人在路边烧纸汽车纸摩托，可能鬼早已经骑上了摩托。也可能鬼不骑摩托，他们有更快更便捷的工具——影子。

　　鬼在黄昏时躺在那些疲惫的人影里被带回家。人在地里干活儿，鬼蹲在地头看。也不看，冥冥地待着，等人干完活儿。也不等，等和看这些事情，对鬼来说早已不存在。鬼只是冥冥到日头偏西，人的影子伸长过去，把鬼接上。

　　在能看见鬼的小孩眼睛里，鬼仰脸躺在人影子里，头脚对齐，很舒坦的样子。有时鬼坐起来，驾牛车一样吆喝人的影子前行。藏了鬼的影子拖累人，但人认为是自己本来累，干了半天活儿，能不累吗？再累也得走回家，鬼就舒舒坦坦地躺在影子里跟人回家。

　　也早已不是那个家。原先墙上的照片都撤了，留有痕迹的旧家具也不在，房子的主人已换了几代，但还是熟悉的相貌气味，熟悉的姓氏。

鬼是能记得自己的姓的。也隐约记得在世上有过一个家，亲人时不时的念想常常让鬼从冥冥里睁开眼，朝着人世里望。望着就想回来一趟。跟着黄昏时母亲喊孩子的叫声回来，跟着吱呀的开门声回来，跟着炊烟和地上长长的影子回来。

　　路拐个弯，影子颠簸一番，就到家了。墙根玩耍的邻家小孩对着影子大叫，自家的狗也对影子狂吠。人烦了，喝住小孩，撵走狗，小孩和狗都惊愕地看着一个躺着的鬼笑眯眯地进了院子。

　　菜籽沟能看见鬼的小孩都长大走了，到外面上学谋生活，逢年过节回来一次，也都再看不见鬼。

　　剩下半村子老人，都避讳言鬼。看见鬼也不说，装作没看见。就真的好多年没人看见鬼了。好像这世上真的没有鬼了。

　　老八没骑摩托回家，他直直进了我们院子。月亮猛扑过来，对着老八的影子狂咬，它看见这个人拖来的黑影里有不好的东西。我也看出来了，他的影子比黑狗月亮的还黑。一个累坏的人，拖着比别人更黑的影子来到我们院子。我故意朝老八走近几步，两个影子并一起时我吓了一跳。我闲了半天，影子淡淡的。老八的影子比我的黑一层。

　　我赶紧问老八啥事，我害怕他把影子丢在我们家院子里。

　　有些人知道自己影子里藏了不好的东西，回家前想法把影子丢掉。丢的方法很多，比如：把影子拖进树荫里，自己溜掉；还有，骑在驴背马背上，人和牲口的影子叠在一起；再就是天黑前找个借口进谁家，太阳落山了出门，影子就丢给这家了。

　　再就是骑摩托，油门一轰，呜地一溜子尘烟，人瞬间不见。啥东西都甩掉了。

老八不像是要有意害我们的人。他割了一天麦子，腰还没全直起来。他的影子也弓着腰，看上去比老八委屈。

我问：今年麦子收成咋样？

老八说：没球相，顶多打一袋子多。

老八说的是一亩地的收成，一袋子多，也就一百公斤的样子。每公斤麦子卖两块多，一亩地收二百多块钱，再加上政府每亩地一百多的补贴，合三百多四百多块钱，机耕费种子费一除，能落二三百块钱，还不算自己的工钱，要给别人割一亩地麦子，少说也挣一百五十块。

老八种了三十亩地麦子，纯收入六千多块钱。"白球卡。"老八说完咧嘴笑了笑，骑摩托走了。

我突然觉得心里闷闷的，好像他把三十亩地的负担全卸给了我，把白忙乎的一年丢给了我。

菜籽沟的坡地旱田只能一种一收，坡太陡的地，机耕没法作业，只有马拉犁地，手撒种，镰刀收割，全是人工活儿。种多了收不完，种少了不够生活。

老八整个夏天在我们书院打零工，每天一百三十元，他六十多岁了，比我大几岁，没有啥手艺，只能干些小工的粗活儿，拿小工的低工资。老八干得最多的是挖管沟，他一点点地把自己挖进沟里，然后，只见一团一团扔出来的土。每次从自己挖的深沟里出来时，都拖出黑黑的一截影子。月亮见他从管沟里爬出来就扑过去咬。月亮是天生的看家狗，见人在院子里拿东西的就咬，对两手空着走进院子里的外人，它只是盯着看。从土里钻出来的老八让月亮感到了不安。它看见了我看不见的东西。

一天黄昏，老八拖着从自己家麦地里弓腰一天的劳累，来到我们院子，他把那片麦地里的黑拖到我们院子里，就像他一次次地从自己挖的管沟里爬出来时，把土里的黑拖到地上。

月亮跟着他的屁股咬，想把他撵走，可是他不走，跟方如泉说账的事，他挖管沟的活儿少算了一天，把一天丢了。按日期算天数又没丢。他进院子挖了七天管沟，按七天付工钱。但他硬说是八天。他干了八天活儿。这七天里他从沟里上来下去多过出来一天。谁知道这一天应该咋算。

老八出院门时月亮依旧对着老八的影子咬。它可能闻见影子的不明气味，看见影子里藏着的黑东西。老八不理睬月亮。在月亮一嘴紧迫一嘴的吠叫里，老八的影子渐渐拉长，月亮的叫声也渐渐拉长。最后，老八的影子伸到院门外，跟门口小河边榆树的影子并成一体，跟门外坡地上麦田的影子合为一体，一个更大的阴影从天上地上盖过来，天突然就黑了，我一低头看见整个夜晚，跟在老八拖进来的黑影子后面，悄悄地进了院子。

我们没有在天黑前关住院门。

我们的院门一直敞开到月亮出来。那时我在半醒半睡间，听见书院的皮卡车从外面回来，车灯直直地照亮院子，照到台阶上的孔子像。我听见铁门和锁链相碰的声音，高高的，仿佛在月亮和星星之上。

文大傻子

◎ 阿　成

　　文兄文大傻子，忽一日从我的朋友圈里看到我要去H县。他说："你去H县正好经过我住的地方。我在那儿有房、有院，院子里还种了不少玉米和蔬菜。如果你来的话还可以在我这儿住。走的时候再带点儿我种的蔬菜和玉米。"我说："好啊，你给我发一个定位，我回来时争取去你那儿看看。"

　　回来的时候，按文大傻子发的定位找了半天也没找到。迷途中彼此通了好几次电话，他说他已经站在公路边上等我了。按照他说的位置显然我已经走过了，再掉头往回开，终于看到站在公路边的他了。多年不见，文大傻子已白发苍苍，迎风飘逸，已然是一副苍老的样子了。

　　从公路上下来，走的是一条极少有车辆和行人通行的路，他指着路面上的那些碎石解释说："过去这儿是养路段的材料场。前面是他们的家属宿舍，不过现在没人住了。"他揶揄地说："修路工就像吉卜赛人一样居无定所，到处迁移。"我问："你这儿有房子呗。像陶渊明似的归园田居。"他说："我住的是朋友的房子。这小子跑到非洲修路去了。我在这儿住等于是免费给他看房子。"

　　这是一片简陋的20世纪六七十年代建的老式平房，每家都有一个木板围的院子，挺入画的。只是这里已经人去屋空，每家的院子都上着生了锈的锁。很聊斋的模样。

文大傻子说："这里平时就我一个人住。你来了，随便住哪家都行，我有他们的钥匙。"我说："明白了。"

文大傻子"家"的院门开着。是啊，这人迹罕至的地儿没必要锁院门。进到院子里一看，俨然20世纪60年代寻常百姓之生活场景的话剧舞台。院子里有两三只鸡，一些杂乱的盆盆罐罐散放在院子的一角。北面有一个开放式的棚子，里面是一鼎土灶。显然文大傻子就是在那个地方做饭，自然这儿也是这一趟房子唯一炊烟升起的人家。院子的一隅堆放着几个小南瓜、几枚土豆、几根茄子和玉米，感觉还没有完全成熟，在明媚的阳光下静静地候在那里。不消说，这是他给我准备的，这反倒让我有些不忍心了。我原以为他至少有一两亩地，像有钱人那样休闲地种点儿玉米、花、蔬菜之类，主要用于观赏或者送人，包括发微信朋友圈拍照用。

院子当中有一张旧木桌，上面放着几本线装的古书和笔记本。看得出这哥们儿平时就是坐在这儿看书，做笔记，写古诗词。是啊，文人就是文人，无论怎样差的环境也无法改变他们作为一个文人的本质。然而，让人匪夷所思的是，在房子的外墙上居然挂着一幅巨幅的、比真人还大的外国时髦女郎的彩色招贴画。这一下子就把这里那种20世纪60年代的环境气氛提升到了21世纪的今天。

我问："夫人呢？"他说："回娘家啦。"

我知道回娘家的这个女人应是他的第二任夫人。能跟他生活在这样的环境里面该是怎样的一个女人呢？

我说："兄弟，让我进屋参观参观呗。"

他似乎有些不是那么情愿，可我毕竟是远道而来，咫尺的拒绝自然不礼貌。进到屋里，我发现屋里面依然是20世纪60年代的陈设，大花被、老式的炕琴，包括用砖铺的地面，所有的一切都是纯粹农舍的样子，而且是20世纪农村家居的模样。心想，我如果要住在这儿只能睡火炕了。

我们坐在院子里聊了起来。文大傻子似乎看透了我的心思，一脸严肃地跟我说："人活着，就三件事非常重要：第一阳光，你看我这里有阳光；第二水，你看我周围的水都是纯净水，可以直接饮用；第三空气，这里的空气没有污染。阿成大哥，人除了这三样还奢求什么呢？没了呀。对不对？"我点头说："有道理。你天天就坐在这儿研究学问哪。"他说："这不是很好吗？"我说："是个读书的好地方，有点儿像闭关修行的样子。"他说："读书就是修行。"我听了不觉一愣。说实话，近年来我没少听关于读书是为了什么的话题，但是唯有文大傻子的回答最为精辟。

过去文大傻子在杂志社工作的时候是工人编制。本来他有机会转为国家干部的，可他没把这件事当成一件大事，天天看书写评论，所以同仁们给他起了一个"文大傻子"的外号。我依稀记得他的第一任夫人经营一家个体印刷厂，承印信封、贺片儿、档案袋和稿纸之类的东西。两口子的生活显然是很好的。那么是什么促使，或者说逼迫他们二人分开的呢？

我问："你平时吃饭怎么整啊？"他说："每天早上我到村口去打羊奶，新鲜的，相当好。"我又问："这是什么村？"他说："过去叫阴阳屯儿。西头先前是一大片坟地，都是无主坟。现在叫桃花村。"我说:"哦,是个有故事的地方。你要是回城里怎么办?方便吗?"他说:"方便。就到公路我接你那个地方,往那儿一站,长途汽车来了,招手就停,上去就完了。回来也是如此。非常方便。"

看来我面前的这个文大傻子,我的文兄,是坚守君子固穷,又乐天知命的最后一个文人了。

我在文大傻子这儿逗留了半小时左右。不知为什么,临走的时候忽然从心底升起一片莫大的惭愧来,用鲁迅先生的话说,要榨出皮袍下面藏着的"小"来。觉得丢人丢丑的不是文大傻子,而是我。

旺秀道智

◎ 王小忠

旺秀道智一定是遇到啥麻烦了，他频繁地来村委会小二楼，就是不肯开口。他不开口，我自然也不便打问。

住在小二楼，最麻烦的就是做饭——不做不行，一做就剩。旺秀道智每次来的时机总是不对，我要么还没做饭，要么已经洗完锅了。

旺秀道智又来了。早来一步，或晚来一步，都有的吃。总是这样错过，我也觉得怪不好意思。

旺秀道智一进来就说："村里已经算好了日子，你知道吗？"

"不知道呀，算好了什么日子？"我放下手中正在刷洗的锅碗，问他。

"要开始耕种了。"旺秀道智说，"你可能真不知道，我们这里种田是要算日子的，算好日子才可以开耕，割田也是一样的。"

我是在农区长大的，自然不知道牧区的这些讲究。可惜旺秀道智也只是知道有这样的讲究，却说不上具体的缘由。

小二楼不方便的地方太多了，除了上厕所，倒污水、倒炉灰也是很不方便的。还好，窗外是一大片空地，我也就自取方便了。

旺秀道智见我打开窗户，要倒洗锅水，便慌忙阻拦，并大声说："从今天开始，不准将水倒在地里。"

我被他突然的叫喊吓了一跳。"你来好几次，不是为了这事儿吧？"我问他。

"就是为你倒水的事情。大家都碍于面子，没来直接责怪你。"旺秀道智说。

"有那么严重吗？"我问他。

"怎么不严重？严重得很。你倒过水的地方庄稼就不长。"旺秀道智说着说着就急躁起来了。

"倒水不是滋润土地吗？"我说。

"滋润啥？你的洗脸水中有肥皂，洗锅水中有洗涤剂，庄稼能长吗？"旺秀道智的话有道理，他接着说，"肥皂水和洗涤剂的水渗到地里，会破坏土地，别说庄稼了，连杂草都不长。"

"剩饭、剩菜倒出去，喂了猪和牛，你怎么不提？"我觉得我的话也有几分道理。

"你那是浪费！老人们都看在眼里，没有当面骂你，已经给足你面子了。"旺秀道智稍停了一下，又说，"这里的猪和牛都没有下过馆子，吃不惯，吃了反而会得病。"

我听着旺秀道智的说辞，不由得笑出声来。谁家的猪和牛会下馆子呢。

"城里馆子所剩的饭菜不就全喂猪喂牛了吗？我就见过。"旺秀道智认真起来了，他说，"牛吃了馆子里的剩菜后，挤出来的奶都是酸的，你没听说过吗？"

我蒙了。酸牛奶的事情我早有耳闻，但不曾知道是因为牛吃了馆子里的剩菜所致。

旺秀道智又说："一个人一生的粮食是定好了量的。你那样浪费，迟早要挨饿的。"

我无言以对，只是很凶地瞪了一眼旺秀道智。

旺秀道智又来了。他说，开始种田了，窗外那片地要种洋芋。还说我经常倒水的那片地方留给我，让我去种白菜。

中午时分，窗外那片地热闹起来了。旺秀道智开着手扶拖拉机，拖拉机后面挂着犁铧。手扶拖拉机比脱缰的野马还野，我看到旺秀道智明显有点驾驭不住。来回犁两沟，他就要熄火休息。也就在他休息的时候，放种子的人才忙乎起来。放好种子，再犁两沟，如此三番。一个多小时后，那片地彻底耕完了。

旺秀道智抹了一把汗，过来和我拉闲话。

旺秀道智说："播种机方便，但不好控制，不像耕牛那么听话。"

我说："那看你怎么操作了。"

旺秀道智说："就是操作难，深一犁浅一犁，怕要亏种子了。"又说："二牛抬杠的日子已经过去了，铁家伙使不惯也得使呀。不会使唤，铁家伙就会欺负人呢，你看我都累了一身汗。"

"那是你欺负人家。"我说，"谁让你不好好学习呢。"

旺秀道智说："没办法，重新念书也来不及了。"

我笑着说："抽空我们去河边那片沙滩，我买上草籽，你开上拖拉机，拿上说明书，我教你怎么操作。"

旺秀道智也笑了，他说："草籽难买。"

我说："我会想办法。"

放洋芋种子需要好几个人，放完之后还要盖上地膜。这期间，旺秀道智用铁锨将我经常倒水的那片地翻了一遍，也盖上了地膜。

旺秀道智说："买上些菜籽，用筷子把地膜戳个洞，将菜籽放进去就可以了。"又说，"不知道菜籽会不会发芽。"

我说："如果不发芽，就没有菜可吃，活该对吧?"

旺秀道智哈哈大笑，说："放心吧，我家园子里多得很，不会让你吃水加面。"

我明白旺秀道智的意思，只是心里嘀咕，以后倒污水、倒炉灰，的确是一件令人头疼的事儿。还好，春耕之后天气会越来越暖和的，不用裹着被子跑厕所，已是最大的安慰了。

我不是一条鱼

◎ 非　鱼

　　我是一条鱼。

　　鱼戏莲叶间，是理所当然的。每天，我所有的快乐就是在那片荷塘里游来游去，嬉戏、觅食。夏日来临，荷叶田田，荷花绽放，那是我最幸福的时刻。偶尔，我会和其他鱼比赛，那就是看谁能吃到荷花的花瓣。

　　老实说，花瓣并不好吃。作为鱼，我们天生就不是吃花瓣长大的。可有时候，那些淡粉、鹅黄、洁白的各色花朵，实在是太过鲜嫩娇艳，让人，不，让鱼们调皮一下，从水里跳起来，叼一口。

　　大多时候，我们谁也吃不到，毕竟荷花端端地高高在上。有时候，偏就有那么一朵，低了一点儿，运气好的话，就会成功。对此，我比它们经验略多，胜出的次数也更多。

　　我不是一条鱼。

　　我是岸边捕捉鱼戏莲的一个摄影师。

　　说实话，我也算不上一个真正的摄影师，临近退休，我需要给自己找个事做。想来想去，唯有摄影还略有兴趣和基础，就在几个老朋友的撺掇下，我置办了一套相机，周末有空了，就来这荷塘边随意拍拍。

有人说这片荷塘里的鱼会吃荷花，我不信。鱼就是鱼，怎么会吃荷花呢？可从他们发来的照片上，我的确看到了一条张着嘴的鱼，正跃出水面，奔向头顶的那朵粉色荷花。另一张照片上，那条鱼已经得嘴，一瓣花朵衔在唇边，正欲沉入水中。开眼界了，这是我第一次见到吃荷花的鱼。

我决定蹲守一下。

和他们一样，大清早太阳还没出来，我就把三脚架支在荷塘边，对着那几朵贴近水面的荷花，等待着阳光和鱼，如果运气好，也许就会抓拍到一幅完美的作品呢。

盯着取景器，我慢慢地等着鱼跃出水面咬上花瓣的那一刻。

为了有一张"镇得住"的照片，我有的是时间和耐心。

我是一条鱼。

岸上架起的一排排黑洞洞的"炮口"，对准了这个小小的池塘。我知道，他们在等什么。

荷花？不。年年岁岁花相似，他们已经对那些花失去了兴趣，他们等的是我们。我记得我说过，我们偶尔会调皮一下，会比赛，就是比看谁跳出去能吃到花瓣，他们等的就是这个。我们一跃出水，那些"炮口"就会齐刷刷地"咔咔咔咔咔咔……"。

我告诉他们，别急。看谁能耗过谁，反正我们在水里，有的吃有的玩，让他们慢慢等去吧。

我不是一条鱼。

但我此刻有些恨那些鱼。连着七八天了，我的耐心快耗尽了，还没有一条鱼跳出来，别说拍了，连看我都没看到。荷花深处，倒是听到有鱼们跳出水面弄出来的动静。

太热了。那些聒噪的蝉们拼了老命在叫，好多人已经收拾设备准备撤了，我也打算走。

电话响了，一个熟悉的号码。他问我，在哪儿？我说，在钓鱼。他说，发个位置，我马上去。我赶紧告诉他，没在钓鱼，在拍鱼，等着鱼吃荷花呢。他说，鱼会吃荷花？我不信。很快，他就来了。

我们席地坐在一棵树下，我给他说了鱼戏莲，是真的，我在等那个惊艳时刻。他看了看我的设备，又看了看别人的。他笑道，哥，你这装备不行啊，入门级的。我说，就是玩儿玩儿。

过了几天，他又打电话，说给我捎了一份土特产。土特产？他老家离我老家不过三十里，他的土特产还能比我爹娘种的更土更特？我说，不用了，家里人少，吃不了多少。但他还是送来了，一个大纸箱，箱子上真的写着山珍特产。我压根儿不会相信。打开，果然是一个硕大的照相机镜头，佳能，六百变焦。

我立马封上，打电话让他拿走。他说，哥，就一个镜头，不值几个钱。我咨询过了，想拍那种鱼戏莲，得用这种设备，你那个是拍不到的。我说，你再不拿走，我就把箱子放你公司门卫室了。

我是一条鱼。

那个老头儿太执着了。最近每个大清早都来，在众多的长

"枪"短"炮"中，支起他寒酸的相机，跟他们一样耐心地等着。

嗨，看在他这么大年纪的份儿上，我就跳一下，给他表演一下，能不能拍到，就是他的事了。

我不是一条鱼。

功夫不负有心人，终于让我等到了。我盯着取景器，手一直放在快门上。看到一条青色的大鱼在水中绕着一朵花盘旋，我就觉得可能有戏。

果然，那条鱼好像知道我做好了准备，它晃了晃尾巴，一跃而起，嘴巴大张，咬住一片花瓣，又一个甩尾，那片花瓣就被它衔在嘴里，然后和它一起沉入水面。

从出水到入水，不过短短的一两秒钟。我全部拍了下来。

等那些长"枪"短"炮"们听到动静，调整相机，去摁快门，那条鱼已经完成了它的全部动作。

我给他发信息，说我拍到了鱼戏莲，就用我的破设备。这么久了，那条鱼终究还是没忍住。忍不住，就会有被拍到的可能。

他没回我。

花开满院

◎ 侯德云

　　自打老五被人偷了那罐青花瓷的莲花，侍弄盆栽的心情就收了起来。庭院里，除了栽种在树荫下和花池边的白玉簪、鸢尾和麦冬之外，再无别的草本花卉。

　　老五老婆退休了，从第一天起就变了一个人，整日在家里倒腾。家里的三只衣柜，东挪西挪让她挪了好几个来回。尤其是米色的那只，先从自己的房间挪到女儿的房间，又从女儿的房间挪回自己的房间，没几日又挪到女儿的房间。一个人搬不动，喊老五帮她。

　　远嫁南方的女儿对此一点意见都没有。女儿没意见，不意味着老五也没有。老五的脑袋让老婆给倒腾成角瓜形，趁着酒劲说了句河南话："你弄啥嘞？"

　　老婆白了老五一眼。她不在乎老五的脑袋变成什么形，只一味春意盎然地继续倒腾。终于在某年某月某日，把老五多年积攒的旧花盆都倒腾出来。陶盆、瓷盆，褐色、绿色、蓝色、土黄色，大、中、小，都有。

　　老五的盆栽雅好自婚后萌生，延续多年兴致不减。起先在文兰小区住五楼，房间逼仄，只能用小盆养点倒挂金钟、旱金莲、长春花之类。也养过兰花，没养好，到了儿只剩下空盆。十年后搬到芳园小区，住临街的三楼，有个宽绰的阳台。他一时兴起，用六只大盆在阳台上种植牵牛花。牵牛花按逆时针方向渐渐缠满栅栏，盛花期，满栅的红白粉紫，在风中簌簌颤动，牵住一街目光。牵牛花之外，阳台上还有呈立体布局的十几种花卉。

又一个十年后，老五再次搬家，搬到圣嘉美地小区的一楼。是一方庭院把他吸引来的。庭院里以木本绿植为主，花盆用不上那么多，剩下的只好堆放在隐蔽角落。老婆要是不日日倒腾，有关牵牛花的往事，老五压根儿就想不起来。

初春季节，老婆把那些花盆，大大小小，摆了一地。

老五下班，站在院门外，问："你弄啥嘞？"

老婆蹲在地上，用后背说道："用你管。"

未几，一批草本花卉进院。瓜叶菊、凤仙花、石竹、四季海棠，四个品种，每个品种都是四株，四四一十六，十六株，都移栽到花盆里。

老五站在一边看眼，心里头连连撇嘴，没见过这么栽花的。他暗中掰了一回手指头，给老婆的盆栽掰出三条失误：盆土压得太实，此其一；盆土太满，浇水时外溢严重，此其二；花盆大小取舍不当，此其三。原本还有个其四，老五想了想，把无名指给摁回去了。无名指上的内容是：花盆摆放位置不对，呈阴阳错位态势。

才半个多月，老婆移栽的瓜叶菊全都死掉，石竹只剩病恹恹的一株，凤仙花和四季海棠，活着倒是，但都不够茂盛。

老五又一次忍不住说了句："你弄啥嘞？"

这回老婆一反常态，用了正脸，对老五笑笑，说："你会弄，你弄呗。"

老五搁心里头叹口气，我弄吧，我弄。

老五先将过满的盆土抠走一些，再松土，再移动花盆。喜阳的，放到强光下；喜半阴的，放到遮阳环境；喜阴的，放到树根附近。

时过不久老五发现，栽植在大盆里的两株凤仙花和四季海棠都长得壮实，于是把小盆里的都移到大盆。

在任何事情上都一样，老五不做则已，做就尽量做到完美。

夏天，老五的庭院里，赤橙黄绿青蓝紫，既鲜艳又斑斓。不光招蜂，还时时引蝶。鸟和流浪猫也来，每天几次几次地来。

来得最多的是蝉。成群结队，来了不走，在树干和树杈上定居。从早到晚，它们不间断地、合唱般地对老五的绿植大声叫好。从入伏到立秋，嗓门越叫越亮。

老婆从不叫好，只是喜欢在傍晚时分到庭院里去。太阳伞下，休闲茶座上，有盛开的小巧盆栽，有茶壶、茶杯、茶点。看花听蝉，她看很久也听很久。

转年，老五把太阳花引进到庭院。扦插。长方形浅陶盆，插了四盆。空置多年的紫砂兰花盆，也插了四盆。

二十天后，红白黄紫，八团锦绣。

休闲茶座上，从此日日摆放太阳花。四只紫砂兰花盆，轮流上位。

待花茎长高、花势稍弱，老五给太阳花剪了头。太阳花像老五一样，得定期剪头才行。剪下来的花茎，不少都带着花苞。老五找来几只塑料花盆，将它们插到里边。

带着花苞扦插的太阳花，最性急的一株，在六天后绽开，粉嘟嘟的招人爱。

就这么一天一天一天，太阳花越插越多，老五发愁，咋整啊。

老五的庭院，早先在东南角开门，门外空地常有车辆停驻。老五嫌出入不便，请人重新设计，将院门改在西北角，临着人行道和车道。院门紧挨楼体，呈"凹"字形，两道矮墙，南侧的一道，爬满凌霄，北侧连着楼体的墙头，有一尺宽、一米半长的平台。老五突发奇想，把太阳花摆上北侧墙头，墙上贴一张 A4 纸，纸上打印一行字："太阳花，喜欢可自取，不用谢。"

墙上的太阳花转瞬消失。次日再摆几盆，转瞬又消失。

整个夏天，老五每隔几日，都要摆几盆太阳花到墙头上。老五看见楼上的女教师拿走两盆，隔壁邻居老夏拿走两盆，保洁员老徐也拿走两盆……

就这么，老五的庭院，成了小区里的太阳花集散地。

老五走在小区里，总能遇见太阳花一般喜盈盈的笑脸。老五的心情一片大好。

2024 年夏天，一向被称作是避暑胜地的大连，三十度以上高温竟顽固地持续将近两个月，老五热得不行，太阳花却不受丝毫影响，比往年开得更为热烈。

在这个酷热的夏天里，老五老婆成功地羽化为育花达人，庭院里所有的花卉，老五都能放心地交给她打理。

在老五看来，花事种种，老婆做得最好的，是往墙头上摆放太阳花。她神情专注，一丝不苟。

孤　岛

◎ 何君华

　　到了地方我们才知道，我们叫队长给骗了。队长说，还有最后一个哨所，最后一个边防连队，演完这场大家就能回家了。

　　我们乌兰牧骑慰问演出小分队出来巡回演出已经一个多月了，所有人早都已经疲惫不堪，听队长这么说，我们一下雀跃起来。去边防哨所的路程虽然漫长——听说有整整五十公里，但好歹有了盼头，大家脸上的倦容也都舒展开来，一路上有说有笑。

　　可到了地方我们才知道，这哪是什么哨所呀，总共只有三间屋子，面积不过四十平方米。更主要的是，这哪能称得上是边防连队啊，总共只有一个人，一个人！

　　我们不敢相信。这个世界上真有只有一个人的边防连队吗？我们队里最活泼的舞蹈演员那日松在屋里屋外到处找，发现这个哨所除了几只鸡以外，当真只有一个人，就是这位站在我们跟前的哨长呼日勒，一个体格健硕、脸庞黑黢黢的蒙古族汉子。他是这个哨所的哨长，也是这里唯一的哨兵。说白了，他是这个哨所的"光杆司令"。

　　呼日勒哨长已经提前接到了我们要来慰问演出的通知。我们的汽车离得还有几里地呢，就看见他站在土梁上冲我们拼命挥手。一下车，呼日勒哨长就激动地向我们敬礼，并跟我们一一握手，边握边说："我从没见过这么多人——不是，我从没见过我们哨所来这么多人！过年了，过年了！"

我们都很吃惊：目下正是盛夏，呼日勒哨长嘴里的"过年了"是什么意思呢？

原来，每年只有到了过年的时候，上面才会派人来哨所慰问。说是慰问，也就是三五个人来送慰问信和一些慰问物资，从来没有像我们慰问演出小分队一样，一下子扎进来十几个人——简直比过年还热闹！

我们问："你一个人在这里不寂寞呀？"

呼日勒哨长沉默了一会儿，说："能不寂寞吗？寂寞，我就养鸡。"

给哨所运送给养的卡车每七天左右才来一次。之所以用一个模糊的时间"七天左右"，是因为一旦遇到极端天气，譬如暴风雪之类，那就不一定能准时了。那样的话，边防哨所就成了茫茫雪原中的一座孤岛，但也不能断炊呀。人是铁，饭是钢！于是呼日勒哨长就想到了养鸡。养鸡就可以吃鸡蛋。呼日勒哨长说干就干，当真养起鸡来。刚才那日松在屋后发现的那几只鸡就是呼日勒哨长养的。一提到鸡，呼日勒哨长兴奋了："都说老鹰捉小鸡，你们听说过小鸡捉老鹰吗？在我们哨所，个个都是捉老鹰的鸡！"

"捉老鹰的鸡？"我们满脸狐疑。

原来呀，打小在这哨所长大的鸡们哪里知道老鹰是自己的天敌呢，别处的鸡一旦发觉老鹰在头顶盘旋躲都来不及，这里的鸡非但不躲避，竟然还敢于张开翅膀反击。老鹰哪见过胆敢反抗的鸡啊，有一次，一只老鹰俯冲而下，群鸡一跃而起，展翅伸爪迎击。老鹰一下慌了神，反而真的被鸡啄伤了。后来，几只鸡群起而上，当真把老鹰活活啄死了，你说是不是天下奇闻！

这可真是天下奇闻！我们都惊掉了下巴。说到这里，我忽然想起古人柳宗元《临江之麋》里"至死不悟"的麋来。我想，那只老鹰大概也是"至死不悟"自己如何会被鸡啄死吧。

"不过那都是以前了，"呼日勒哨长接着说，"现在，极端天气提前都有预警，因此在极端天气到来之前，上级就会安排将补给提前送来，断炊的可能性微乎其微了，但我仍然养鸡。寂寞的时候，我听见鸡们咯咯咯咯地叫，想到还有它们陪着我，我就不寂寞了。"

呼日勒说着就沉默了，我们也都沉默了。还是我们队长出来打了圆场："呼日勒哨长（我们都这么称呼他，起初有些调侃的意思，此时此刻分明多了几分尊重），那我们开始演出吧！"

我们连忙站起身来，一个个挺胸抬头，清喉润嗓，纷纷认认真真地准备起来。我们的表情都很庄重。哨所前院空地上除了一杆国旗分明空无一物，但此时此刻这里仿佛一座极华丽的剧院。我们摩拳擦掌，准备为这一个人的边防连队奉献一场尽我们所能的精彩演出。

演出正式开始，我们队长亲自报幕。有人独舞，有人合唱，有人朗诵诗歌……大家都一丝不苟，聚精会神，没有人懈怠，跟以往我们在首府剧院演出时没有差别。最后一个节目，是我们的"台柱子"娜仁花唱《美丽的草原我的家》："美丽的草原我的家/风吹绿草遍地花/彩蝶纷飞百鸟儿唱/一湾碧水映晚霞/骏马好似彩云朵，牛羊好似珍珠撒……"

听着听着，呼日勒哨长流泪了，"全连官兵"也就都流泪了，娜仁花也流泪了，我们也都流泪了。

尽管极不舍，但分别的时刻还是到了。我们的汽车开出好远，还看见呼日勒哨长站在土梁上冲我们摆手。

天色已晚，我们的汽车在美丽的草原公路上疾驰，回身望去，呼日勒哨长的身影渐渐变小，最后完全看不到了，只隐隐约约能看见一抹红色，一抹高高飘扬的红——呼日勒哨长正是为了守护它，一个人守在了那里。

去广府城

◎ 张国平

今年清明，我们去了一趟广府城。我、三舅、二弟，还有姨家的小表弟。

并不是去游玩。我们怀着沉重的心情，是去追寻姥爷的牺牲之地。

姥爷是在解放战争中牺牲的，烈士证上只有一个简单的记载："1946年河北省邯郸因战牺牲，解放战争。生前职务：二野六纵队十八旅五十二团三营七连指导员。"据说那场战斗异常惨烈，牺牲了很多战士。战士们的尸骨就地掩埋了，因此姥爷的遗骨始终未能找到。

姥爷毕业于大名师范学校。受进步思想的影响，他积极投身革命，在学校就已悄悄入了党。姥爷毕业前夕，抗日战争全面爆发。他不顾家人的反对，毅然参加了八路军，与侵略者进行英勇的斗争。抗战胜利后，内战爆发。姥爷战袍未脱，又投身解放战争，南征北战，以至于唯一的女儿出生，他也只在满月的时候回来过一趟，之后再未回乡。

邯郸距老家也不过一百多公里，但在那个年代已是相当遥远了。姥爷牺牲以后，为找回他的遗骨，他的父亲，也就是我的老姥爷，曾步行去邯郸，往返一个多月，磨破了脚下的鞋，耗尽了盘缠，最后是靠讨饭才回来的。可惜并未能如愿。

寻找姥爷的遗骨，探寻他的牺牲地，等这个念头随着我年龄的增长而渐渐萌生时，家中的老人们已先后离世。姥爷排行老大。等我的想法日渐成熟，二姥爷和三姥爷也相继过世了。如今母亲已八十多岁高龄，在她有生之年，替她完成心愿的愿望愈加迫切。为此我曾两次前往邯郸，都未能探寻到任何线索，只得在无名英雄纪念碑前深深叩拜，悼念姥爷和那些为国捐躯的先烈。

我也曾求助过央视的《等着我》栏目和今日头条的"寻找烈士遗骨"活动，但由于年代久远，线索有限，均无所获。

我有三个舅舅——二姥爷家的大舅和二舅，三姥爷家的三舅。前阵子三舅给我电话，说他求助了抖音的"让烈士遗骨回家"活动，并联系到了一名志愿者，让我陪他再踏上寻找之路。这次我们要去的地方是广府城。为什么要去广府城？志愿者说那就是过去的永年县老县城。

姥爷牺牲的时候母亲刚刚八岁。她听长辈们讲，当时战斗惨烈，连长牺牲后，身为指导员的姥爷带领战士继续冲锋。他身先士卒，甩掉了棉衣，一马当先，不幸中弹身亡。在母亲的叙述里，有城墙，有护城河，打完那一仗部队就朝南走了。

从母亲的叙述里，可以归纳出几点：一是姥爷是在冬天牺牲的；二是牺牲地有城墙和护城河；三是战斗之后部队就开拔了。据此推断，姥爷的牺牲地并不在邯郸城区，而是在邯郸的下属地永年县。永年县当年的县城便是如今的广府城。

高高的城墙，宽阔的护城河，当志愿者郝先生带领我们到达城边，眼前的情景一下与我的想象高度吻合了。

原来这座坚固的城池已有两千六百年的历史，可以追溯到隋末唐初。城墙高十二米，宽八米，非常坚固。城墙东西南北四个城门，由四座吊桥沟通内外。城墙上共有一千五百多个垛口，每个垛桩上都有一个射击孔。站在城墙上居高临下，易守难攻。广府城还利用洼地的特点，绕城挖了一条护城河，水深数米，最宽之处可达一百四十余米。吊桥拉起，再无进城之路。难怪当年解放永年县的战斗格外艰难——我军战斗初期的数次攻城战均告失败，最后只能靠长期的围城战才将其攻克。

城北门外有位摆摊的老者。当我们说明来意，老者便热情地为我们描述当年那场惨烈的战斗。老者已七十六岁了，他小时候经常听他的长辈们讲述当年攻打县城的情景。他说解放军当年就是从北门攻城的。之所以攻打北门，是因为这里的河面最窄。解放军本来是想踏冰攻城的，可惜那年天气偏暖，河面迟迟不肯结冰。战事紧急，国民党大军已向豫北地区大举进攻。解放军奉命南征，马上要出发，想在开拔之前解放永年城。老者说，那仗打得惨啊，战士们前仆后继地攻城，可惜水深受阻，加上缺乏重武器，牺牲了很多战士，仍未能成功。

冬天、部队南下、城墙、护城河，几个关键信息都与老者的讲述相吻合。

我们问："牺牲的战士呢？埋葬在什么地方？"

老者朝不远处一指说："就在那个信号塔附近。"老者说攻城之前战士们在那里挖了战壕，牺牲后却掩埋在了自己挖的战壕里。

我们问："牺牲了多少人？"老者说他听父辈们讲，有好几百人呢。

来到老者所指的位置，我们按传统的方式，摆上祭品，烧了纸钱，重重叩拜，寄托我们的缅怀和哀思。

此地不准焚烧，管理人员问清我们的来意，网开一面，让我们实现了一个小小的愿望。

虽然还不能完全确定这就是姥爷的牺牲之地，但我宁肯相信姥爷的遗骨就埋在脚下的这块土地。如今这块土地上有一片绿油油的小树林。虽然它们还不够粗壮，也不可能是七十八年前的树木，但我相信这肯定是它们的后代。

下午，我们从北门登上了城墙。我想替姥爷实现一个愿望——站在他当年未曾攻克的地方。站在北城门的城楼上，当年战斗的情景像电影画面一样蓦然浮现在眼前：枪声大作，杀声四起，战士们冒着枪林弹雨游过河面，踏上云梯朝城墙上攀爬。终于，一名战士手持红旗，插在了城楼上。

那面浸染着战士们的鲜血的红旗，在城楼上迎风飘扬。

舒老看流年

◎ 陆涛声

舒老是作家。静是豪的女儿，舒老的孙女。

静小时候很乖，长得也十分可爱，还规矩本分，舒老和老伴儿对她特别宠爱。静长大成白皙漂亮的姑娘，研究生读的是哲学，研究方向是伦理学，六年前毕业。她学的专业就业较困难，所有亲属都希望她考公务员或事业单位，可是她说话实打实，不善交际和应变，公考面试明显是弱项。她考过三次，都差那么一点，没信心再考，决定到企业去应聘。她通过了本市一家较大的物业公司的面试，被录用了，做人事专员，负责管理职工考勤和办理劳动保险，月薪只有2700元，也只给交"三险"。不管怎样，总算可以不"啃老"，做好工作或许能慢慢提高待遇。

舒老写作之余在小院里养了些花草，扦插培育了好几盆绿萝。静头天上班，下班后特地赶到爷爷家，要一盆舒老扦插的绿萝，说是要放在办公室里。

静到了谈婚论嫁的年龄。舒老和老伴儿都盼着孙女早些找到合适的对象定下终身，静却因为工资低工作还没有完全安定，觉得还没有条件谈婚论嫁。上班一年多，她看不到加薪的希望。舒老和老伴儿的心都悬着。

幸好她父亲豪通过朋友了解到另一上市的集团公司招聘，单位档次高，月薪3500元，有明确的加薪规章，给交"五险一金"。静去应聘，被录用了，于是跳了槽，依旧任人事专员做人力资源工作。

静去新单位上班，又带上那盆绿萝。

她做事认真踏实，第四年月薪涨到了6000元，但也成了大龄姑娘。舒老老两口及静的父母、姑妈都急，既催她自己找，也找人帮物色介绍。终于，有个比她大两岁的男孩，是大学老师、工科博士。两人见了面，觉得合得来，处了一段时间，便商量着开始筹办婚事。舒老和家族里的长辈都终于放了心。不过，静还没有带级别的头衔。她来看望他们二老时，舒老忍不住问："你有可能升职吗？"

静毫不当回事地回答："不知道。"

舒老有点沮丧，却又无奈。

大约过了两三个月，儿女们周日来家里聚会，静的父亲豪兴冲冲说，静工作的公司的女老总特来找他，说公司的采购中心负责采购所需的物资及办公用品，量相当可观；有人反映主管的采购行为有猫腻，公司决定多设一道岗把把关；了解到静工作认真踏实，不投机不取巧，不贪小便宜，品性可靠，打算把她调到办公室任采购监管——一是预先审查采购项目，二是审核价格，三是核实购回后的数量并检查质量。静的级别上升了，月薪将升到7500元，以后每次加薪幅度也会比原来大。

这可正是舒老盼望的好消息，他一听，抑不住兴奋，平时不喝酒的他这回打破常规，晚饭时开了瓶红酒饮了两杯，还对静说："升了职加了薪，你可得请客呀！"

静心情也很好，笑着说："当然，一定请。"

舒老开始等待孙女升职到任的消息。

等了一星期，又到周日，舒老的儿女们又都来老两口这里聚会，静因为加班没来。舒老问起静升职的情况，豪却丧气地说："这丫头神经不正常了，她竟突然变卦，不要升职，只愿做原来的工作。真是气死人了！"

舒老、老伴儿及其他家人们也惊呆了，都说这机会千万不能错过。舒老说要找静谈谈，叫她来吃晚饭，了解一下她变卦的理由。豪说也要参加。当下舒老便给孙女打电话。

吃过晚饭，都在客厅沙发上坐下，舒老还没开口，脾气急躁的豪就抢先责怪静："现在年轻人都讲究发展，不断寻找机会拼搏进步，不断换专业和岗位，遇到你这种机会，都求之不得，你却放弃，不傻吗？"

静说："初听说能升职加薪我也挺高兴，可是侧面了解了新岗位的工作，需要熟悉采购物资的品种、规格，不同厂家的产品质量、价格千差万别，不是一时半会儿能弄清的……"

豪忍不住打断她："哪个人换新岗位都不可能一下子全会，应该花工夫学习、锻炼，才能增强能力才有进步。"

静苦下脸说："学习新的业务知识难只是一个方面，更重要的是，那是容易发生矛盾的地方，要坚持原则，还需脑子活络，懂得应对的艺术，我天生一是一、二是二的性格，肯定会得罪人，也可能被人暗里作难。还有，我大龄结婚，不久就要生孩子，如果到了新岗位没等到学会新业务就中断工作，也会给单位添麻烦。我心里也纠结，连失眠两夜，才做出不去的决定。"

舒老觉得孙女说的也有道理，略带遗憾地问："你就打算长期做现在的工作了？"

"现在这工作，我开始只是为拿工资必须做，做了六年，现在我觉得其实是为公平维护职工的权益，最终也是为单位稳定、和谐把道关。我读研究生研究的方向是伦理学，是辨析人与人之间的道德是非，现在这份工作其实与学的专业也有联系。这几年来，我由适应到喜欢，现在已觉得是责任。三年前我还在网上专门学习人力资源专业知识，通过考试获得了中级资格。细想想，做一生也挺好。我想，不是每个人都能无限止发展和进步，社会也需要螺丝钉式的人。"她顿了顿，扭头看看客厅花几上的一盆绿萝，拿起小喷壶给它喷了喷水，俏皮地说，"爷爷，我可是绿萝的料，成不了牡丹、芍药，就安心地在一个小空间起点净化空气的作用吧。"

舒老不由得笑着对孙女说："爷爷支持你！"随后又问："你那年拿去的绿萝还在吗？"

"我也扦插繁殖了三代了，都把办公室窗台摆满了，长得藤长叶茂浓浓密密的。"

作为作家的舒老，马上联想到当代年轻人需要想清几个问题：一是追求发展与进步，是出于理想，还是因为欲望？二是常说的"实现人生价值"，是指得到的报酬，还是指以智慧和劳动创造的社会财富？……

他产生了写一篇随笔的冲动。

家 人

◎ 张望朝

祖 母

祖母去世那年，我三十岁。接到父亲的告知电话，我想起了一篇很有名的散文：《世界上最疼我的那个人去了》。

祖母姓武，河北唐山人。旧社会的女人一般没有名字，姓什么就叫什么氏，祖母就叫武氏。嫁到张家以后，"武氏"前头还要加上一个"张"字，祖母的全名叫"张武氏"。祖母不识字，但很有主意，家里的大事小情基本上由她一人决断。当年举家闯关东，最后在牡丹江落脚，就是祖母的主意。1949年前，牡丹江市大元明街四十号有一家张记豆腐坊，执照上写的是祖父的名字，实际经营者却是我奶奶。后来，豆腐坊归了公，祖父由装模作样的小老板变成了推车卖豆腐的小老头，祖母也由指手画脚的老板娘变成了婆婆妈妈的家庭主妇，从早到晚不是围着孩子转就是围着锅台转。

我父亲认为他妈是一个完美的人。表面上看确实如此。除了生气的时候爱骂人，你很难在我奶奶身上挑出别的什么毛病。然而她有一个非常致命的缺点：惯孩子。这个缺点致的不是她自己的命，是我们这些后代的命。我已经上大学了，吃饭的时候只要她坐在身边，都是她给我盛饭，衣服脏了也是她给我洗。我的生活能力一直很差，直到大学毕业，连自己的衣服都洗不好。我弟弟自小顽劣，经常惹事，她也从不管教，甚至还护短。有一次弟弟跟小朋友打架吃了点亏，就用弹弓射碎了小朋友家的玻璃窗，小朋友家长找上门来，我奶奶操着唐山口音反问道："兴你们家小虎打我们家二毛，不兴我们家二毛射你们家玻璃？牡丹江是你们家开的？"弟弟长大以后依旧惹是生非，当兵不到半年就因为打架被部队开除了，此后还养成了酗酒的坏毛病，即便是跟朋友谈生意也要喝得烂醉如泥。

我父亲是医生，我叔叔是教师。兄弟二人性格迥异，被我奶奶惯出的毛病却是惊人地相似：都没多大本事，却都自以为是且自作聪明；都以自我为中心，从来不考虑别人，更谈不上照顾别人；生活能力极差，都不会干活儿。我叔叔逢年过节还能下厨烧几样好菜，我父亲则从不洗衣做饭，反正我是从来没见过他洗衣做饭。虽是亲兄弟，也没什么利益上的纠葛，两个人却一直不睦，甚至在我奶奶去世后完全断绝了往来。我可以负责地说，没有我奶奶的过分娇惯，我父亲和我叔叔都不会是那样一种性格，兄弟之间的关系也不会冷到一种令人心寒的地步。

记忆中，我们家只有三次比较完整的聚会，只有三次。

第一次，祖父去世时。那年我七岁，上小学一年级。葬完了我爷爷，全家人坐在一起吃了顿饭。有我奶奶、我父亲、我母亲、我叔叔、我和我弟弟。当时我叔叔还没有结婚。

第二次，我婶去世时。当时我已经在哈尔滨成家立业。冬天的一个晚上，我叔叔从牡丹江打来电话，说我婶突发脑出血，去世了。我坐火车从哈尔滨赶回牡丹江，全程参加我婶的葬礼。当晚我们全家坐在一起吃了顿饭。有我奶奶、我叔叔、我叔叔的两个女儿、我父亲、我和我弟弟。没有我母亲，我母亲已经和我父亲离了，不再属于这个家。我奶奶对我婶有双重的感恩：一是我婶对她本人耐心而周全地侍奉和照顾；二是我婶对我叔叔无以复加地忍让与宽容。我婶的去世对我奶奶来说是一次精神上的重创，她一口饭都吃不下去，只是默默地看着我们吃；她的泪腺似乎干涸了，脸上没有眼泪，她的眼泪全都流进了心里。我预感，她也快了。

第三次，我奶奶去世时。如我所料，我婶去世不到半年，我奶奶也去世了，享年八十三岁。遗体没有火化，葬在牡丹江郊外我父亲给她买的一块墓地上。办完丧事，全家人坐在一起吃了顿饭。有我父亲、我叔叔、我叔叔的两个女儿、我和我弟弟，还有我母亲。我母亲对我父亲一百个看不上，但对我奶奶很有感情。听说我奶奶去世，她专程从外地赶过来参加葬礼，而且哭得比谁都凶，仿佛死的是她亲妈，可见我奶奶不仅惯儿子，而且惯儿媳。没有我奶奶，家里的气氛变得更加冷清而寂寥，饭桌上除了吃喝的声音基本上没有别的声音。我弟弟大口大口地喝酒，一口饭也不吃。我妈看着生气，指着他骂："你就往死了喝吧，你早晚得喝死！"弟弟乜斜着一双醉眼说："如果我喝死了，请把我的遗体葬在我奶奶身边。"

二十年后，弟弟因饮酒过量猝死在广州，享年四十七岁。遗体就地火化，没有葬在我奶奶身边。

三　叔

当年牡丹江有"四大恶少"，一般人惹不起：东安区的"小野马"、爱民区的"黑手张三"、西安区的韩四虎、阳明区的郭大拿。其中"黑手张三"就是我三叔，真名叫张剑泉。

三叔是我的堂叔，是我二爷的第三个儿子。传说三叔是个狠人，打架敢下死手。有这样一位三叔，我从小到大基本上没挨过欺负。小学一年级，寒假，我正在户外做游戏，有个跟我三叔一般高的小子抢我的冰嘎（东北小孩子冬天玩的一种陀螺玩具，主要玩法是用鞭子不停地抽，使其在冰面上快速旋转），我不给。那小子仗着比我大，一手卡着我的脖子，另一手握成拳头在我脸前晃来晃去。我三叔恰好打此经过，一脚将那小子踹了一个大马趴。那小子爬起来一看是我三叔，屁都没敢放一个，撒腿就跑。

有一件事我一直觉得很神奇：三叔虽有"黑手张三"之称，却从来没进去过，即便偶尔因为什么事被警察带走，不到一小时也准放出来。第一次"严打"，东安区的"小野马"、西安区的韩四虎和阳明区的郭大拿都进去了，韩四虎甚至被判了死刑，爱民区的"黑手张三"却什么事都没有。开公判大会那天，我三叔就坐在台下观众席第一排。听到法院院长宣布"现将杀人犯韩鹏（韩四虎原名）验明正身，押赴刑场执行枪决"，三叔流下了眼泪，因为他们是多年的哥们儿。郭大拿和"小野马"刑满释放后，依旧找我三叔喝酒。我三婶不让去，对三叔说："你现在是成家立业的人了，还跟那些人扯啥呀？"我三叔并不反驳，但还是去了。

上高二的时候，我跟同学打过一架，准确一点说，我被同学揍了。现在想想，不怪同学，怪我自己太欠了。我们班有个男生叫胡志伟，智商低，精神也不太正常，整天胡吹六哨，很是搞笑，我就填了一首词讽刺他，说他"行为如狂似傻，说话连唬带吹，衣帽风流像阿飞，腹中粪便一堆"。看到这首词后，胡志伟气坏了，抄起椅子向我扔过来，接着就对我大打出手。我从小到大，动口没输过，动手没赢过。这一回也不例外，一交手就被胡志伟按在地上。好在有同学拉架，我只是鼻子出了一点血，没受大伤。事后我自然又去找三叔，但这一次，三叔没管，三叔一本正经地对我说："同学之间打架，绝对不能找外人帮忙，那样会伤到你们未来的感情。"也许是我对他的话不是很理解，他就补充说，"等你出了校门走上社会，你就明白三叔说的话了。"

我实在咽不下这口气。看我气呼呼的样子，一个私下里跟我十分要好的女生问我："要不我替你找人揍他？"我想了想，觉得让一个女生替我出气有伤男子汉的尊严，传出去是件很丢人的事情，就说："算了。"

我上大二那年，胡志伟出了大事。以他的智商，大学肯定与他无关，中学毕业后他去爱民商场当了临时工。一天晚上，他陪商场保卫科一名值班人员喝了点酒，出于好奇，他非要摆弄一下保卫人员腰上的手枪（当时所有单位的保卫人员都配有五四式手枪），那位保卫人员也是酒后失心，真就把枪掏出来递给了他。结果，手枪被他摆弄响了，保卫人员当场身亡。胡志伟吓傻了，扔下手枪撒腿就跑，清醒了之后，连夜坐火车赶到哈尔滨，在大学宿舍里找到我，死皮赖脸地要我帮他拿主意。他说："我知道你学的是法律专业，这事你得帮我。"当时在哈尔滨学法律专业的高中同学不止我一个，可他偏偏只来找我，现在想想还很感动。——这就是三叔所谓的"未来感情"吧。我只送了他两个字："自首。"回去以后，他果然自首了。毕竟不是故意杀人，加上有自首情节，司法机关对他从轻发落，他保住了命。

大学四年，我也跟同学打过架，照例是动口没输过，动手没赢过。不管打到什么程度，我都恪守三叔的教导，绝对不找外人帮忙。如今大学毕业三十多年了，同学经常聚在一起喝酒，只要说起当年打架的事，两个打过架的男生就会哈哈大笑着来个拥抱，或者满满地干上一大杯。

牺羊和地动

◎ 敏奇才

　　母亲念叨了半年，穆萨望着圈里的三只羊，就是拿不定主意。"黑蹄"正值壮年，一年一茬、旺旺地下羔。"白嘴"奶水旺，下的羔长得快。"红脊梁"胎气好，年年下双羔，是这个家里的宝。

　　母亲念叨着要为已故父亲的殁祭牺牲一只羊，可穆萨和媳妇两个人实在是硬不下心，拿不定主意。

　　母亲从春天一直念叨到秋天，快到父亲的殁祭了。

　　离父亲的殁祭越近，穆萨和媳妇的心里越是不安。

　　家里的这三只羊宰哪一只都可惜，他们硬不下心，下不去手。这三只羊是家里的油盐罐，少了哪一只都不行。

　　前几年，穆萨和媳妇弹挣着在庄头盖了三间新房，拾掇得很阳和（意为漂亮、大气、美观），想着一家人都搬过去住，可母亲恋老屋。虽说老屋低矮破旧，但老伴殁在了老屋，她舍不下，怕老伴的灵魂回来了孤寂。

　　穆萨两口子只好把母亲挪到新房里住着，他们两口子依旧住在旧房里。

　　那天，吃过晚饭，两口子把母亲送到了庄头新房里，又回到旧屋。媳妇说经过庄头时瞅了一眼父亲的坟墓，坟头上的荒草长得像上了肥似的。

穆萨说："三年了，后天就是父亲的殁祭。"

媳妇说："母亲的那个心愿啥时候能了啊！母亲虽然嘴上不说了，但心里还是惦念着牺牲一只羊的愿望呢。"

"你说……要不，再等两年，把盖房的账还完后咱们就了却她的心愿，牺牲一只羊？到时候由她挑，宰哪一只羊都行。"穆萨忧忧地说道。

媳妇沉浸在思考里，没有回话。

穆萨等了半天，才说："哎，媳妇，我问你话呢。"

此时的媳妇面上静如止水，眼望着窗外昏暗的夜色，说："我听着呢。你听我说，咱们今年就把母亲的心愿了了，不然母亲的心里一直堵着呢。"

"'黑蹄''白嘴''红脊梁'，都舍不得下刀。"穆萨低声说道。

媳妇仰起头看着穆萨说："就把'黑蹄'宰了。母亲的心里也是很看重'黑蹄'的。"

穆萨没有吭声，内心里仍在做激烈的斗争。

媳妇猛地跳下炕，盯着穆萨说："一个男子汉，说话吞吞吐吐的，干散点儿。就这么定了，今夜就把羊拉过去。"

穆萨跟着媳妇往羊圈里走去。

门外大树上的鸟雀乱哄哄的。

"黑蹄""白嘴""红脊梁"，好像也都不是太安分，在圈里来来回回走动，没有吃饱肚子似的。

穆萨拿绳拴了"黑蹄"，牵着往外走，媳妇拿根棍子跟在羊屁股后面赶着。

往庄外走的时候，不时有老鼠在街面上窜来窜去的。穆萨和媳妇就觉得怪怪的。

把羊赶进新房院子里，拴在檐柱上，两个人说今晚就住在新房里守着。

母亲见两个人牵来了"黑蹄"，激动地淌着眼泪说："你们的父亲没有白心疼你们。其实，我也就是说说而已，你们有这个心意就够了。"

媳妇笑着说："那不一样。心里诚实，舌面招认，这才叫举念。"

母亲说："你们举念定了，那就按你们的意思走。"

娘儿三个在炕上坐着，说着遥远的话题。要是以往，这时候早睡定了，可今晚娘儿三个却没有了一丝睡意。

月光昏暗地亮着。

突然，大地像是打了个寒战，使劲地摇晃起来。

母亲突然挺直身子说："地动了。赶紧下炕出门。"

穆萨和媳妇跳下炕，扶着母亲飞似的跑出了屋门。

庄里的鸡狗使劲地叫唤起来。

穆萨跑出大门，在村街上边跑边喊："地动了！地动了！"终于有人跑了出来。

土墙倒塌的扑倒声、椽子断裂的咔嚓声、人们的哭喊声，交混着传进了穆萨的耳朵里。

穆萨疯了似的跑回新房院，母亲和媳妇站在院子里瑟瑟发抖。院墙上几块砖掉落了下来，房屋完好。穆萨又飞跑出大门，去看旧屋。旧屋全部摇塌了。"白嘴""红脊梁"在羊圈里使劲叫唤着，显然是被房屋的倒塌吓着了。

穆萨看着残破的院墙和倒塌的房屋，心想，幸好牵了羊去了新房里，不然，他和媳妇这时候早埋在了废墟里。

要是今夜没有媳妇的努力，没有坚定地举念"黑蹄"，那他们连举念的机会都没有了。

突然，穆萨的眼泪就哗哗地淌下来了。

洁白的"黑蹄"，定定地站在屋檐下，望着娘儿三个，眼里像盛着一汪悠清的泉水。

年夜饭

◎ 于德北

今年雪大，亲友家的丧事也多，先是父亲的一个老同事离世了。父亲虽然不在了，但我们依然要替父亲去送一程。母亲也赞同我们这样做，人情不能完全随着岁月滔滔而被刻意掩埋——所谓无情，也正是这样。母亲一直强调这一点。前不久，姑父也因病逝去。他和姑姑还有父亲、母亲从年轻的时候感情就很融洽，相处甚笃，所以姑父一走，母亲又一次受到冲击。

母亲很刚毅，年轻的时候就带着我和妹妹在乡下生活，和父亲两地分居，家里的大事小情都是她一个人操劳。她太渴望团聚，所以，对年节的讲究也渐渐形成了自己的原则。多少年了，父亲在也好，不在也罢，逢节假日，全家必须在一起吃一顿团圆饭，一个也不能少，且无论老幼，不准请假。如果某一个成员有事，实在不能参加，那就提前或延期。

还有，必须以长辈为中心。长辈在哪里，哪里就是家。

她的规矩很烦琐，但我们也很受益。

我们的内心都有一份来自家的温暖，这份温暖足以让我们抵抗生活中的任何困难。一个大家庭和睦、温暖，想必没有什么困难是不能克服的吧？

姑父去世是在年末，紧接着，立春了，马上就要过年。

母亲已经八十五岁了，身体大不如从前，但她依然操持着准备年货。首先是必需品：鱼——年年有余；鸡——要有积蓄；猪爪——抓钱；蒸肉——蒸蒸日上；丸子——团团圆圆。其次，要亲自熬皮冻、制酱牛肉，还要处理各种青菜、冻梨、冻柿子、糖块儿、瓜子、花生，准备大小红包。

往年这些都在她脑子里，今年，她找了一个崭新的本子，把一切都写得清清楚楚。

她对我说："今年熬冻子，你来帮我吧，我一个人干不动了。"

我漫不经心地应着。

她说："你别对付我，眼瞧着到年根儿了，你得过来。"

我点头，表示我记下了。

她拉着我，一起站到日历前，用笔一一圈点。

我们家就我和妹妹两个孩子，父母退休后一直和妹妹生活在一起。妹妹的条件比我好些，妹夫是上班一天一宿，接着可以连休三天三宿。老人有他们的陪伴和照顾，我们放心。工作忙是借口，我对父母的陪伴的确没有妹妹、妹夫多。日子久了，这也成了一种习惯。

每年过年，我们一家三口都是三十儿即赶到妹妹那里，大家一起守夜，给父母磕头，上香，放炮，包饺子——往饺子里包钱和糖，然后在吃年夜饺子的时候，看谁吃出财富和甜蜜。

我如约去帮母亲熬冻子。

母亲说："去你家熬吧。"

我一愣。

母亲说："从今年起，年年在你那儿过年、吃年夜饭。"

我欣然同意。

几年前，我的单位搬迁，为了上班方便，当然也出于母亲年老的考虑，我在离妹妹家不远的南部新区买了房子。房子一收拾完，我就曾提议过去我那里过年，可母亲不同意，她的理由很简单：我的工作是编编写写，忙起来没日没夜，没时没晌，人多对我影响太大。往年那些正月，我的情况也的确如此，思路打开了抬腿就走，到了饭口再回来，热热闹闹的，也算另一番井然。

说了几次，无果。

也只好顺从她。

听说今年要去我那里过年，妹妹和妹夫都不同意——几十年的习惯了，猛地一改，总不太适应。母亲却一再坚持，他们也只好放弃了自己的执念。

于是，从小年就开始忙活起来，祭灶，吃灶糖，收拾猪肉皮，把该蒸的、酱的、煮的提前加工，年夜饭的菜单也定出来。

妹妹开始大包小裹地往我这里拉东西，今天一后备厢青菜，明天是饮料、水果。妹夫送来了白酒、啤酒，孩子们也把单位分的福利送到了我这里。我那本来挺宽敞的后凉台，也因此变得拥挤起来。

说实话，旧格局被打乱，孩子们很不适应。

可母亲有条不紊地协调。

一切准备停当，母亲把那个本子交给我，说："这个你留下，以后过年不抓瞎。""抓瞎"是我们东北话，意思是没头绪。

母亲还嘱咐妹妹和妹夫去"青怡坊"买了一盆橘子树，并执意由她出钱。她让他们挑一棵树干粗壮的，结满橘子的，要茂盛，要兴兴旺旺的。妹妹、妹夫知道取"橘"的用意，痛痛快快帮她把树搬了回来。橘子树进屋那天，她高兴得什么似的，围着橘子树转了好几圈儿，一脸的满足把眼角的皱纹都拉长了。

除夕到，我们要开年夜饭了。

吃饭之前，我和媳妇、儿子要给母亲磕头的，妹妹、妹夫和外甥女也要行礼。然后，母亲把红包一个一个地发给我们。我们当然也把孝敬她的红包递上，递上一年的祈愿、祝福。

今年有点儿不同。

她只收了我和妹妹的红包，孩子们的红包她让我接，而且，给孩子们的红包也让我发放。她决意撒手不管了。

妹妹开玩笑说："妈，你这规矩改得有点儿太大了。说一千道一万，你还是向着儿子哟。"

母亲只笑不答。

吃着年夜饭，拜年的电话也就一个接一个地打过来。

姑姑的年纪小，母亲是她嫂子。每年都是姑姑的电话先来，给母亲拜完年，我们依次再给姑姑拜年。今年情况不一样，母亲把电话先拨过去，我们抢着拜年，之后，母亲拿着电话去了卧室，她们要说些姑嫂间的体己话。

她们说话的声音时大时小，我们听得也是断断续续，大致意思如下——

母亲安慰了姑姑一番，并说好天一暖就去看她。姑姑自然也问，今年为什么改到我这里过年了，以往每年都是在妹妹那里过的。

母亲说："他们都走了，我们也来日不多。等我们没了，孩子们过年不能没地方去。"

她还说："长兄如父，我不在了，他就得把这个事儿担起来。"

揣摩母亲的话，估计姑姑在电话里说了"在妹妹那里过年还不一样"之类的话。

母亲说："我在，那儿是家；我不在了，哪有儿子去闺女家过年的道理？再说，我没了，闺女的娘家不能没呀！"

一句话把我们的眼泪都说出来了。

父亲要我帮忙

◎ 曾　瓶

等我上气不接下气地跑进会议室，领导已经开始讲话。兜里的手机嗡嗡振动不停，我庆幸提前关掉了铃声。

在笔记本上装模作样地写下几个文字后，赶紧发信息：开会，会后回电话。

父亲住在老家黄桷坪。信息很快回过来：知道你开会，大干部不开会还叫大干部？

我哭笑不得。不知什么时候，老家的乡亲，包括父亲，都叫我"大干部"。其实，我连科长都不是。不过，在黄桷坪，像我这样在省级机关工作的倒绝无仅有。我所在的单位也非什么要害实权单位，但每次我回老家，乡上的书记、乡长，无论如何都要请吃请喝。

信息很快又来了：会后赶快来电，急事。

领导讲的什么，我听得迷迷糊糊，父亲的信息让我心神不宁。

领导讲话结束，我硬着头皮给父亲打电话。

父亲要我找县上领导放人。

我的头嗡的一下就大了。我是谁啊？我有那么大的本事？父亲就喜欢揽这些破事，如果他在我面前，我一定好好数落他。

父亲给我上课："儿啊，刘大伯救过你的命！做人得讲良心，千万不要忘本啊！忘了本，就是一堆臭狗屎，除了臭，什么都不是。"

我三岁那年得了场大病，人烧得像一块红通通的木炭。是刘大伯和父亲拉着一辆板车把我送到县医院，救了我一条小命。

事情很快弄清楚了。刘大伯的儿子刘高粱在广东打工，挣了一点儿钱，回家承包了数十亩荒地，种柠檬。柠檬树下，套种冬瓜。他给柠檬打农药，卡着时间点。农药的使用说明上说得很清楚：收获前半个月使用。打农药时，一些农药的雾剂喷洒在冬瓜上，他也没注意，当天卖了两千多斤出去。晚上，刘高粱煮冬瓜吃，吃完又吐又拉，才晓得出了问题，赶紧报告乡上。乡上赶紧报告县上。县上召开紧急会议，要求连夜把冬瓜追回。县领导大为光火：闹出那么大的动静，说什么也要治治这家伙，先关起来再说！

火气差一点儿就冲破我的脑门，我没好气地对父亲说："你以为你儿子是省领导啊？"

父亲不管我的恼怒，讨好地说："只要你愿意，还是有办法的。"父亲提到我为老家筹集修路款的事："当初不也是说不得行吗？一下功夫，还不是得行了！"

父亲想替我解除顾虑："刘高粱本来就不该关，人家是讲良心。他不说，球事都没有！"父亲把声音拉得很高，"当官最重要的是什么？是公道！"他要我替刘高粱主持公道。他真以为我在省城当大干部了。

父亲给我打气："没有要修路款难吧？要修路款那样的事情，还不是没有难倒你！"父亲对我替老家筹到修路款的事很得意。

提起筹集修路款，我气不打一处来。当时老家要修一条路，乡里的书记、乡长先是要父亲在电话里请我帮忙，后来干脆随父亲一起到省城来找我。

我毫不客气地予以拒绝了，但父亲虎着脸，要我想办法："黄桷坪的事情不找你找谁？就你官大！再说，修路，积德行善呢！"

经不住父亲的纠缠，我到处找关系，花大半年时间，筹到了五十万元修路款。父亲像喝了蜜，表扬我："只要肯干，哪有办不成的事情！"

我苦不堪言，为那五十万元修路款，我不知厚着脸皮作了多少揖，磕了多少头。其实，作揖磕头算不了什么，但很多事情，揖作了，头磕了，就办得了吗？

修路款到位后，乡里的书记给父亲买了一双皮鞋。父亲到乡上赶集，次次都穿那双皮鞋，逢人就说："乡里书记给我买的呢！"

对刘高粱被关这件事，父亲强硬得很。如果我不答应，今天，就和刘大伯到我家里来。

我只好把上次没有告诉他的事情和盘托出：为了筹到那五十万元修路款，瞒着吴晓娟，我自己掏了七千多元呢！我威胁他，如果吴晓娟晓得了，肯定要跟我离婚。

父亲叫起来："千万不要给吴晓娟说！"父亲紧张了，他对吴晓娟这个儿媳很满意，他觉得我能娶到吴晓娟，是祖宗积德，祖坟冒烟了。

父亲说钱的事情他来想办法。

父亲哪有钱？要有钱，我贷款买房子时早给我了！我赶紧制止说："您老人家千万别去找乡上要钱啊！"

父亲生气了，叫嚷道："找乡上要钱？笑话！我会吗？"

第二天，父亲给我打来八千元。

父亲把他的柏木棺材卖了。

父亲的电话也很快来了："刘大伯的忙，一定要帮啊！"他告诉我，帮刘大伯，该花的钱尽管花，他会一分不少打给我。

我十分后悔，真不该告诉父亲我自付七千多元的事情。我只是想吓唬吓唬他。可他或许还以为，我不帮刘大伯，是怕自己掏腰包呢！

我赶紧告诉父亲："刘大伯的忙，我一定帮！钱，千万不要再打了。"

这一次，父亲卖掉了棺材。我真担心，下一次，他就把老屋给卖了。

孩子和鱼

◎ 丛　棣

是个夏日午后，雨后初晴，山川田野被濯洗一新。

你和两个小伙伴如出笼小鸟，伸展双臂在野外忘情奔跑。你感觉自己跟那些迎面飞来的蜻蜓没什么两样，忽左忽右，忽高忽低，却不会失去平衡。那年你六岁。

你们只是路过那儿。人影绰绰，笑语喧哗，你们被吸引过去并转瞬忘记了之前的计划。一段不是很长很宽的水沟，连着鱼塘，没膝的水被一群大大小小的孩子搅得异常浑浊，他们是在摸鱼呢。你在旁边观察了一阵儿，发现人人都有收获——多是些小草鱼，是从鱼塘那边溯游过来的。他们的快乐感染了你，很快你也加入其中，短裤一下就湿了。你差不多是这帮孩子里边个头最小的。

你从没摸过鱼，也不得要领，但是混迹其中搅动着浑水，即便脏了衣裤，还是觉得很快乐。一同来的小伙伴也玩得很开心，很快都有所捕获。他们在岸边用泥巴筑起微缩的池塘，将逮到的小鱼养在里面，还冲你招手。你听见了他们的嘲笑声，不过你并没往心里去，别人教你如何摸鱼你也不屑去听，你只是很享受这种喧闹。水沟里的水早已变成了黄泥汤，你有些累了，想上去歇息一会儿。就在你靠近沟边的刹那，隐约看见一道游弋的白光，擦着你的腿，那么真实。你本能地俯身用手抄去——不是逮，而是连带着身前的泥水用小臂的力量扑上去的……

那是一条活蹦乱跳的鲫鱼。现在想想，应该有一斤多重吧。那是当天他们所见的最大的一条鱼，你的小手甚至按服不了它。他们都叫它"鱼王"。你和"鱼王"很快被大伙儿围拢，成为那个午后灼热的焦点。当时你手足无措，脑袋晕晕的，感觉眼前的一切那么不真实，只能仰起一张小花脸一个劲儿地傻笑……

那条大鱼被伙伴用草秆穿过鱼鳃绑住，拎在手里沉甸甸的，那天下午你便一直拎着，走到哪儿都会招惹来一些探询的目光。后来你嫌沉，就索性将已死的鱼用一截柳枝穿起来，拖着走，像个打完胜仗回来的将军。

到家时已近傍晚，父母上下打量着你，好像不认得你一样。你知道，都是身上那套脏兮兮的衣裤惹的祸。一番责打在所难免，即便你将那份面目全非的"惊喜"拎给他们看，即便你一再申辩那条腥臭无比的死鱼不是捡来的，即便你咬紧牙关坚称自己没有撒谎……

那个傍晚，你蹲在院门口，看余怒未消的父亲处置你的"战利品"。一把破菜刀在很费劲地剁着，听也听得出来，鱼骨很硬很粗。在大人们的眼里那也是一条大鱼啊！没人相信这是一个六岁孩子逮到的。一群讨厌的鸭子已等不及了，呱呱地叫着围了过去。泪水又模糊了你的双眼，天也一下子黑透了。

从此，你再没摸过鱼，这件事也被你封存在记忆里，像个秘密，不再提及。只是你时常还会在梦里与一道游弋的白光遭遇。是那条鱼，没错，还有那短暂的惊喜感如电流般贯穿全身，醒来却是无尽的怅惘。

成年后，你还是会做这样的梦，那道鳞光在你看来已初具"宿命"的形态。

　　后来你也曾笑着问过父母，在合家团圆的饭桌上，在谈及小时候的种种趣事时，然而唯独这件事大家都记不得了——父母已经很老了。这个话题很快被一带而过，你觉得很委屈。印象中那是一条很大的鱼，当时大家都质疑它的来历，如今大家又忘记了它的存在，忽略了长久以来它在你心中所占据的位置……

　　有一天，你带六岁的儿子到郊外游玩。湖边有垂钓的，每每有鱼被钓上来儿子都会拍着巴掌叫嚷一阵儿。儿子的欢快深深感染了你，让你想起了自己小时候，真是一样一样的啊！儿子问你钓过鱼没有，你笑着摇摇头，你说："爸爸摸过鱼，而且摸到了一条很大很大的鱼。"儿子的刨根问底勾起了你讲述的欲望，那尾鲜活的鲫鱼又开始在你的心底翻腾起来。你讲得细致入微。看得出，儿子已听得入迷，最后他还扑闪着大眼睛一字一顿地说："爸爸，你真了不起！"不知怎么，当时你的眼睛一下子就湿润了。

　　临走时，你将儿子讨来的一条小鱼放生了。小鱼先是在水边转了个圈，随后一闪就不见了，让你想起梦中那道倏忽而过的白光。你宁愿相信那是同一条鱼，它穿越时空而来，如今又游向辽阔而未知的水域……

假　发

◎ 张宇弛

都说远亲不如近邻，这个近邻其实是我的远亲。

表舅妈和我家住一个小区，我喊她舅妈。只因表舅走得早，这门亲戚似有似无。我没仔细梳理过两家之间的关系，应该没出五服。反正都住在一个院子，隔了几栋楼。我妈见着舅妈总要叫一声"表嫂"，可语气、表情和邻里之间打招呼没有任何区别，甚至带着一丝不情愿。

我妈总说舅妈是上海人，怪异。说起来，舅妈在小区一众花甲老人中确实显眼，她似乎并不习惯把年纪写在表面，不会像其他老人那样，一到六十就不再添一件新衣服。舅妈其实也不买新衣，只是她的衣服永远不显旧，她的鬓角也总打理得一丝不苟。用我妈的话说，讲究，讲究得怪异。我不觉得怪异，我挺乐见这种讲究。

我喜欢听舅妈叫我"囡囡"，用软软的沪音。好听的声音会让人联想到她年轻时的样貌。后来我常去舅妈家做客，从相册中得到了肯定答案。去她家做客的次数多了，举手投足间，我就有了舅妈的影子。直到现在，我依然被我妈诟病，说我吃螃蟹都快吃到指甲缝里去了。显然我妈是在夸我吃得细巧，吃的时候照顾到了蟹钳的每一个角落。那时候，舅妈教我吃螃蟹。吃完，她将手指凑到我的鼻尖——天哪，竟然闻不到什么腥味。当然，关于吃螃蟹的技法，我一直瞒着我妈，也瞒着别人。

舅妈有两个儿子一个女儿，逢周末他们回舅妈家团聚。我从未与他们碰面。作为一个外人，或者说远亲，我与舅妈的人际关系更随意些，来往从不挑日子。工作日的傍晚，可能带着水果，大多数时候空着手，我敲开门，没有一句客套，熟练得像到了自己家。舅妈也从不苛责我破费。我拿来橘子的时候，她就会挑一只好看的，剥开，挑出橘络，随后一瓣一瓣填进嘴里。吃完橘子后舅妈会替我梳头，她总说："囡囡啊，少熬夜，头发又是结又是叉。"

舅妈总能为我盘出各种好看的发型，如同相册里她的照片。她自己只梳头不盘发，因为四十岁后她一直留着齐耳短发。舅妈将照片中她的样子照搬到了我身上。从此我也变得讲究了。

那天，舅妈为我设计了一个新发型，然后愣愣地看着镜子。我问她："舅妈，怎么了？"舅妈没回答。镜子中的我，满头明艳，映衬着舅妈失落的眼神。明明新发型很成功啊。舅妈的手从我的发梢挪开，慢慢移回她的鬓角。

"囡囡，有空陪我回一趟上海吧。"

那是我第一次去上海，也是舅妈最后一次回上海。舅妈带着我逛了许多景点——城隍庙、静安寺、外滩等。午后，我们在和平饭店喝了一杯咖啡，晚上游黄浦江。抿着咖啡，吹着江风，我听舅妈说照片中的故事，将故事与眼前的景色对应起来。

我们去了徐家汇。在徐家汇商场，舅妈给我买了一件深色旗袍。她自己买了一顶假发，真发做的假发。假发只需要两只卡子就可以稳稳地别在头上，几乎可以乱真。

整个行程，舅妈没让我掏一分钱。我只是陪同，享受了一趟免费的旅行，得到了一件免费的衣服。我不打算告诉我妈关于旗袍的一切，省得我妈认为我也是个怪异的人，甚至认为这份怪异是舅妈传染给我的。

从上海回来不到一年，舅妈病了，我只要有空就会去看望她。病情加重后，看望变成了照顾。我能从舅妈的眼神中看出期待，期待周一我敲开她家的门。这隐约让我感觉到，舅妈周末过得似乎并不愉快。

干脆，我要了一把钥匙。

幸好我有钥匙，那天，打开门时，我看到舅妈不知何时已从床上滚落，她躺在地上大口喘着气。舅妈撑起虚弱的身体，气息微弱地说："囡囡，你来啦。"

这是舅妈对我说的最后一句话。

病房中，舅妈插着管子，毫无生气。我轻轻抚摸着舅妈的鬓发，眼前的她既熟悉又陌生，怪异得看不出半点讲究。舅妈似乎感受到了我手指传来的温度，眼皮动了动，很努力地睁开。舅妈抽动着嘴角，似要对我说什么，却说不出。稍微缓过点神，舅妈双手举在空中，胡乱挥舞。我好像懂了，我赶紧跑向护士站，找护士要来纸和笔。

等我回到病房时，病房里站满了人。舅妈的儿子、儿媳和女儿、女婿都来了。大哥朝我点点头，略表感谢，语气、表情和邻里之间打招呼没有任何区别，甚至带着一丝不情愿。大姐几乎是抢夺一般从我手中拿走了纸和笔。随后，我像是一个外人那样离开病房，他们似乎并不情愿让我在场。可我实在渴望知道舅妈最后写了点什么。我趴在病房门上，他们挡住了视线。我极力望向舅妈，看她是否写了点什么。

答案是否定的。

灵堂上，我问遍了当时在场的每一个人。答案一致，舅妈什么都没写就走了。大姐甚至问我："我妈生前是不是带你去过上海？她没交代什么吗？"在得知舅妈曾送给我一件价值不菲的旗袍时，大姐的表情复杂，一堵高墙瞬间竖起，隔挡在我们之间。我像是个小偷，不，比小偷还要恶劣。小偷至少没有别人家的钥匙，而我有。

尽管如此，三天后，我仍穿着旗袍，盘着发，来到了火葬场。送别大厅中，舅妈静静躺在水晶棺材里。我作为远亲，走在人群中间，绕遗体一周，做最后告别。水晶棺材里，舅妈表情怪异，似带着一些遗憾。她脱形的脸颊上淡淡施了粉，满头银发梳得整整齐齐。

糟了。

刚走出大厅，我猛然想起了什么，立即奔向旧物集中焚烧点。亲属们不明就里，跟在我身后。我冲向火堆旁，拦下工作人员，从他们手中抢下包袱。包袱抖落开来，掉落了一些舅妈的衣服以及日常用品。

只听见大哥站在我身后，对着大姐小声说："怎么回事？旧衣服不是你打包的吗？我也在场，藏着什么东西漏了吗？"大姐没回答，伸手要从我手中抢下包袱，仔细查找。我和她争夺着，大哥也上前拉扯我的胳膊。

拉扯中，包袱皮被撕破。所有人都惊呆了：没有金，没有银，没有存折，也没有房契。

——只不过一顶假发，轻轻飘落。

爱的可能

◎ 孙在旭

自从妹妹出生那天起，我的生活彻底改变了。"莫莉，把菲菲的衣服洗了。""莫莉，把菲菲的书包拿过来。""莫莉，把电视关了，菲菲要睡觉……"除了这些"莫莉时刻"，谁也不会再多看我一眼。曾几何时，我也被唤作"莉莉"啊。在语文课上，老师朗读了一个英国诗人的作品，诗中说"没有谁是一座孤岛"，我不认同。我觉得现在的我就是一座名副其实的孤岛。

因为不想在家里看到妹妹，我更多时候喜欢待在学校里。"莉莉。"多年后，当我再次听到有人这么叫我时，天知道我有多激动。那天放学，我和往常一样不着急回家。当我听到这声轻唤时，仿佛又回到了小时候。我一转身，看见最后一排的晨明正在埋头写作业，问题是教室里只剩我和他，难道是我听错了？我看了他一会儿，他毫无反应。我一转身，又听到一声"莉莉"，声音比刚才更轻。我起身，一步步走向他。终于，他"扑哧"一声笑了出来。我们就这样对视着，突然，他一本正经地说："莉莉，我在等你。"他依然坐着，抬头看我。我没有回避他的目光，声音却有些哽咽，一字一顿地说："你再说一遍。"他有些怯弱，把椅子往后挪了挪，缓缓地站了起来。他比我高半头，我微微抬头看着他。苍天在上，如果他再说一遍，我肯定会哭出来。

话虽如此，如果我真的哭出来，晨明会像偶像剧里那样把我拥入怀中吗？我不敢想象。幸好这一切没有发生。

我刚到家门口就听见妹妹的哭声，我想返回楼下又不知能去哪儿，只好硬着头皮开门进去。"莫莉，你过来。"卧室里传来我妈的声音。我装作没听见，继续往我屋里走。"莫莉！"这次是歇斯底里的一声，让我头皮发麻。我妈气急败坏地说："莫莉，我跟你说多少遍了，香蕉皮别乱扔，你听不懂吗？"菲菲还在哭，我妈安慰她："不哭不哭。"我狡辩道："凭什么说是我扔的？也可能是小六儿叼的呀。"我妈闻言半晌没说话，就那样瞪着我，良久，从牙缝里挤出一句话："行，行，你等着啊，明天我就把那只该死的猫扔了。"我心头一颤。这个家里只有小六儿和我最亲了，她怎么能？怎么能！我狠狠地扔下一句："你干脆把我扔掉算了！"把门一摔回到我的小屋。这晚，我长这么大以来第一次产生离家出走的冲动。

第二天，我在学校一直担心着小六儿。我很想跟我爸告状，可他不一定站在我这边。曾经爱我的人明明还在，现在却把爱全都给了另一个人。难道我不是亲生的吗？放学后，同学们纷纷回了家，我却不敢，我真害怕我回到家后看不见小六儿。我越想越委屈，终于流下了眼泪。突然身后有脚步声，我知道是谁。他在我身后站住了，我正琢磨他想干吗时，耳机戴在了我头上，然后他默默地坐到我旁边的座位上。歌声渐起，是一首男女对唱歌曲："不让你的眼睛，再看见人世的伤心，投入风里雨里相依为命。用我的痛吻你的心，看着你的眼睛……"

歌快要放完的时候，他轻声说："一切都会过去的，没什么大不了的。"作为女生，我知道我不该那样，但还是把头靠在了他的肩上。他依然直视前方，一动不动，像块木头。没想到他还有这样的一面。我突然想笑。我把头挪开，摘下耳机还给他。他站起来说："我们走吧。"于是我俩离开了教室。一路无话。我知道他跟他爷爷奶奶住一起，但从没问过他爸妈的情况。过了路口我们就要分开了，我犹豫着要不要开口。绿灯亮起，他笑着说声"再见"，向对面走去。我目送他落寞的背影，竟有些不舍的感觉。这个绿灯时间很短，我再也抑制不住，突然冲他喊道："晨明。"他停住，转身看我。这时灯已变红，车流很快把我俩隔开。我冲他喊道："送我回家好吗？"他趁着车少的间隙飞快地跑向我。

来到我家楼下时，我告诉他在楼下等我一会儿，然后独自上楼了。开门那一刻，我的心跳得厉害，仿佛要面对人生的一次重大选择似的。"喵"的一声，小六儿蹿到我脚边，我心里的一块大石这才算落地。我爸从厨房走出来，有些不满地问："怎么才回来？"我没理会。第二天是星期六，我爸提出一家四口去购物，我本不想去，我妈非要我去。

我们买了好多东西。排队结账时，我提出和菲菲先出来。我看着马路对面，突然产生一个恶毒的想法。"菲菲，咱们到那边去等吧。"我拉着她走到马路中间，突然飞快地跑向对面，把她一个人扔在那里。我躲在一棵树后面看着她，心仿佛要跳出来似的。眼看就要变灯了，突然晨明从拐角出来，几步冲到菲菲跟前把她抱起来跑到我身边。他先把菲菲放下，然后朝身后看了看，当他转过头时已经满脸通红，我从没见他如此愤怒过。他咆哮道："你疯了？她是你妹妹啊！"我已经哭了。

见我爸妈从商场出来，晨明扔下一句："你好好想想吧！"然后抱起菲菲朝马路对面走去。就连他也离开我了，还带着菲菲。那一瞬间，我感到全世界都抛弃了我，眼泪模糊了双眼。我顺着路一直跑一直跑，我不再需要任何人，任何人也不再需要我，我是一座孤岛，爱我的人和我爱的人通通离我而去。我一直跑，直到天黑了，直到眼泪哭干，直到饿了肚子，直到无路可去……直到我再次看见了晨明。

他什么都没说，紧紧抱住了我，在我耳边说："我们回家吧。回你家。"我僵住了，我不敢面对爸妈，更没脸面对菲菲。我很想说："带我去任何地方，除了那个家。"他没给我机会。他拉起我的手，直视我的眼睛："相信我，一切都会过去的。"我依然不动。他柔声说："我送你回家，我在楼下等你，这样行吗？"我点点头，但浑身早已没了力气，任由他拉着一步步走在回家的路上。

我能上楼，完全是晨明那坚定的眼神给了我力量。我选择相信他，心里却有两种担忧：一是他们会暴跳如雷打我骂我，二是他们会继续把我晾在一边。无论哪种我都无法承受。"我在楼下等你。"晨明的话再次给了我勇气，我开了门。那一瞬间，我妈先是愣了一下，然后几步跑过来一把搂住我，泣不成声。我爸也站了起来，眼眶红润。菲菲奶声奶气地说："姐姐回来了。"我妈把我搂得更紧了，不停地说："妈妈爱你，妈妈爱你。"我所有的委屈在这一瞬间化为乌有，眼泪不由自主地流下来。等我们都哭够了，我才想起晨明。我走到阳台上，打开窗户往楼下看去，他向我挥了挥手，他的笑孤独又灿烂。

短发女生

◎ 胡弃暗

　　难得听一次收音机。放的是一首老歌，梁咏琪的《短发》。蓦然想起高中时的一位同桌。高一还是高二，记不清了。用力想了很久，才想起她的名字。清晰记得的是她的模样和她的声音。她很爱唱这首《短发》，而且唱得很好，经常轻声哼着。她自己也留着一头碎碎的短发，个子小小的，总穿一件黑色修身T恤，脸上挂着笑，爽朗大方，但音色细柔，毫不咋呼。没听说她跟谁谈过恋爱，也没见她流露为情所困的迹象，不知她为何爱唱这样的伤心情歌。

　　我对她从未生过一丝绮念。十六七岁的我，爱慕的是柔弱娴静的女生，长发长裙那种，品位特别直男，而她偏于假小子。由于没有鬼鬼祟祟的企图，我们相处得自在而愉快。我的记忆里，找不出一帧她凶巴巴的画面。即便用笔尖扎我时，她也是笑容可掬的。她真的好爱唱歌。哪怕在她心情低落时，只要诚恳央求她唱首歌，她也会大大方方地唱起来，唱着唱着就云开雾散了，哪怕唱的是伤心情歌。

　　或许正因为没有私情，高三转学后，我就跟她失联了，但每次听到《短发》，或自己哼起这首歌的旋律，我都会想起她。想起她时的心情，半点儿没有这首歌里的苦涩，反而洋溢着小刚《暖风》中的气息。她就像一股干爽的暖风，总在不经意间经过我的心头。

一旦想起她，接着就会想起另一位高中女同学，也是短发，小个子。有时她会歪戴一顶棒球帽，更像假小子。我们班男生女生相处是很融洽的，不记得有谁跟谁是死敌，或者谁跟谁是怨偶。课间大家闹成一片，尤其是晚自习的课间，玩得更疯一些，仿佛夜色会擦去人的性别意识。我们总是下课铃声一响就奔出教室，不需要上厕所的都奔向天台，在篮球场大小的天台上，三五成群地谈笑嬉闹。有一次，她走到我面前，将棒球帽的帽檐转向脑后，对我说："你能不能趴在地上让我跳山羊？"我受宠若惊地点点头，照她说的做。她在我的背上跳了几个来回，然后说："起来吧。"等我站起身，她柔声问："有没有压痛你？"我说："没有，你很轻的。"她咧嘴一笑，将帽檐转回来，跑开了。

高一入学不久，我就决定追求一个女生——自然是柔弱娴静的类型。可惜刚给她送了一封情书，还没得到回音，她就因病休学了。我郁闷了好久，暗暗期盼自己相思成病，当众吐血，像梁山伯思念祝英台那样。然而一直没有，反而越来越强健，因此我更加郁闷，而且自卑，叹息自己终非情种。

当时的同桌，一位微黑、微胖的短发女生，自称我哥们儿，对我的感情生活很是关切。一天，她忽然对我说："要不你改追LM吧，我觉得你俩更合适。相信我的眼光。"我的脑海立刻浮现出LM在我背上跳山羊的身姿。尽管我当时面朝地砖，并且是在夜间，不太可能看得见她的身姿——或许是被月光或灯光投映在地上的影子吧。同桌继续做媒说："其实LM比你喜欢的那位耐看，而且性格也很好。我跟她是初中同学，对她很了解的。你好好考虑一下。"我突然脑子一抽，愤然作色，断然拒绝："不要再说了，我是不会移情别恋的。"这样说着，我感觉自己的形象"唰"地伟岸起来，心中迸射出的道德光辉照得自己睁不开眼。

然而，从那以后，上课时，我便忍不住偷偷打量LM的侧脸，心口胀胀的，像吞了一只棒球在里面。我发现她的五官确实挺好看，眼神还有点儿忧郁。课间我有意避开她走，以免跟她打照面。晚自习课间我也不去天台玩了，改到楼下溜达。有一次，她在走廊截住我问："怎么不给我跳山羊了？"我支支吾吾，不记得说了句什么，匆忙夺路而逃。

因为我的矫情，跟她便渐渐疏远了。高三转学后，自然也就失联了。多年后，我跟她被拉进了同一个高中同学群。我惊奇地发现，她跟我生活在同一座城市，两家相隔二十公里。她有一个可爱的女儿，比她当年还要好看些。我决定不打招呼，不惊动她。

我十分怀念高中的前两年。或许是地处农村、较为封闭的缘故，同学们大都天真淳朴，同学间的关系大抵亲密友善，几乎感觉不到性别的界线。没有男生霸凌女生，也没有壮汉霸凌弱鸡。自然也有"早恋"发生，但纯粹是精神性的。拥抱、亲吻、性这些，离我们很远，连牵手我都没见过。无非是两个人单独待会儿，说些温温柔柔的傻话，或者放月假时并排骑一段自行车。

高三，我被迫转学到县城的重点高中借读。宿舍里，熄灯后，男生们聊的是网游、群架、电影……我默默蜷缩在高低床上层的蚊帐中，像个不慎掉落在树杈上的外星人，心惊肉跳，插不上话，清晰地看见自己的少年时代在黑暗中寸寸崩解，化为乌有。

珍馐牛上脑

◎ 石露芸

在我相亲认识的一百多号人里，陈君是最特别的一个。他令我面红耳热过。

他长着一张不算阴柔的明星脸。头一回见面，坐在呷哺呷哺火锅店的高脚凳上，他递上自己的名片，名片左上角是那家著名的美国公司的标志。他补充说，创始人是爱迪生。

吧台上一长溜的单人小火锅。我按小红书 App 的推荐，点了牛油麻辣锅，配牛上脑——那是位于牛颈后部、脊骨两侧的牛肉。陈君说："你哪里知道，菌菇的滋味才最鲜美！"他面前摆了什锦鲜蔬拼盘，颜色煞是好看。湿冷的十一月，玻璃门外的梧桐落了一地残损的黄叶，店内倒是热雾蒸腾，打扮时髦的小情侣和大学生坐得满满当当。不多会儿，我和陈君也头碰头热聊起来。席间，他拉过我的手，在我掌心写他故乡的名字，是两个生僻字。

待跳下凳子来，我假装没注意到他的身高。茱莉叶向我暗示过："很抢手呢，客户求我给她女儿介绍。"

茱莉叶是我的前同事，离开律师事务所后，成了一名保险经纪人。陈君是她老公在谢菲尔德大学读研时的校友。当晚她打来微信语音电话，询问"相亲满意度"。

我说："那辆红色马自达，看起来有些年头了，不会是他前妻留下的吧？"

茉莉叶说："老陈人老实，有绅士风度。车，他当然有能力换更好的。"言谈间，她时时流露出为我感到"庆幸"："他对你印象不错呢，说你气质好、端庄大方。"

结束通话前，她转给我一篇"挺有意思的文章"，看标题像是关于单身重疾险的。我没有打开链接。

我没告诉茉莉叶的是，送我快到小区时，陈君把车停在路边，主动坦承了上一段婚姻失败的缘由。他是这么总结的："她家看不起我，让我觉得自己是彻头彻尾的失败者。"夜幕降临大地，急于归家的电动车流贴着车窗疾驰而过，我不确定自己是否应当表露出某种共情或同理心，只晕乎乎地说："以后会好的。"

我和那辆红色马自达有过近三个月的缘分。那三个月的时光就像是踩在棉花糖里。

我是个律所小职员，在和陈君谈恋爱前，白天和商标、专利、版权打交道，除了大量案头工作，有时得用平板车搬运成箱的侵权证据；晚上沉迷于写小说，还报了线上培训班，学习叙事视角、悬念和隐喻，研究一百年前的美国男子汤姆甩情妇一个大耳刮子的心理动机。我没觉得这样的生活有何乏味，用营销号的话说，我大概属于那种"浑身散发着单身气味"的女人。是陈君开着他的小破车闯入了我的生活轨道。他车接车送、温存备至，我们的约会地点从高端日料店、宝藏本帮菜馆子一路探险到深夜小酒馆和路边烧烤摊。我的口红收藏也从永恒的豆沙色，偷偷进化成烂番茄、枯玫瑰、午夜红酒和烈艳蓝金。

春节回老家前，我邀陈君陪我逛家居店。我们在宜家吃瑞典肉丸子，我几乎将样板间的床试睡了一遍，结账时带走了九块九的多肉植物，心里觉得幸福。"哼！"这时我听见他一声冷笑。

"以后会好的。"也许是当初这句傻傻的安慰激发了他内心积压的陈年委屈，他的倾诉欲爆发过好几回。从宜家回来的路上，他从研发团队拆分重组，一路控诉到他的前妻和丈母娘："我对接美国的团队，电话会议开到半夜，回家还要擦皮沙发。象牙灰的真皮沙发不耐脏，你知道护理一遍要费多少工夫？她不领情的。她说我故意大造声势，吵得她睡不成觉，影响她备孕……"

他一边控诉，一边猛踩油门或急刹车。每次我想要插话，都被他愈来愈暴烈的宣泄打断："听说银饰能排毒，我去云南出差，特地给她打了一套最贵的。她本来还挺高兴，后来她姐一家来吃饭，笑话她，说只有黄金才保值，丈母娘也帮腔，她立马对我阴阳怪气的，还牵扯出结婚时的酒席档次不够，说我妈托人找的婚庆公司是草台班子……"

车速近乎失控，我甚至想到了报警。从高架桥上远望，城市一片灯火闪耀，我仿佛在棉花糖中踩到了钉子，不敢相信梦已醒。临别时，他的眼神是冰冻的山谷："庞莹，你和她是同一个星座的。这点你不该瞒我。"

事后回想这一刻，我恨我当时痴痴愣愣，忘记了反击。

"我不想应付女人了……求你们放过我吧！"他痛苦不堪，绝尘而去，红色马自达很快驶离我的视线。

半年后，在同事发起的下午茶聚会上，我与茱莉叶重逢。

"听说了吧？老陈结婚了。"她故作神秘，喜气洋洋。

"哪个老陈？"

"陈君啊！他和前妻复合了。要我说，他这是自讨苦吃。何苦呢？"茱莉叶的美甲闪着"猫眼"的流光，她打开手机给我看一张微信群的聊天截图，群名叫"留英 IT 老学长"，"他自己在群里高调'官宣'的，傻吧？"

我看到了那个熟悉的头像，它曾经在我的微信里置顶。截图很长，在零星的几句"恭喜"后，不知谁说了句："相亲场上的女人，不是贪，就是丑，不如……"

"他老婆精得很，财商也高，上周刚刚签约了一份综合保险计划，针对高净值家庭的。"说到后半句，茱莉叶扬起声音，把明媚的笑脸转向席间其他人。

从咖啡馆出来，我打车去地铁站。路过那家呷哺呷哺店，发现店面在装修，门头换成了黑底红字的"重庆火锅"。

城市的面孔不断变幻。我想起那盘珍馐牛上脑，端上桌时，它有多么美丽的大理石花纹！

郑州在下沉

◎ 李　森

　　和王倩分手后，我彻底和我妈闹掰了。

　　没想到我们母子二十余载，后来竟然靠着王倩这个外人当作其中的润滑剂。王倩走之后，我们之间的齿轮彻底停止运转了，一切都诡异地僵持着。她首先对我的不幸遭遇表示同情，在我面前唉声叹气好几天，感慨王倩这个姑娘有多好，让我想尽一切办法劝她回心转意。可王倩怎么会回心转意？我按照她的方式尝试几次后，王倩彻底把我拉黑，从我的生活中突兀地消失，像是从来没有出现过。

　　我妈开始改变策略，逼迫我去相亲。一切都像是梦一样，我穿上应该穿的衣服，控制着僵硬的自己去见一位又一位姑娘，我的灵魂好像漂浮在我的肉体上面，周围的一切都与我无关。我看见对面姑娘的嘴巴一张一合的，把一块腐烂的动物尸身夹进嘴中，用坚硬的牙齿耐心地咀嚼，她的脸上露出满意的神色。我开始呕吐，吐出绿色的苦水，吐出鲜红的心脏，吐出奶白色的乳液。

　　我的母亲在凶我。她站在我的面前，穿着红色的残破的拖鞋，神色凝重地开始数落我。她说我小时候就不让人省心，她说我一事无成，她说："王倩他妈的有什么好的！"我站起来说："你他妈的闭嘴！"她脸上露出惊愕的神色，浑身开始发抖，下一刻好像要变成一堆零件。终于，她能说话了："你竟然骂我！"我有点儿害怕，但那一刻我久违的灵魂好像突然回到了我的身体，我不再耳鸣，一切都变得真实了起来。

我说："王倩就他妈的很好！"

我夺门而出，走进地铁站。我掏出手机去寻找王倩，急切地想要告诉她我好像做了一件什么不得了的事情。可我怎么也寻不到王倩。地铁上的人都直直地看着我。他们全都变成了王倩的样子。地铁在轨道上疾驰，窗外是无尽的黑色，中间各站都不再停顿，所有人都不玩手机，不说话，不打盹儿，穿着形色各异的衣服，长着同一张王倩的脸注视着我。

我有些开心。我终于再次见到了王倩。王倩长什么样子呢？我一步一步地走，弯腰微笑着看着每一个王倩。她有着能够盛满星河的眼睛、小巧的鼻子、丰厚的嘴唇，化了妆时像佟丽娅，不化妆的时候像倪妮。我抚摸着每一个王倩的脸。我说："王倩你怎么不说话呢？"

王倩开始对我笑，所有的王倩都站起来对我笑。她们一靠近我便化作一摊又一摊的水。怪我，是我过于炽热，是我过于执拗。王倩靠近不了我，王倩变成了水。我跪下来捧着变成水的王倩，我把她们放在我的脸上、我的身体上。我说："王倩我好想你。"

地铁一直在永无止境地走。地面上是成吨的水，它们倒映着我的面貌。一个又一个王倩还在向我奔赴而来，而后在距离我一拳的地方在空中炸裂成绚丽的水。我越来越难过，说不出来的难过。我用尽全身力气去敲打门窗。外面黑夜永恒，门窗坚硬无比。我用指甲划开我的腰，用力地从中掰断一根肋骨，而后擎着那根鲜血淋漓的肋骨用尽全身的力气去砸那承载着无尽黑暗的窗户。窗户碎裂，我被疾驰的列车甩出去。我在空中被撕裂，重组，再次被撕裂。

王倩。

王倩。

王倩。

我好想你。我不想再做梦了。让我见见你。

秋天的太阳很低，像是长在了我的肩上。最后一次见王倩，是我们骑着共享单车在紫荆山南路往北走。王倩穿了一件黑色的裙子，长度不过膝。她骑得很慢，害怕走光。我肩膀上的阳光为她照耀着前面的路。可等红绿灯的时候，一个老头骑着一辆三轮突然挡住了我的路。一转身，我就再也找不到王倩了。

愤怒，懊恼，难过……这些情绪总是莫名地出现在我的身上。天旋地转，太阳熄灭，郑州在下沉，一切都寻不见了。我的身上好像缺了一样东西。

我妈带我去找医生，医生叫来一群人盯着我看。他掰开我的眼睛，注视着我就像是注视着一条小狗。他说我身上确实少了一样东西，一种叫作多巴胺的东西。医生说我服用过大量的氯丙嗪，它是中枢多巴胺受体的阻断剂，具有镇静、抗精神病、镇吐、降低体温及基础代谢的作用。

我妈说："他和女朋友分手了，在网上买过一些'忘情水'。我以为那是骗傻子的，就没有阻止他。"

医生说："那就对了。"

我急忙握住医生的手说："我为什么还记得王倩？"

他说："不知道。"

我反应迟缓，记忆紊乱，常常莫名其妙地出现在地铁上。我能记住的事情越来越少，可我就是忘不了王倩。某天我又一次抽出我的肋骨敲碎地铁的车窗，再次回到紫荆山南路的时候，看见王倩在前面扭头等我。

我从大爷身上跃过去，可我总见不到那之后的王倩。太阳就在天上，周围人潮汹涌，大爷慢慢悠悠地从我面前过去。我看见王倩在等我，扭头在对我笑。

我说："我为了忘记你喝了许多'忘情水'，可是我把全部事情都忘记了，就是没有忘记你。"

王倩说："是吗？"她撩了撩被风吹乱的头发，微笑着坐在共享单车上注视着我。

我看着她。

我们相视无言。

吉日成婚

◎ 魏闻初

建日，宜婚嫁、祭祀、盟誓，老皇历，甚至早到九店楚简的《日书》都认为是吉日。李雯一起床就把几本厚书从桌上搬到了床上，扔掉了艾司唑仑的空药盒，给桌面腾出些许空间，摆上一面小镜子。昨夜她将家里打扫了一番，但逼仄的房间仍有灰尘味，那都是线装古籍散发的经久不息的气息。她换上了直裾袍，随后开始梳妆。她将满头黑发分成前后两个区：后区的头发编成麻花辫并盘于后脑，在头顶垫上硕大的假发包；前区头发分成几批梳向后脑，完全遮盖假发包，并用小黑夹子夹住，伪装出头发天然高耸圆润的视觉效果。她拿出一大片假发排固定在鼓起的发包之后，遮住整个后脑，掩藏了麻花辫发髻。又将那束假发在背后绾成环状的髻，以红绸带绑住。最后在头顶固定一条细发排，挑出其中两绺碎发，如烟雾似的垂悬在脸旁边作为鬓发，用以修饰。她对镜细细地欣赏，原先那层细薄稀疏的才堪堪过肩的头发，现如今被改造得丰厚而亮丽，看不出因焦虑脱发而留下的斑秃，只见得头型饱满，线条流畅。早晨的阳光从窗外洒进来为其镀上金色的柔光，她已是全新的、美丽的了！难怪复古的国潮婚礼会受到年轻人的欢迎，她情难自禁地露出喜悦的微笑。眼下她也要成婚了！

手机频频振动，好不烦人，李雯抓过来一股脑回复所有积压的消息。好友问她是不是回城里了，可以出来一起吃饭。李雯说确实回了，但她想独自待着。朋友说："好不容易休假，怎么能窝在家里？"李雯说工地上把女人当男人使，把男人当牲口使，现在只想好好休息调养。前男友说："我在新闻上看到了你，恭喜事业上取得成功。"李雯说："谢谢，也祝你步步高升。"现在她再去翻以往他们两人的聊天记录，瞧见他批评她的工作赚不到钱且人又不着家，已不再有上前去怒吼对质的冲动了。她秉着自我虐待的初衷去翻看他的朋友圈，也没有任何刺痛的感觉，毕竟自己即将奔赴新生活了！她的精神安定，连重度焦虑都康复了，最近药物也渐渐停了。此刻她感受到了私奔前的隐秘的快感，意识到从这天起才真正长大成为独立自主的人。她心中就像盛满了大火煮沸的水，不停冒出硕大的泡泡，内里装满甜蜜的空气！对她而言，恋人、朋友乃至父母都只能陪伴人生的一程，可灵魂伴侣却能陪伴一生啊！

李雯梳妆完毕，慢慢站起身，让几乎纯黑的直裾袍自然垂下，后摆拖在地上。她庄重地走到客厅——燃气灶和大门之间的窄小廊道，站在一个人体衣架前，轻抚衣架上悬挂的青黑色交领大袖的上衣和黄色的下裳。这套男款的服装色泽质朴庄严，仅领部、袖口和裳裾上装饰以浅红色丝带。衣袍宽博，腰部又以宽带束紧，显得纤细轻盈。面料的裁剪与缝制都是她亲手完成的，为此还特意买了电动手持缝纫机和专用剪刀。她在批发市场购入了几块玉石，自己用丝线串接成组玉佩，系在腰带上，轻轻拨动它，就有清越的佩环之声；近看则洁白纯净，如同用冰块打造的七窍玲珑心。婚服的制作并不困难，因为她对此类服饰的形制无比熟悉。近两年她发现不少年轻人都爱在旅游景区穿战国袍，其中有的符合史实，有的则体现出现代人的发挥，细节上的差异她一眼就能辨识。

布匹和玉佩仿佛还带有人的体温，人体衣架却空洞冰凉，如同一具真正的骸骨。她叹息一声，心道："我从尘土中发掘了你，但不能独占你，连同那些在眼前过了千万遍的简牍、丝绢和布衣……"他当然不属于任何一个人，可他自从重新面世的那一刻起就与她产生了牢不可破的关系，近似某种生死相依的羁绊。她的名字由此得以永远铭刻在历史中，生命也有了意义。她胸中雄壮的豪情翻涌如海，深感这许多年来她所从事的才是真正不朽之盛事！倏忽间却叹息人的生命短暂，真怕一夕猝死，留下许多未竟之事。转念又想到，寿数本就是无可奈何的，然而，楚天在上，她愿意献身，只为探研江汉平原的地下世界，直到死亡将她与之分离！割破手指涂抹鲜血于口唇边，她默念誓言，又仿照先秦的礼仪将镌刻着誓词的玉板埋进一罐土中，这是与他初次相遇时她脚下的土壤，五花土压着的青膏泥。这哪里还是由凡人见证的寻常婚礼呢？这四不像的仪式分明神圣得无与伦比，而寂静的宣誓，看似无人知晓，但云知晓，风知晓，天地都知晓。

章鱼橡皮

◎ 周楷棋

文焕十四岁。上课时，他不时偷瞧方菁，瞧她短短的马尾辫、优雅的下巴弧线、可爱的脚踝，但不敢瞧她微微侧头望向黑板的眼睛，害怕被察觉，也害怕心中那卑怯的草原被她眼中倾泻而下的璀璨宇宙冲垮。

这天，文焕发现方菁桌上多了一只小小的黄色章鱼橡皮。他还发现她时常把玩这块章鱼橡皮，却用另一块普通的橡皮擦拭笔迹。下午，阳光从窗外流淌进来，文焕无心听课，"章鱼"在方菁的桌角像在盯着他发笑。

他想象自己坐上了章鱼哑光的圆脑袋，在大海里冒险，乘风破浪，靠岸时看见方菁正等在码头。无论平时她对他多么冷淡，那时也一定会惊呼的吧。

下课了。趁方菁不在，文焕来到她桌前，拿起章鱼橡皮端详。坐在附近的秀雪知道他心里那点儿小九九，笑着说："听说是学长送的，别碰！"

文焕不忿，呛她："你又懂了。"他想把"章鱼"脑袋从莲花般的八脚底座上取下来，不知怎的心中一急，却把脑袋连同底座中央的插栓拧断了。他急忙用两只手指上下按着，把可怜的"章鱼"放回桌上，看起来它还"活着"。

可回到座位的方菁还是发现了"章鱼"死亡的事。文焕假装认真听课，不敢偷看，却担心自己的愚行被供出，这样和她可就彻底完蛋了。幸好，秀雪趁放学悄悄跟他说："她问我了，我说我没看见。怎么，要不要悄悄给别人送上新的惊喜？这个要到书城一楼的文具店才能买到。"

那晚，文焕特地坐了十几站公交车来到书城，像一位身怀使命的骑士，穿过街上拥挤的人流，进入各种物品琳琅满目的神殿里寻找宝藏。货架上摆放着五颜六色的章鱼家族的橡皮，文焕仔细对比每只个体的外观，终于挑选出一只最无瑕的黄色"章鱼"。

第二天上午，方菁的桌上没有"章鱼"，也许已被她安葬了。下午，文焕找到机会，趁她离开座位时将新章鱼橡皮放在了她的桌上，并示意秀雪千万要保密。

回到座位的方菁一怔，拿起新橡皮打量了几眼，忽然望向文焕。幸好他正故意侧身和其他同学说话，但脸颊也被瞧得火辣辣的，半个身子都发麻了。

方菁任由"章鱼"待在桌上，也不像昨天那般时不时地把玩。文焕忽然有些惆怅。

放学了，值日生开始打扫卫生，人家陆续离开，秀雪也走了。方菁背起书包，突然抓起"章鱼"，来到文焕跟前，问："这是你买的？"

文焕又惊又窘，说不出话。

她瞪视他的眼神除了嫌弃没有欣喜。想起昨夜独行的壮举，文焕委屈得气不打一处来，故意否认并反问："不是啊，你来问我干吗？"

"不是你买的对不对？"没等他回答，方菁转身就走，经过讲台边的垃圾篓时突然把"章鱼"狠狠掷了进去，径直走出教室。

谁也没注意这场风波。文焕呆坐着，努力忍耐心头窒息又空落的难受。直到值日生提着空纸篓回来，他才幡然醒转，连忙抓起书包冲出教室，冲下楼，穿过热闹的篮球场，一路跑到厕所旁的垃圾站。

他蹲下身徒手翻找，顾不得过路同学怪异的目光。此刻，他是被王国驱逐的战败者，想拼命找回那仅剩的一丝尊严。

找到了。"章鱼"安然无恙，正在对他微笑，只是表面沾满灰尘，怎么也擦不掉，看起来很可怜。

文焕难得哭了，他第一次尝到揪心是何滋味，却舍不得攥紧躺在手心的"章鱼"。此刻，它是他全世界唯一的朋友。

陌生人的车

◎ 邵川其

　　一场剧本杀结束已经将近晚上十一点了。

　　房间里仅存的一扇窗子被店家用黑色帘子掩得死死的，营造出隔绝于世的沉浸感。

　　一位男玩家开车来的，主动提出可以把三位女生送回去。

　　"你们两个都住哪儿呀？我来的时候就是他顺路把我带来的。"那位面相成熟、微微发胖的姐姐热情开口。这场剧本杀是店家拼的场，大家在今天之前互不认识。开车来的是位大叔，至少面相和声音都不年轻。

　　对面矮矮的女生毫不犹豫地说出了住址，大方地表示感谢。

　　"你呢，你住哪边？"这时目光转移到了我身上。

　　"我……"我看了看那位大叔，用力不均的脸部肌肉只拽起了他的右边嘴角，右半边的牙齿随着他歪斜的微笑露了出来，那是被香烟熏得黑黄还有点儿油腻的牙齿。他的眼睛只有一条缝，因此我看不清他的眼神是否和善。"我……我坐地铁回学校……"我说。

　　"别呀，这个点不一定能赶上地铁了。你说说你学校在哪边，万一顺路呢？"那个姐姐打断了我的话。她敦厚的神态像她的身材一样给人一种莫名的亲切感，她的语气好像在对我的犹豫表示不解。

此刻，说出住址仿佛成了一种仪式，一种证明人与人之间信任的仪式。空气里弥漫着一股由热情、信任和感恩扭结起来的怪异氛围，这种氛围有一种不容被打破的强制性，强制我融入其中。恍惚间，剧本杀好像还没结束似的：他们三个建立起一个阵营，在询问势单力孤的我要不要加入，而只有加入才能成为这个局里的大多数。

我犹豫了。我感到脑子昏沉沉的，这密闭的屋子让人缺氧。

空气陷入了安静。对面的女生不耐烦地掏出手机看了眼时间。

"在海淀那边……"我含糊地说出半句，快想，快点儿，下一句该怎么拒绝。有朋友在地铁站等我？可是地铁这会儿已经停了啊。男朋友来接我？突然提男朋友这也太刻意了……

"海淀哪里？"

"呃……中关村那边。"我挣扎着没有说出学校的名字，默默祈祷不顺路。

"欸，正好啊！我住万柳，就在那附近。"

这下不仅顺路，而且我的住处成了三个女生里的最后一站。怎么会这么巧？

下楼，上车，坐好，发动。随着车不断前行，感到自己的心在渐渐紧缩，越来越不安。

黑色宝马、扑面的香薰味儿、挡风玻璃前摇晃的菩萨挂坠、大叔卷起袖子露出的青色文身……每一样东西都在提醒着我处境危险。

一上车我就发消息给男朋友，但他不在线。

他们还在复盘剧本杀。我听不清他们在说什么，只感到脑袋里嗡嗡作响。

车开得很快，第一站的女生安全下车了。是不是我想多了？我试图安慰自己。

现在只剩下我们三个，他俩还在聊天。为什么这两个人显得这么熟识，甚至这个女生也在努力帮他邀请我上车？我的心又随着疑惑的情绪揪成一团。

男朋友还没回消息，打电话也占线。怎么就偏偏这会儿有事？不行，我要下车。这个念头越来越强，一下下猛烈地敲击着我的太阳穴。

"要不在前面停吧，我……"一开口，声音弱弱的，怎么就肯定人家是坏人呢？我又有点儿犹豫，"不……不用这么麻烦你了。"

"怎么？你不是去中关村吗？咱俩住得可近了。你现在下车也要打车，一样的。"

我找不到机会再开口了。

他们俩也可能都是出于热情吧，坏人干吗组团玩那么久的剧本杀？可是如果这个姐姐也下了车，那就剩下两个人……深夜，陌生男人，密闭空间，女大学生……各种社会新闻通过这几个检索词涌入了我的脑子，我有点儿喘不过气。

我又打开手机，手心的薄汗让我的手指在屏幕上打滑。要不找爸妈？不行，我马上掐灭了这个想法，他们离北京那么远，怎么能让他们担心？发消息给闺蜜吧，但愿她这时还没睡。

闺蜜马上回复了我："需要我怎么做？"

我仿佛抓住了救星："咱俩通着电话可以吗？你不用说话，就留意我的共享位置就行。"

不一会儿，那个姐姐也下车了。我不得不说出学校的名字。

这时大叔扭过头来："我手机没电了，要不把你手机拿过来导航？"

"不行！"我脱口而出，下意识地攥紧手机，"不行，我……我男朋友一会儿找我，我会错过消息……"我感觉自己的声音在抖，他的要求让我不安到了极点。

"一会儿就到了，有消息进来我就还给你。要不我怎么知道路？"

"我……我这儿开导航，告诉你怎么走。"

"行吧。那你可看好路。"

快到学校南门路口的时候，我关了导航，默默舒了一口气："左拐就到了。"

可是车子还在往前开，没有要拐弯的意思。

"怎么回事？左拐啊！我到了！"我几乎大叫，直接去抓门把手。

"这个路是单行道，不能拐，我在前面给你靠边停。"大叔赶忙解释。

车如约停在了路边，我一下子打开门，逃了出去。

我跑了两步，狠狠深吸两口气，回回神，才听见后面有人在叫我。

"姑娘！姑娘！"是那个大叔的声音。

他怎么还不走啊？我的牙齿开始在冷夜里打战，眼泪都要出来了。

"姑娘，你的手机。"

"你走那么急，手机都掉了。"我走回去接过手机，这下看清了大叔的眼睛，映着路灯，没什么别的意味。

"刚刚我听见手机里有女孩的声音，她好像很担心你，可能以为你遇见了坏人。" 他又斜着嘴笑了笑，尽力掩饰着尴尬。

我低下头，感觉蜷缩的心舒展开了，血液却一下子全涌上了脸颊。

再抬头时，大叔已经发动车子离开了。

"谢谢"和"对不起"都没来得及说出口。

"小其。"深夜，和闺蜜的聊天框又弹了出来。

"怎么了？"

"以后别上陌生人的车了。"

"我知道。可是这个大叔是个好人吧，这个世界上其实不像我们想的有那么多坏人……"

"但你还是像害怕坏人一样害怕他。"

"我……"我不知道该说什么。

吃面条的男人

◎ 刘晶辉

　　妻打来电话的时候，他在吃一碗面。

　　"李光！你到底什么时候才肯在离婚协议书上签字，给个痛快话行吗？"

　　"我吃完面给你打过去。"

　　"现在说不行吗？拖了多久了？有意思吗？"

　　"人多，乱。听不清了，听不清了。我吃完给你打过去哈，就这样，就这样小棠。"

　　他不顾电话那头妻的怨气，先挂了电话。

　　妻并没有再打过来。

　　这家饭馆不大。饭馆里没有几个人，很安静。他要了一小碗刀削面，他饭量小。面做好端过来，他一看，这面做得太油了，和他常去的那家不一样。他不喜欢吃太油腻的东西。他一下子没了胃口。重做一份盖饭什么的？他怕老板觉得他矫情。而且他打赌，就算做了，大概率也是油油的，不好吃。出去换一家店？太麻烦了。面已经端了过来，冒着热气，如果干看着不吃，显得太怪异。他注意到老板从柜台那边朝他看了好几次了。

　　只好装装样子。他抓起筷子，开始捞碗里的面条。他就那么一根一根地捞碗里的面，捞起来，抖一抖，尽量把油抖下去，然后再吃。大约吃了十根面条的时候，他接到了妻的电话。

他不知道自己在拖什么。妻对他早已经没有了感情。他问过原因，妻说，生活没有激情，仅此而已。他这个人太无趣，他的妻忍了他八年，终于忍不了了。双方都没有任何过错，仅仅因为没激情，就要离婚，他接受不了，他不甘心。俗话说，平平淡淡才是真，不是吗？他刚才对妻说，吃完面打给她，他知道妻一定会等，但他不知道该怎么办，不知道一会儿该怎么说。

他盯着碗里漂浮的油花，觉得它们瞬间变得可爱起来。

他重新开始吃这碗面。

实在是太油了，他一边吃，一边反胃。不吃面，他不知道自己该做什么。假如妻又打过来电话，他不知道怎么解释。现在，他真的在吃这碗面，即便女人打来质问，他也有了正当的理由，他甚至可以拍个视频给妻。他可以大声吸溜面条，让妻知道自己并没有撒谎。

很快，这碗面被他吃光了。他并不饿。如果是以前，他最多吃半碗。吃完面，他从餐桌上的纸抽里扯出一张纸巾，擦擦嘴，然后他把两根筷子整整齐齐地架到碗上。他故意做得很慢。他依然觉得反胃，但眼下他顾不得这个了。

他取出手机，准备给妻打过去。他们已经分居半年，于情于理，他不该再拖着女人。手机仿佛有千斤重。他想了一会儿，又把手机放进口袋。

他把筷子从碗上取下来。他双手捧住碗，开始喝里面的面汤，慢慢喝。

更加强烈的恶心感袭来。他把碗放下，招呼老板帮他倒一杯水。他喝口水，把恶心的感觉往下压压，重新开始喝面汤。

面汤很快也被他喝完了。说不上来是什么感觉。想吐，但不能，他又喝了几口水。

必须要给妻打电话了。他决定告诉妻："好，我同意签字，明天咱们就把该办的手续全办完。"没什么大不了的，他告诉自己。他打开手机相册，浏览他和妻以前的照片。照片中，女人和男人的笑容是那样灿烂。他划拉着这些照片，手在颤抖。爱她就要放开她，不是吗？他再次暗示自己。他想起他和妻上一次聚会，他说："我想再抱你一次。"妻犹豫了一下，答应了。今天，无论如何，他要放开她了。

他打开通讯录，找妻的号码。他的通话记录都是随时清空的。他很久没有主动和谁打电话或者接到过谁打给他的电话了，除了妻。妻每次都是抱怨，打完电话他立刻会把通话记录清空。他不想看那个记录，一看到，就仿佛看到妻在冲他发火。

找到妻的号码了。他的心跳开始加快。

"先生，您吃完了吧？"老板过来收拾碗筷。

"是啊，我吃完了。"他用最平常的语气回复老板。

老板见他吃得很干净，讨好地说：

"咱们家的面条很好吃吧？您以后常来！"

他抬起头看老板，挤出笑："好吃。"

"老板，再给我来一碗吧。"老板转身欲离去时，他鬼使神差地说出这句话。说完，一阵更加强烈的反胃感袭来，他觉得真的要吐了。

老板惊讶地重复他的话：

"再来一碗？"

"是的。"他无比艰难地说。

风

◎ 苏三皮

　　风从南边吹来。从南海吹来。从西太平洋吹来。呼呼地，夹带着暴躁、不耐烦的气息。

　　渔夫不慌不忙地把小船的缆绳牢牢地缠在木桩上。风来了，渔夫得及时地把小船摇回岸边。风会使坏，会掀翻小船。小船是渔夫吃饭的家什，可不能被风给掀翻了。这样的情形也不是没有过。有一回，渔夫就大意了。风来时，渔夫并没有当回事，没有及时把小船摇回岸边，渔夫和他的小船便被风掀翻在大海里。所幸的是，经过一阵子扑腾，渔夫游回了岸边。渔夫的水性很好。但是，小船就没有那么幸运了。小船永远留在了大海深处。

　　那天夜里，渔夫一整夜都没有睡着。他数次起身，在月光下来到码头。码头空荡荡的。他的小船在大海深处安静地躺卧着。渔夫抚摩着木桩，眼里噙满了泪水，失魂落魄地坐在海堤上，看着月亮从东边缓缓升起，又看着天空从泛起鱼肚白到太阳升起。风呼呼地吹过渔夫的头顶，穿越他的身体，吹向远方。

　　渔夫无比怀念他那艘躺卧在大海深处的小船。渔夫多次在梦里见到它，看见藤壶慢慢地爬满船身。渔夫甚至听到了小船骨头断裂的声音。每当这个时候，渔夫就会无比自责。泪珠沿着渔夫布满沟壑的脸庞，一滴一滴地砸落在地面。

忧伤霸占了渔夫的生活。渔夫妻子多次劝说渔夫："忘了它吧，忘了它一切就会好起来。"渔夫妻子劝渔夫时，眼里满是怜惜和疼爱。渔夫艰难地点了点头说："好吧，我会尝试着去忘掉它。"说着，渔夫竟哽咽起来。

渔夫在心里说："我会把你忘掉的，慢慢地就会把你给忘掉了。"

后来，渔夫花费了很长时间，按照原来那艘小船的模样，重新打造了一艘小船。从那之后，渔夫很谨慎，只要风来，渔夫就及时把小船摇回岸边。渔夫会把小船的缆绳牢牢地缠在木桩上，一遍又一遍地检查，以防留给风哪怕丁点儿的机会。

渔夫回到了大海上。每天早上，月亮还挂在西天上，太阳还没有出来，渔夫就会摇着新船出海。渔夫让小船在海面上停稳，然后才开始撒网。渔夫的网撒得很好，均匀，平整，没有半点儿褶子。网撒开时，像盛开的百合，足以照亮整个海面。撒完网，渔夫摸出水烟筒，美美地嘬一泡水烟。渔夫安然地坐在船舷上，双脚搭在水面上，眯着眼，身旁烟雾缭绕，像腾云驾雾的仙家。

大海有时平静，有时会像一个发脾气的孩子。安然地坐在船舷上的渔夫，能感受到大海的气息。大海发脾气时，渔夫可以感知。小船先是轻微摇晃，紧跟着就会像一头发怒的公牛左冲右突起来。渔夫看得见惊涛骇浪一步步地紧逼，想把渔夫和渔夫的小船掀翻。渔夫读得懂大海的节奏。在风浪把他扑倒之前，他会冷静地收好渔网，安稳地回到岸边。有一次，渔夫故意把节奏放缓，故意让风浪追上了船。好在有惊无险，风浪只是折断了小船的桅杆。在它造成更大的破坏前，渔夫就已经把小船牢牢地拴在了木桩上。

　　渔夫得意扬扬地和他的妻子说起这次经历。听完，渔夫妻子已然吓破了胆，她不自觉地发出尖叫："天哪，我的天哪！"渔夫妻子瘫坐在灶边，像一条被甩在岸上的鱼。

　　渔夫妻子把渔夫的逢凶化吉归功于三窝村的石头。渔夫妻子说："真是多亏了石头！"她特意去拜谢石头。三窝村的人们信任石头。绝对地信任。毫无来由地信任。当然也包括渔夫。依傍着大海，向海而生的人们，石头是力量的源泉，是守望中的寄托。从远古时代起，渔夫的先人就已经足够信任石头。渔夫继承了先人对石头的信任。

　　渔夫憎恨风，但也信任风。在大海发脾气前，风会告诉天空，让天空自个儿点一把火，从西边开始，把自个儿烧得通红，直到整个天空完全融入火海，以此给渔夫通风报信。渔夫确信，这是风发出的信号。但是，渔夫妻子更愿意相信这是石头发出的信号。渔夫妻子相信石头的神圣，相信石头的无所不在、无所不能。渔夫妻子还相信，她的每一次祈福，石头都会认真地记下，为她实现愿望。

　　每当天空把自个儿烧红，渔夫就不再出海。渔夫可不傻。这个时候出海，只会让他的小船葬身海底。上回的教训还历历在目呢。渔夫感恩石头，偶尔也会感恩风。风从不会计较，当然，石头也从没有点破。其实渔夫曾在石头面前诅咒过风，但石头什么也没有和渔夫说。石头了解风，也了解渔夫。这世间，没有绝对的对，也没有绝对的错。石头把时间留给渔夫，让他自个儿慢慢悟。

渔夫听他的爷爷说过，风和人相伴而生。他的爷爷还对他说，秋风起，蟹黄肥。每每秋风起时，渔夫总会满载而归。鱼虾丰盛，渔夫笑容可掬。渔夫内心会涌起复杂、说不清道不明的情感。这个时候，渔夫会让他的妻子打一碗自家酿的米酒，就着月光下酒。渔夫安然地坐在小船的船舷上，双脚搭在水面上。风从南边吹来，从南海吹来，从西太平洋吹来，从渔夫扩张的毛孔一直吹进心里，他感到无比舒畅。

渔夫懂得，有风有浪，才是生活。

海参魔咒

◎ 关　山

　　她在海鲜店货柜前徘徊半晌，让店员拿了一盒海参。开盒，每一条细细查看，放在鼻子上嗅了，盖上，付款。收款机发出嘟嘟声，她的心跟着跳了一下，有点儿疼，也有点儿酥麻，她舒了口气。两千四一盒，自己的月工资能买两盒。加上孩子爸爸工资的话，一共能买五盒。一个月买一盒，还行。儿子身体一直不太好，刚上一年级，前两天在学校晕倒了。

　　"妈妈，这是什么?"儿子扒拉着碗里的面条。

　　"吃吧，长个子。"

　　儿子咬了一口，咯吱咯吱地嚼着，说："不如肉好吃。"

　　"不好吃，那以后给你姐姐吃了。"她佯装发怒，将两个煮鸡蛋剥了皮，放在女儿的碗上。

　　"哼，我才不吃，这种没打算给我吃的东西!"女儿将碗一晃，鸡蛋滚在餐桌上。

　　"你怎么回事? 快点儿吃，上学别晚了。"她脸上现出真实的怒容。

　　"已经晚了，不吃了。"女儿拎起书包就往外走。

　　女儿今年读高三，只在家吃早饭，另外两顿都在学校吃。

　　她看了看儿子碗里的海参，又看了一眼孩子的爸爸，他没抬头，正往自己嘴里扒饭。孩子的奶奶和他们共同生活，正在厨房里切咸菜。老人每顿都要吃咸菜。她劝说吃盐多了不好，老人嘴一撇，说："我们这辈人都是这么吃的，活这么久了，也活够了。"

第二天早上。女儿磨磨蹭蹭地出来，一边揉眼一边打哈欠。

"快点儿喝粥，我放在窗台上给你凉凉了。"她对女儿说。

女儿先拿起了馒头，用勺子挖了辣椒酱抹在馒头上吃。

"多吃点儿炒鸡蛋。"她说。

女儿没吭声。

儿子也出来了。她给儿子盛粥，拌上炒鸡蛋和青菜。

"我不想吃海参。"儿子说。

"拌在粥里，没有什么味了，吃吧。"她用嘴给儿子吹着粥。

"咦，我这碗，是不是摆错了？"女儿嘟囔起来，从粥里捞起一条海参。

"没错，吃吧。"她忙着给儿子往碗里夹菜，没有回头。

孩子奶奶已切完咸菜，端出来，推到饭桌上。

女儿去夹咸菜，夹了一筷子，接着又夹了一筷子。她瞪了女儿一眼。

老人把咸菜拖到自己跟前，连夹了两筷子堆在稀粥上，拌了拌，喝着粥，发出响亮的呼噜声。

"妈是不是嫌我们没给她海参？"晚上，她问男人。

"不会。"

"她今天早上把一盘咸菜全吃了，以前要吃一天的。"

"哦。"

这天早上，她做了红烧海参——三个，摆在一个碟子里。

"这个给你，这个给你姐姐，这个大的给你奶奶。"她对儿子说。

"我不吃，"孩子奶奶说，"我又不上学不工作的，吃这个干吗？给他爸吃。"说着，将摆到面前的海参夹到孩子爸爸碗里。

男人嘴里有饭，含混不清地说："不用，妈，给您吃的。"又将海参送了回来。

老人板着脸，再次将海参夹进孩子爸爸碗里，提高声调说："这个家里，你是男人，就你最累，就你最该补。"

孩子爸爸看了妻子一眼。她的脸蛋红扑扑的，沁着微汗，眼睛也有点儿泛红。他将海参夹到妻子碗里。她像是被烫了一下，几乎尖叫着说："我可不吃，我可不吃！"话还没说完，就把海参从碗里扔了出来，看方向是向孩子爸爸的碗去的，却越过他的碗，掉在了地上。

"妈妈，你不是说这是好东西吗？"儿子问。

"快吃，上学去，"她降低了声音，"妈妈对海参过敏。"

孩子爸爸低头捡起海参，到厨房去洗，回来时说："我吃了。"

又过了一天，早饭她做了四只肉末海参——除了她，每人一只，都吃了。这天早晨，老人没切咸菜。

"这盒海参见底了，"晚上，她对男人说，"一个月四盒海参的话，我们还剩下一盒的钱过日子。"

"我不用吃呀。"

"你不吃能成吗？"

"那都别吃了，听说这东西也就那样，多吃鸡蛋就是了。"

"都已经开始吃了。"

"你说怎么办？"

"不知道。"

在第二盒海参快吃完的时候，有一天，女儿说，她听同学说最近新闻报道，有些海参是假的。

"我们这可是真的、最好的，那条海鲜街上，每家店我都比较过了。"她说。

"这可不好说，根本看不出来。"女儿说。

"这东西也就是个名声，多吃鸡蛋营养是一样的。"男人连忙跟着说。

"那还吃什么呀？万一中了毒！"老人说，"还是咸菜厚道，假的也不害人。"

她扭头问儿子："你觉得味道好不好？"

儿子说："剁碎了放在菜里，吃不出味来，还行。"

"那咱还吃不？"

"非要让我吃就吃，"儿子看了她一眼，"反正我是不爱吃。"

她笑了一下，又连忙收住了笑，去了趟洗手间，好长时间没出来。

纽 带

◎ 王生文

　　达达还在刷牙洗脸时，老头一只手提着书包和水壶，一只手搭在门把上，早已等候在那里。

　　妇人总算帮助达达忙完了，牵着他的小手，送到门边，说："乖宝贝，跟爷爷上学去。"门开了，老头牵过达达的另一只小手朝外走。门快合上的那一瞬，妇人对门外喊："送达达后回家吃早餐！"

　　老头回到家里，便去餐桌边吃妇人给他留的早餐，一个馒头和一个肉包，还有一杯豆浆，都是半热的。老头自个儿笑了，今天早餐没有玉米。昨天早餐妇人特地花十元买了两个玉米，煮熟后分给他一个，他没有吃。妇人问他怎么不吃，他说他在老家年年捎带种点玉米，都是等成熟后掰下来扔给鸡子啄，想不到这贱物在城里这么值钱，还说是什么绿色食品。老头知道妇人买菜去了，赶紧吃早餐。最后一口馒头还在嘴里没咽下去，老头就去洗他昨晚换下的衣服。家里衣服是妇人洗，妇人没有不让他把换下的衣服放在洗衣机上，清点要洗的衣服时也没有发现少了他的衣服。他三揉两搓洗好了衣服，又开始做卫生。这些都是他的必修课。

　　不一会儿，妇人买菜回家了。她进厨房去放菜，之后，又提出一个塑料袋，吩咐刚做完卫生的老头："把青皮豆剥了，放冰箱的顶层，下午给达达做。"老人接过塑料袋，妇人则去晾晒洗衣机里的衣服。洗衣机里有女人花花绿绿的衣物，不用老头去晾晒。

"想看会儿电视吗？"妇人问老头。

"看会儿吧……新闻频道……"

"蛮关心国家大事呢。"妇人笑了。

"也不是关心，就新闻还懂点儿。"老人也笑了，自嘲似的。

说话间，新闻频道出现了，妇人放下遥控器，说："你得学会放电视。"

老头想说"你又没教我，我怎么学得会"，可是，妇人要出门了。

妇人跳舞去了。这一个小时里，四室一厅的空间属于老头。老头停下手中的活儿，走到阳台上，一边用耳朵关注马英九在大陆的行程，一边用眼睛瞅着一楼的楼道口，等看见妇人走出去了，才匆匆去房间的衣柜角里摸出一盒烟，抽出一支，进卫生间。老头点燃烟，贴着窗口，嘴撮得像烟囱，斜伸向空中，确保烟雾完全排放在室外。老头就抽了一支，处理好烟蒂，又接了两杯水漱口，才接着去剥青皮豆。说青皮豆是绿色食品，老头认可，而玉米是黄色的，却也叫"绿色食品"，他有些腹诽。

一个小时后，妇人跳舞归来。快清明了，气温在二十度左右徘徊。妇人回家时，夹衣搭在臂上，只穿着贴身的粉红色衬衣，脸上放着汗光。老头的目光落在电视画面上，遥远的俄乌冲突还在继续，而妇人粉红色的山水和生动的容颜，他却视而不见。

午餐只有两个人在家吃，妇人一会儿就做好了。妇人招呼老头过去吃饭，老头拿起筷子往碗里夹菜，妇人笑着说："又想去门口蹲着吃，是吧？"老头听得出妇人在笑他，笑他把在农村吃饭的习惯带到了城里，可依然没有坐下吃饭的想法，妇人见状，往老头碗里夹了一块厚实的排骨，老头忙移开碗，说："三十多块钱一斤呢，吃一块就够了。"

"你看你，三十多块就不能吃了？大闸蟹一只还四十呢。以后让你吃你就吃。放心，我买菜花的是自己的钱，没有向孩子们要。"钱让妇人说话显得有底气，而这份底气恰恰是老头没有的。妇人退休还不到一年，拿着七千开外的养老金。老头也有养老金的，却还不及她"开外"的那个数。

老头自然没有坐在桌上吃饭，他一般只在晚餐时家人聚齐了才会坐在达达的旁边吃饭。

妇人刚吃完饭，手机响起来，她接通了："好的，我马上下来。"妇人接完电话对老头说："我们几个舞友约好了下午去植物公园玩，你在家好好睡个午觉吧。"

妇人很快出门了。老头收拾好碗筷，关掉电视，去房间又取出一支烟，也出了门。几个在一起打升级的老头昨天就约好了，他不可能在家睡午觉，何况来城里后他还没睡过午觉。他习惯了午饭后的几个小时在外面打发，直至去幼儿园接达达回家。

接达达回到家时，妇人正在厨房操持着晚餐。妇人的厨艺真是可以，不管做什么菜都有股香味飘出来。

吃晚餐时是家里最热闹的一段时间，主角是达达，四个大人都乐于听他分享幼儿园的趣事；次主角是除老头之外的其他人轮流"坐庄"，如今天只能是妇人，她游玩了植物园，肯定也有值得分享的。她说郁金香和樱花都开了，还拿出手机给他们看图片。老头不会凑热闹，但也有收获：他第一次听说"郁金香"这个名词，甚至猜想是开在地上的，而樱花应该是开在枝头。一想到枝头，老头就走神了，眼前出现两棵桃树，以及桃树前的两间青砖红瓦房……

晚餐后，儿子媳妇去小区散步，妇人边监督达达画画边刷抖音，老头赶紧去卫生间洗脸洗脚。洗毕，老头回到房间，轻轻掩上门。

不知过了多久，门突然被达达推开了，老头慌忙把手里的东西往两腿间藏。

"爷爷，你又想奶奶了？"

"没有，没有。"老头忙擦了一把眼角，见达达手里抱着枕头，问，"怎么不跟外婆睡了？"

"爷爷，外婆说她今天玩累了，让我跟你睡一晚。"

老头好开心，脸上像开了一朵花。安顿好达达睡觉后，老头忽然意识到什么，忙去刷牙，他还没有晚上睡前刷牙的习惯。

就在这一时刻，老头下决心要彻底把烟戒了。

别人家的长寿花

◎ 蒋静波

　　"快来看看别人家的花!"妈妈刚走到窗台边就喊了起来。

　　然后,妈妈将我抱上窗边的八仙桌。我朝她指的方向望去,见对面闾门一户人家的窗台上放着一盆橙红色的花,花开如绣球一般,可耀眼了。

　　"哇,好漂亮!"

　　"你看那个盆子,那才叫花盆。"妈妈朝那个窗台努努嘴。

　　我的目光从花朵往下移。那只盆子肚子鼓鼓的,两头小小的,有点像我家那只瓦甄。盆子上还有银色的花纹,阳光一照,发出银光,不知比瓦甄要漂亮多少倍! 那才是真正的花盆。

　　以前,除了在小人书、画报上看到的,我没有见过真正的花盆。村子里的花大多直接长在泥土里,也有一些长在填了泥土的破旧的面盆、陶罐、水桶里。有一次,一位婶婶说起自家种在花盆里的花,妈妈回了一句:"破面盆也叫花盆?"

　　妈妈装作寻找母鸡,到对面的闾门转了一圈,终于摸清了大概情况:那是发婶家的花;至于是长寿花还是长寿海棠,因为妈妈是站在楼下望见的,一下子吃不准。

　　"妈妈,你为什么不上楼去看仔细?"

　　"我与发婶平常没往来,怎好意思?"

其实，妈妈偶尔也聊起过发婶，说她有五个儿子，个个能吃能干；丈夫脾气好，事事顺着她，她是有福气的女人。有时候，妈妈累了，或与爹爹争吵了，就说："我比不上人家有福气呀！"

妈妈不知从哪里借来了一只望远镜，摆弄着望远镜望了一阵，确定是长寿花。

这些天，妈妈一上楼，就会望向那个窗台，喃喃地说："单看看这盆花，就知道人家有好福气。"

"妈妈，你也可以种一盆这样的花呀。"

"阿波真聪明。"妈妈笑了。

第二天，妈妈到镇上买来了一只花盆，样子与"有福气人家"的差不多，但没有花纹，也不会发光。妈妈到邻居家要来了打了花苞的长寿花种下，将花盆端端正正地放到自家的窗台上。

妈妈小心地侍弄着她的宝贝：阳光太猛，怕晒坏了；雨水太大，怕淋坏了，妈妈不时地将花盆搬进搬出。有一次，妈妈在搬花盆时滑倒了，两只手紧紧地抱着花盆，后脑勺摔了个大肿包。见花盆完好无损，妈妈笑着说："运气真好！"

经过妈妈的精心照料，我家的长寿花终于开了，橙红色的花，开成大圆团。妈妈好像不怎么高兴，她左看右看，总觉得花色是别人家的艳，花团是别人家的圆，叶子也是别人家的绿。我家的长寿花谢了开，开了谢，可别人家的长寿花一直红红火火，鲜艳如初。妈妈买来肥料，给花施肥。可是，花儿依然还是开开谢谢，妈妈嘀咕："奇怪，别人家的花怎么养的？"

有一次，妈妈在河埠头听见发婶与别人聊天，说她有块布料，想做裤子，自己不会做，请裁缝嘛又得花钱。妈妈主动接口："交给我来做吧。”

就这样，妈妈用了整整一天做好了裤子，拉上我，走出家门。一路上，妈妈哼着歌。我知道，她终于有正当的理由去欣赏那盆向往已久的长寿花了。

我们跨进那间屋子，只见灶头上、椅子上有许多鸡屎，一只碗碎在地上。

“刚才与孩子的爸吵了一架，让你见笑了。”发婶看见我们，一把抓过毛巾，又揩鼻涕又抹眼泪，一阵慌乱。

妈妈红了脸，因我们去得不是时候而道歉，并说：“要不试穿一下裤子？不合身我去改。”

发婶叫我们跟她一起上楼，试穿了裤子，正合适。

“叫你费工夫了，怎么感谢你呢？”发婶露出了一丝笑容。

“你家有一盆很美的长寿花吧？”妈妈望着紧闭的窗户。

“没有呀！”

“就在窗台上，从我家的窗口望过来就能看见，可美了。”

“哦，你说的是它呀！”发婶一拍大腿，一把推开窗，直接抓起花团，递给我说，“那是塑料花，给你玩吧。”

我捧着比饭碗还轻的花，一瞧：花团中的花瓣粘在一起；花盆是塑料做的，裂缝处箍了几圈铅丝，盆上根本没有花纹。

妈妈盯着我手中的那盆花，眼光一暗，轻轻叹了口气。

发婶指了指窗外，眼中闪着光亮，说：“你们那边有户人家的花才叫美哩，我一推开窗就能看见，那花盆可是百里挑一的。”

“那是我家的，”我自豪地说，“妈妈，我们从这里看看我家的花好吗？”

妈妈从我手中接过花盆，将它放回原处，一把抱起我。

我们一起望向发婶手指的那个窗台。

妈妈的眉毛一弯，眼睛一亮，轻轻一笑，露出了两个深深的酒窝。

让我们活在电影里

◎ 李广宇

写剧本的老孙

认识老孙已经超过十年，那时他还是小孙。我在报社的时候，他在某部门当公务员，等我离职以后，他还像图钉一样扎在那里，除了被喊成老孙外，其他都没有变化。老孙平常的工作就是给单位写材料，那种干巴巴的文字写得腻烦了，他也写点儿散文，只当调剂。

等我开始拍电影时，他突然来了兴致，非要给我写剧本，我问他能写什么。他就掰着手指跟我说，官场、穿越、爱情，哪个我都可以写啊！我笑，说，那你先写写看。当时只是随口一句玩笑话，没想到老孙却当真了，几天后就给我发来 个剧本。剧本很糙。我不知怎么答复他，便放下去忙别的，当时跟剧组，经常不开手机，等打开手机，总有老孙发来的短信，追问剧本的事儿，实在令我不胜其烦。

写剧本，看着很简单，其实挺不容易的，不但有结构上的技巧，还有对故事内涵的挖掘和深化，常写公文的老孙实在不适合写剧本。这话不好直接说，我退回了他的剧本，只说，再试试。

之后他不断发来长长短短的剧本，无一例外都没法拍摄。有一次他急了，电话里跟我吵，说了很多气话。放下电话，我松了口气，以为老孙会就此罢休，谁料那天晚上他就跑来我家，非要请我吃饭，赔礼道歉，还要拜我为师。

算起来老孙跟我差不多年纪，还这般执拗于一事，真令我感动。拍电影和写剧本对我们这些中年大叔来说，都仿佛重新开始的人生，追求的执念里，满含的是对庸常生活的不满足，以及与平凡人生的角力与挑战。

那一次，喝多了酒，我说了很多体己话，也算是鼓励他。看他一脸茫然，我于心不忍，直接给他指定了下一个剧本的内容，我说，你只要把这个故事写出来就行，我帮你改。

约好三天以后交剧本，谁知老孙那边一直没动静，我打电话过去，是老孙妻子接的，说老孙受伤住院了。去医院看他，腿上绑了绷带，人却有精神，跟我说，他设计了一个特别棒的剧情——男主角站在奔驰的火车旁边，仰天大哭。他比画着，我打断他，问，你怎么受伤的？他有点儿不好意思，说，去火车站找灵感来着，不小心从站台上摔了下去。我笑，说，写剧本也没必要这么拼啊。他却认真，说，不去现场怎么知道列车呼啸而过的那种感觉?! 老孙瞪大了眼睛的表情有些孩子气。

老孙的剧本拍了一个十分钟的短片，片名为《遥远的站台》。拍摄那几天，老孙一瘸一拐地跟剧组，一句台词一句台词跟演员较真儿，比我还上心。短片剪好了，第一个发给他，等深夜给我打电话，带着哭腔问我，这真的是我写的故事吗？我很肯定地说，是的。顿了一下，我又说，写得非常好。

以前老孙跟我们喝酒，难免抱怨单位领导的种种，比如他们领导不喜欢老孙写散文、写小说，阻止的理由竟然是要保密。那时老孙总想请长假去西藏旅行，他们领导却让他连续加班，只因为他是单位里毫无背景的一个。那时我们都劝他忍耐，何必为了写作或者一时兴起的旅行而失去了稳定的工作呢？这么劝了很多年，直到我们都变老了。

人这一生里总是面临很多选择，适合与不适合只有在时间的长河里才见得最终，只是短暂的生命由不得我们迟疑，就好像老孙，如果他真的执着写作，会是很好的作家，真的执意旅行，会有更美好的人生解读，但他都放弃了，错失人生种种际遇，该是一种怎样的遗憾。

"如果站台真的那么遥远，不如我们今天就出发。"这是老孙剧本里的一句台词，很好，我喜欢。

像在电影里一样活着

那天和摄影师一起往回走，他背着摄影机，提着器材箱，我扛着三脚架。大寒地冻的，两个人都不想说话。上午的场景在海边儿，太冷了，管道具的小张在海边生了篝火，一场戏断断续续地拍，主演是个又瘦又高的女人，换了裙子，来来回回走了半个多小时，冻得鼻涕一把泪一把，听我说要再来一次，人就疯了一样地骂，发誓再不干这种没钱又遭罪的活儿了。起初我们都劝她，直到我火极了，狠训了她几句。

我们拍的是一个挺文艺的短片，没钱，只有梦想，只有激情，可一遇到挫折的时候，每个人心里的怒气就会被激发。分手的时候，摄影师小心翼翼地问我，怎么办？我说，还得继续拍。他看我的眼神都变了，分明感觉不可思议。

那天晚上我去找女主角，当面道歉，请她一起吃饭，她喝多了，毫不留情地骂我，其实她跟我拍了好几部长长短短的电影了，一直很默契。她骂的话我都默默地听着，心里是真的觉得很歉意。

那时候，在我们生活的城市里，与我们一样在拍电影的人很多，每次参加圈子里搞的电影节，我们这个团队的平均年龄最大。大家都是有家有口的人，忙里偷闲聚在一起，只因为一份对电影的爱——谁也不知道未来会怎么样，谁也不去想还有什么未来，大家只是埋头去做一点儿事儿，这和年轻时追求的成功很不一样，那时焦急万分，如今心平气和却一直在默默努力。

过了几天，女主角给我打电话，说在医院里，得了很重的肺炎。我放下别的事情去看她，在病房里遇到她的丈夫。她丈夫和我很熟，也支持妻子的拍摄，有时需要服装，还是他帮忙买的。这一次看我却皱了眉头，一声不吭。女主角见我，却笑，说她没事儿，只是拍摄要拖延一段时间。等我出来的时候，她丈夫跟我来到医院院子的花坛边儿，递给我一支烟，我们两个人就凑在一起抽烟，到最后也没说别的。

离开医院没多久，女主角给我打电话，问我她老公说了什么。我说，什么也没说啊。她就笑，说，他说了什么那都是他说的，反正我还会给你当女主角。听这话，我的眼泪差点儿掉下来。

记得很久以前，我们拍片，用过好几个女主角，那时选人看的是脸蛋，这很不靠谱，有一次拍恐怖片，弄了一大盆新鲜猪血，剧情里要浇在女主角身上，可当时那个女孩死活不同意，说多了，还甩门而去。就在我一筹莫展的时候，现在的这个女主角站了出来，那时她当剧务，跑前跑后的，谁也没太在意她。

每个人都希望自己的人生有那么一点点的意外和曲折，就好像电影里的人生一样，或悲或喜，有着与众不同的曾经。以前学电影编剧的时候，老师就讲，电影是一个梦，拍电影是在制造一个梦。那时还不理解，等自己写了故事，拍了电影，才知道电影里的梦是多么美丽，它令我们忘却现实生活里的琐碎、庸常和卑微，让我们在另一个世界里扮演自己，舒展人生，并成为传奇。

像在电影里一样活着，该是多么美好的期待。

石头记

◎ 高春阳

小　鱼

我以前在东北经营过一家石材厂。

切机工总是招不够，能干的就那么几伙人。他们大多是内蒙古农村的，那边是传统石材产地，是切机工的摇篮。这两年他们开始外出务工，哪儿工资高就奔哪儿去。

有人从内蒙古给我找来一对夫妻工。我开心了——夫妻工搭伙合拍，干顺手了长期稳定。厂里没有单身宿舍，我就腾出一个小仓房，改出来一间给他俩住。

两口子三十出头儿正当年。男的小马壮实，不爱说话；女的小鱼身材长相都不错，要是生在城里，一准是个美人儿。我问小马："你媳妇是干活儿的料吗？"小马说："头次带媳妇儿出来，她力气可以，就脾气有点儿糙。"

我看着小鱼高原红的脸蛋，说："行吧，那你就好好带她，千万注意安全。"

开工后，我特意观察他俩好几天。

小鱼上手还不错，从不偷懒，经常汗流浃背地跟小马抢活儿干。本地的切机工姚武笑嘻嘻地打趣小马："真拿你老婆当驴使呀！"小马憨拙地一笑，没吭声。小鱼擦把汗说："挣钱供孩子念书，不能让孩子再当驴了。"

大家都笑。

别说，半年下来，两口子成绩不错，挣的计件儿工资不比别人少。我还瞧见，有时候小马头疼脑热休息，小鱼居然一个人在撑着一台切机。看来她也掌握了大工的技术，能顶半边天了。

冬季厂里季节性放假，小鱼数着一沓钞票，眨着大眼睛说："谢谢老板收留，俺家头一年挣这么多钱。"我问："明年开春还来不？"小马没吭声，小鱼脱口说："当然来啦。"

第二年冰河解冻，厂里准备开工，我又开始满世界找人。给小马打电话，干打打不通。没过几天，小鱼来电话，说："老板，今年俺一个人去干活儿，中吗？"我不解，问："小马呢？"电话那头沉默了一会儿，才说："冬天小马说去南方切板儿，一去就没影了，手机都停机了。"我说："南方石材厂能干一整年，不像咱北方，只能干半年。"

小鱼嘟囔说："有人嚼舌头，说他在南方有人儿了。"

"啊？"我张大嘴半天没合上，"你信吗？"

"俺不信，他每月都按时往家寄钱呢。不知为啥就是不联系俺。"

小鱼恳求我："老板，家里嘴多，俺也必须出来挣钱。给俺一台切机，让俺多挣点儿，行吗？求您了！"

想了半天，我问："你家俩孩子呢？"小鱼说："爹妈看着呢。俺能干，还给俺住那间仓房就行。"

我想说"等等再说"，电话那头传来了小鱼的抽噎声。

心一软，我就答应了。唉，没有一家石材厂会让一个女人管一台切机的。

小鱼穿着水靴，套个皮围裙，俩手戴着橡胶手套，把一整张毛板费力地抬上案台，切，搬，挪，码。汗水把她的头发湿成一绺一绺的。卖呆的一帮老爷们儿都看不下去。小鱼不在意别人的目光。她切板儿的时候，专注，认真，恨不得使出全身力气。这天打包的时候，她的眼神就变得空洞，好看的脸蛋上满是石渣和水汽。她擦了一把，竟然把脸划出一道血痕，自己却没注意到。

姚武上前帮她打包，跺脚骂道："该天杀的！"然后用手一指小鱼的脸。

小鱼一愣，赶紧摘下手套擦脸，感到脸上火辣辣的，泪水就不争气地流了下来。

车间里，大伙儿干得热火朝天，每个人都在使劲儿把身上的力气换成钱。

姚武瞪眼说："瞧你的手，都泡成啥样了！"小鱼抹了把泪。她在夜里无数次审视过自己这双手——骨节变大，青筋变粗；橡胶手套里长期积水，把手沤得惨白，像一对白骨爪。

小鱼低声说"谢谢"，一甩头，又冲进水雾里跟石头搏命。姚武大声说："悠着点儿，千万不能让石头咬着！"小鱼点点头，其实她什么也没听到——满车间都是机器的轰鸣声，姚武的嘱咐像一粒尘埃落到地上，无声无息。

厂长跟我讲了看到的这一幕，说："这么干下去不行，早晚得累出个好歹。"我问："小鱼这月计件儿挣多少钱？"厂长说："八千多吧。姚武那帮老爷们儿都过万。"我说:"她太拼了,容易出事儿。"

第二天,我让厂长找小鱼谈话。厂长去了不久跑回来,一脸苦相地说:"哎妈呀,小鱼差点儿给我跪下,以为咱要撵她。"

我叹口气,有点儿后悔当初让她来了。不得已,过了几天我亲自找到小鱼,劝她:"你可以去市里,找一份当服务员的工作。"小鱼俩手搓着衣角,小声说:"俺打听过,服务员的工资一般都不到三千块,跟这儿差远了。老板,您是不是嫌俺干不出产量?不行俺晚上加班多干点儿。"

听到这话我差点儿吐血,可我不想将来小鱼吐血。切机带水作业,湿气重,切机工个个都是老寒腿。咋能跟小鱼说明白呢?

意外,来自俩月后的一天,小鱼突然找到我,提出辞职。

我张张嘴,千言万语憋在肚里,只说出一个字:"好。"

小鱼什么也没解释,深深给我鞠了一躬,眼泪汪汪地收拾行李离厂了。

那天,大家都来送她。我注意到姚武的眼神里全是悔意和失落。

我问厂长:"知道小鱼为啥辞职吗?"

厂长说:"她说怕小马万一哪天回家,扑个空。"

我愣在当地,看一眼单身的姚武,不知道是该感谢这小子,还是该削他。

铁　王

我以前在东北经营过一家石材厂。

起初两年挣的钱还不够还贷款。后来赶上大型设备更新换代，市场上推出了组合锯。组合锯切石头的效率比传统单片锯快一倍。我跟厂长说："要想挣钱，就得更新设备，扩大产能。"厂长说："砸锅卖铁，值吗？"我说："拆旧换新，组合锯肯定能行。"

厂长说："就服你胆儿大，那就干。"

砸锅卖铁，这词儿形容得准。机器设备有用的时候是宝贝，没用的时候是累赘。二手设备没人要，只能卖废铁，而且找人拆也要花钱。有人给我推荐了铁王。介绍人说，人姓王，专收废铁，绰号"铁王"，本地做得最大的，就是他。

我心里有了底儿。

铁王一身正装，像节目主持人，一见面就夸我："听说高老板是诗人，来之前我特意去网上买了一本您的诗集。"我赶紧正正身子，挺直腰杆儿说："幸会，感谢抬爱！王兄也是文化人？"铁王跷起二郎腿，指着我办公室墙上挂的一幅"忍"字，淡淡地说："兄弟爱好收藏，玩儿些古玩字画。当然，主业是玩儿铁。高老板石头玩儿得转，诗也玩儿得开，牛。"

厂长说："王总，我领你去车间看看，所有设备连拆带卖，你看能出多少钱？"

铁王探身说："敞亮，就喜欢办事麻溜的人。"

其实我心里有数，铁价今年上浮大，现在开春一天一个价。

昨天厂长去几家收购站打听，有人最高能给到2100元一吨。

铁王回到办公室，干脆利落地说："铁，2000块一吨。拆，按卯子工计。"

冲他不磨叽，我心里对他生出好感。

铁王说："行情还在涨，这我不瞒你，但不是绝对的。这东西像股票，谁敢保证不会跌？跌的话，我到手还得赔。"

厂长说："昨天有人出到2100呢。"

铁王瞅着我，两手一摊："拼价格没用，我拼的是服务和情怀。无所谓，买卖不成仁义在。认识高大诗人已经是三生有幸了。"

我瞅着铁王："定金5万，一周后动工，10天内拆完，能做到不？"

铁王瞅着我："一言为定，现在就签合同。"

我瞅着铁王："合同不必签了，我信得过你。"

铁王瞅着我："不要信我，要信合同。"

铁王顺手掏出一张纸，拿笔唰唰开始写合同。写完我一看，违约条款写着：如果乙方违约，5万定金不退。如果甲方违约，赔偿给乙方20万。

看着潦草的字迹，我笑了："王兄这真是怕我违约呀。"铁王歉意地一笑："字写得不好看，不比你大诗人。"说着话，便从微信上给我转过来了5万。

签完合同送走铁王，我赶紧联系厂家买组合锯。

过了一周，我给铁王打电话："王兄，我这边准备好了，明天你可以进场了。"铁王在电话里说："高总，我在外地，等我两天。"我说："合同规定10天内必须拆完哪，我等着上组合锯呢。"铁王说："放心，就两天，咱吐口唾沫就是钉儿。"

过了两天，我给铁王打电话。铁王说："兄弟，我昨晚到家的，不过老爸突发脑梗正在抢救，再宽限几天，肯定不差事儿。"我刚想关心几句，他那边电话挂了。

厂长狐疑："这小子咋回事？该不是不想干了吧？"

我说："你赶紧打听一下行情。"

厂长打了几通电话之后告诉我："铁价还在涨，今天2800元一吨了。时间拖得越久，他就挣得越多。按咱120多吨废铁估算，到今天他都能多赚10万了。要不咱换一家卖吧？咱也能多得10万。"我说："不行，不能这样办事，丢份儿。"厂长说："行情天天涨，他比咱懂，所以才用合同锁死咱。20万违约金，够狠的。"我说："写20万也没用。按《合同法》规定，即便咱违约，也只赔他双倍定金。"厂长说："意思是退他5万再赔他5万？那还怕啥？就凭现在能多卖10万，去掉赔他的5万，咱还能剩5万呢。"

我摇摇头，再次拨通了铁王的电话。

"王哥，再宽限几天？你得定个日子，我的组合锯再过一周就到了。"铁王说："这样，最多三天，超出三天算我违约。"我说："好好好。"撂下电话，感觉自己像在求人。

第三天，我盼来了铁王的电话。

铁王的悲情像潮水，漫出话筒："大兄弟呀，不好意思，您这活儿我干不成了。我老爸要做开颅手术，得准备后事。现在手术急需用钱，能不能把定金退给我？您总不能见死不救吧，我知道您是菩萨心肠，唉！"

放下电话，我想都没想就把5万块钱转给了铁王。

我捏着合同在办公室里发呆。

厂长进来问："老板咋啦？看你丢了魂儿似的。"我讲了铁王的事，说："难不成，咱因祸得福了？"厂长说："是他违约呀，按说你都不该退给他定金。"我说："哪能那么办事？冲他那份孝心，咱也不该难为人家。行，你赶紧换一家卖吧。多卖点儿不更好吗？"

厂长答应了一声便开始打电话。

不一会儿，厂长像被炮仗崩了，大声说："老板，今儿早上铁价跌到1900元了！"

我盯着墙上的"忍"字，心里一痛，赶紧打电话给介绍人。

介绍人说："铁王他老爸？年前就得脑梗去世啦，我还去随过礼呢。"

小树林里的唱戏老头儿

◎ 邓洪卫

我从来没注意到那儿有一片小树林。

也许我以前看到过，但晃了一眼就过去了，从没留意。

那也算是城市的中心区域，在体育馆的旁边，离鹤翔公园不远，周边有超市、酒店、银行、小区。

是他的声音把我拽过去的。

高亢粗犷的唱戏声，随着音箱伴奏的混响，一股脑儿冲出小树林，钻进我的耳朵。

那天我闲来无事，就信步走了过去。

小树林中的空地上，果然有一位老人，中等身材，臂膀宽厚，身材壮实，头戴着棉绒的鸭舌帽，帽檐下一张大脸。上身穿皮马甲，内衬毛衣，鼓鼓揣揣，外套卷着放在花坛上。花坛下是他的音箱，带拉杆的。他背对着花坛，面冲树林，手持话筒，摇摇晃晃，唱得投入。阳光在他身上跳跃着，如舞台的灯光，照得那张大脸黑里透红，油光闪闪。

我走过去，坐在花坛上，跷着腿听。

一曲终了，我鼓掌叫好："唱得真好，有味道。"

"瞎唱。"

"你唱的是《珍珠塔》里小方卿的唱段。"

"你是懂行的。"

"我还喜欢听《河塘搬兵》里杨六郎唱的'大哥长枪、二哥短剑'那个。"

"杨家将的戏。"

他在音箱上捣鼓了几下，熟悉的旋律就出来了。

他手持话筒，立即进入状态，唱了起来："八千岁，你不提搬兵……"

唱完了，他问："你喜欢听淮剧？"

"是啊，小时候经常听，好多年不听了。"

"会唱啊？"

"不会，我五音不全。"

"只要学就能唱。我小时候，村里有宣传队，我就跟着学，就会唱了。后来进了厂，做了中层干部，鼓动厂长成立宣传队。厂长开明，搞企业文化嘛，就批了。我兼任队长，上班归上班，下班后聚在一起唱唱玩玩，逢个什么节日，办个晚会，那才叫热闹！有时还参加县里的会演、比赛，还能得奖。厂长也很开心，说这氛围好，凝聚了人心，使大家团结一致，有集体荣誉感。后来呢，换了个厂长，嫌闹腾，就解散了。虽说宣传队解散了，但大家私下还会凑在一起唱。新厂长认为我是老厂长的人，看我别扭，总想法整我。有一回，他陷害我，要免了我的职。当时我也不想干了，想走人，可哪想到，宣传队的老伙计们联合起来，大闹厂长办公室，厂长吓得没敢动我。再后来，厂子倒闭了，大伙儿都下岗了。我呢，大小是个中层，想办法换了个地方，混着等领退休金，再不能跟原来厂里的伙计一块儿玩了。其实他们下岗不关我半点儿事啊，就是不好意思。不过话说回来，他们也难，忙着找活路，没时间唱啊跳的。"

"你很怀念老厂子啊。"

"那当然啦，那时候真好玩啊！"

"现在不好玩啊？"

"自个儿玩呗，自个儿跟自个儿找乐子呗，总觉得差那么一点儿味儿。"

"你那是什么厂子？"

"在射阳，老厂子。现在退休了，老伴也没了，就过来跟儿子过，帮着带孙子。休息天，他们都在家，我就出来吼两嗓子，解解闷。"

"公园里不是早早晚晚有唱戏的啊？跟他们玩去啊！"

"玩过，不晓得为什么，总是想着厂子里的宣传队，烦躁，不玩了。不过，去年过年，我实在忍不住，牵了头，把过去那帮人聚起来，在老家唱了一出，唱完我请他们吃了顿饭，好歹我有点儿退休金，不花掉干啥呀！"

"聚齐了吗？"

"哪聚得齐！有的不在了，有的联系不上。好歹来了几个，就演起来了。唱的是《沙家浜》，你猜我演哪个？"

"胡传魁。"

他一挑大拇指，说："你懂行。虽说几十年没一起唱了，可一唱起来，真是没的说。我腆着肚子，晃晃荡荡，那动作、那唱腔，引得下面一片叫好，都说老团长才艺不减当年。"

他迈大步，晃膀子，唱起来："想当初，老子的队伍才开张，拢共只有十几个人、七八条枪，叫皇军追得我晕头转向。多亏了阿庆嫂，把我水缸里边把身藏……"

他拿出手机，让我看剧照——带彩妆的，特写，他的形象比胡司令还胡司令。

我心一动，问："有'阿庆嫂'的吗？"

他在屏幕上滑了几下，滑出个全景照来。我看了很失望，说："怎么是个男的？"

他说："以前的'阿庆嫂'没来，就临时抓了个差。"

我开玩笑："在厂里，'阿庆嫂'是不是跟你好？"

他笑了，说："那时候纯洁，不像现在人想得这么复杂。"

"对了，跟厂长闹的时候，是不是'阿庆嫂'闹得最厉害？"

"嗯，她沉着机智有胆量，那厂长还真被她闹得没主张。"

"你们现在有联系不？"

他摇摇头，看着小树林，说："联系不上了，都不晓得她去哪儿了。"

一阵冷风袭来，落叶沙沙。

我们就这样聊着，不知不觉十一点多了。我说："我先走了，老婆在家把饭做好了，我得回去。"其实我想跟他多聊聊，可头回见面，说多了显得不成熟。

他说："好，我儿子媳妇今天都不上班，饭菜也差不多了，我再唱一段就回。"

他还叮嘱我："以后还来玩啊！兄弟你是个实诚人，懂戏懂人情，咱们聊得来。"

我说一定还来。

我绕了一圈，到体育馆下面。那儿有个饭店，叫"打酱油公社食堂"，挺火，经济实惠，味道不错。店里的装修风格和摆设都是怀旧风。我婆娘今天不在家，我懒得回去掀锅摸灶。

我找了个空位坐下，扫码点餐，还要了一小瓶白酒。我就着刚才听来的故事和热腾腾的菜，喝着小酒，有滋有味。忽然看到门口有一人进来，正是小树林里唱戏的老头儿，他拖着音箱，往里张望。

我赶紧低下头，不想让他看到，可我眼角的余光分明看到他走过来了。

我暗自想，他妈的，这事搞复杂了。

他们不是路人

◎ 袁省梅

　　梁宾正在毓秀市场前巡检，小周打电话叫他赶紧来太华公园，说王武军的水果摊又摆到公园门口了。

　　又是这个王武军。想起王武军，梁宾真的头疼死了。

　　王武军中秋节前就在这里摆开了摊。梁宾多次跟他商量叫他进市场，但王武军嫌市场上顾客少，说："市场三天的销量比不上我在这儿半天收入多。"

　　这倒是实情。摊子摆在马路上，过路的人图省事，不下车就买了。

　　梁宾说："顾客慢慢就会多起来。"

　　王武军说："那等多了我就去。"

　　这不是明摆着找事的吗？跟梁宾一起巡检的小周冲上去提了一筐水果要往巡检车上放，还没到车前，王武军老婆已倏地冲到了小周面前，坐在地上，抱着小周的腿直嚷嚷："城管打人了！城管不叫人活了！"她的哭喊招来了好多过路人。梁宾叫小周放下水果筐，又喊王武军劝他老婆起来。王武军忽地站起，指着梁宾的鼻子就骂开了："你以为这是你家炕头啊！爷今天在这里摆，明天还要在这里摆，天天摆，我看哪个孙子敢动我一根汗毛！"梁宾看了一眼围观的人群，说："我知道你挣俩辛苦钱不容易，可你看路对面就是小学校，你这里喇叭吆喝着，学生咋上课？学校放学时，你摊前聚一堆人买水果，家长接孩子都堵到这里了，你说碍事不？"王武军不听劝说，又骂："谁敢动爷的摊，爷喝他的血！"梁宾这下火了，他叫王武军嘴巴干净点，说："你是哪个的爷？我爸我妈在村里种地，他们惹你了你骂他们？"几句话把王武军问得莫名其妙，围观的人也纷纷指责王武军，有事说事，不能张嘴就骂人。王武军呢，脸涨得通红，嘴里骂着，拳头就往梁宾脸上抡过去。梁宾躲开了，拳头抡了个空的王武军差点摔倒。小周掏出手机要报警，梁宾不让。他想，王武军是个倔巴头，不能硬来，得想个策略。

这天下班了，梁宾叫小周一起到王武军家去。小周说："行吗？"梁宾说："咋不行？好狗不咬上门亲哩。"他们买了点心、牛奶等好多东西去了王武军家。

王武军正低头给他爸洗脚，看见他们，愣了一下，随即就低下头，再也不看他们一眼。王武军洗得很认真，手呢，动作缓慢，也轻柔。洗完擦干，他抱起他爸放到炕上，站在炕边，弯下腰，在他爸的腿上揉捏、捶打。梁宾看着，心说这哪是街上蛮横霸道的王武军呢。他问他爸哪年得的病，问他孩子都上几年级了。说来说去，独独就是没有提一句摆摊的事。从王武军家出来后，梁宾对小周说："这人不坏。"

然而王武军并不理会梁宾的良苦用心，水果摊继续在公园门边摆着。可是，梁宾发现所有的果筐都摆到了马路沿上，基本上不会影响交通，那个原来自动叫卖的喇叭也哑默地放在了一边。梁宾说："慢慢来。"小周说："你不是怕他吧？"梁宾"哈"地笑了。

当了城管以来，梁宾遇到的形形色色的摊贩太多了，他一直认为城管工作应该宁疏导勿禁止、宁引导勿赶撵，动手打砸是最愚蠢最不可取的。说到底，你把摊贩当成你的亲戚你的朋友，你还会训斥追撵他们吗？他觉得，他们既然来到了他的辖区，跟他就不是路人，更不是他的仇人敌人。几年下来，梁宾的辖区还真的没有出现过负面事件，更没有不听劝说的所谓的钉子户。当然，这只是在王武军来以前。

那天，梁宾刚走到公园，天突然变了，大风骤起，黑云压顶。梁宾冲王武军喊："篷布在哪里？快点把水果盖起来。"王武军慢悠悠地说："风大雨点小，怕啥！"但他的话音还没落，暴雨就从天而降。

小周喊梁宾不要管闲事，上巡检车躲雨去。梁宾反叫他一起帮忙，说着就抱了一筐苹果塞到车里。雨水鞭子一样抽打在他们的身上，转眼间，他们浑身上下都已水淋淋的。车里放不下了。王武军和他老婆两个人根本拉不动沉重的篷布。梁宾和小周赶紧上前，他们四个人一人拉着篷布的一个角，把所有的水果盖得严严实实的。

骤雨过后，天清气明。梁宾和小周把车里的果筐搬了下来，他对王武军说："我给你看了一块好地方——家家乐超市东边，怎样？临着三条大马路，人流量大。"

王武军问他："真的假的？"

小周白了他一眼："骗你干啥！"

王武军叫媳妇装了一兜苹果给梁宾和小周。梁宾和小周哪能要！

　　正说笑着，梁宾的手机响了——学苑路上又有几个流动摊贩。梁宾叮嘱王武军现在就可以去超市那边摆摊。王武军还要说感谢的话，梁宾唤了小周，开上巡检车，走了。

面　试

◎ 王瑞琪

　　"魏茗，你的情况我了解得差不多了。那么，聊聊你的期望薪资。"

　　说话的人是云姐，她看上去约莫四十岁，利落的短发一丝不苟地别在耳后，就像是从企业宣传片里走出来的HR。

　　看样子，面试进入尾声了。魏茗小心地报出一个斟酌过的数字。云姐低下头，打量了一眼她的简历。随后，云姐笑了。

　　"我认为问题不大。"她听见云姐这么说。

　　魏茗松了口气，终于不再局促。云姐的回答让她自信起来，她微微挺直自己的背，就着这点自信观察起云姐。这时她发现，云姐的脸颊异常瘦削，眼窝处透着一丝疲惫。她揣测这位面试官的睡眠恐怕不大好。

　　魏茗真诚地道谢，云姐却没有请她离开的意思。短暂的沉默后，云姐突然问道："你喜欢喝茶吗？"

　　她愣了一下说："喜欢，我平时喝单丛。"

　　"挺好的。"云姐欣赏地看着她，"公司有自动咖啡机，不过我还是喜欢茶。"

　　"是的，咖啡要么太寡淡，要么太甜腻，是一种缺乏想象力的味道。"她顺着云姐的话头讲。

云姐显得很满意，好像这回答印证了她们是同一类人。云姐捂着茶杯，眼神在虚空中飘了一会儿后，再次聚焦了。

"你猜我每周会收到多少份简历？"

这个问题超出了她的认知，她回答不出来，只能抱歉地笑笑。

云姐却不在乎，自顾自地说起来："我一毕业就来到了这里。你知道吗？公司里三分之二的员工都是我招进来的，三分之二啊！不过，大部分人几个月或者几年以后便离开了。总是如此。但我无所谓，我再招新的人进来，没有谁不可替代。"

"有时，我会在新来的面孔上，看见昔日同事的影子。"顿了一下，云姐继续道，"你就很像我曾经招进来的一个年轻人。"

"难怪我见到您也觉得亲切。"说完这句话，魏茗竟看到云姐眼中泛起一丝潮湿。

"可是……"云姐露出迷茫的神情，这让她显得有些无辜，脸颊的线条也随之变得柔和，"我越来越不知道应该招什么样的人了。有一次，我们老板讲，要那么厉害的员工干吗？那么厉害的话，他来当老板好啦。"

魏茗点了点头："我懂您的意思。"

魏茗突然想到了前公司的HR。茶水间里，那个女人曾与她闲聊道，其实老板讨厌过于聪明的员工，他们总是一副自以为是的可憎模样。员工嘛，应该务实一些，质朴一些，太过聪明则惹人生疑。

云姐还在继续说着什么，她旺盛的倾诉欲让魏茗产生了一个错觉：仿佛自己才是面试官，而云姐是一个滔滔不绝的应聘者。可是，云姐这个"应聘者"的状态并不好，她的黑眼圈非常重，形容憔悴，几缕碎发从耳边滑落，像是刚坐了一天一夜的大巴。

"……所以，我也不知道，我做的事究竟有没有意义。"她的声音不无惆怅。

"有意义，对我有意义。"魏茗一字一顿，言辞恳切。

此时的云姐看上去很脆弱，她说了太多的话，消耗了不少体力。面试的过程中，云姐已将面前那杯绿茶喝去大半。旁边就是饮水机，正当魏茗思忖着自己是否该给云姐接杯热水时，云姐起身了。

热气氤氲。抿下几口热茶，云姐看上去好多了。

"今天的面试就到此为止，我觉得我们还会见面的。"云姐向她伸出手。

她伸手用力地握住了这只手。她觉得她们已经有了默契。

自动感应门打开，一阵透心凉的风穿过了她，她拢了拢自己的大衣。等电梯时，她突然回头，看到云姐竟然还在会议室里，正望着她微笑——此时云姐已经恢复状态，利落的短发重新别到了耳后。这让魏茗的大脑空白了一下。隔着玻璃，她们的距离似乎突然被拉远了。她有些恍惚地走进电梯，门刚刚关上，云姐的样子就模糊起来。

确认魏茗已离去后，云姐开始收拾桌面的东西。同时，她注意到角落的垃圾篓快要满了——里面有一次性纸杯、文件袋、茶包、纸巾，以及一个捏扁了的牛奶盒。

"结束了。"她望着窗外，缓缓吐出一口气。

整理好桌面，云姐顺手熄灭了会议室顶灯。随后，她将手中的简历折了几折，轻轻丢进了垃圾篓。

宝二哥

◎ 陈　慧

　　"宝二哥"是我给他取的别号。"宝"是"活宝"的"宝"，
"二"是"二货"的"二"。因他比我年长，拨给他一个"哥"，算
是敬他三分薄面。

　　天气刚有点儿冷，宝二哥便换上了一身匪气逼人的行头：一
顶皮质黑礼帽，帽檐压在眉上；一件毛领子的黑色中长皮大衣，
敞着襟；黑裤子也是皮质的，膝盖以下全塞在笨重的高帮黑马
靴里。

　　他左手插兜，右手夹烟，踢踢踏踏地路过我的小摊时，我心
想：脸上的皱纹太多，两只眼袋肿肿的，牙齿也黢黑，且上排缺
了仨，下排少了四个。

　　我以教科书级别的客客气气，和他打了个招呼。

　　他微微颔首，一本正经。

　　我知道他在我面前夹着尾巴，于是神色越发凛然不可侵犯。

　　我从前做过几年小裁缝，虽然手艺早丢去了爪哇国，但平日
里依然以观察路人的服装为乐。宝二哥的着装，在我们这个小镇
上算"扎眼一号"。我曾即兴夸了他"有风度"，不想，他立刻傲
气十足地宣称："我年轻时还要帅气嘞！"

　　我问他："怎么个帅气法呢？"

他说："那会儿做生意，常跑杭州火车站。皮帽子，皮风衣，皮裤，手表亮闪闪，拎一只方方正正的密码箱。"

是个秋天的早上，生意不大好。我两手插兜，闲闲地站在马路牙子上。忽然间，肩膀一沉，有人从后面扣住了我的脖子。我一开始也没在意。这条街上有几个与我年龄相仿的活泼女子，偶尔来和我嬉戏打闹，也常用这般偷袭法。但过了一会儿，扣脖子的手臂非但迟迟不拿下，还在渐渐收紧，意在将我往怀里拉。我忽然觉得不对劲了，别过脑袋一看，恰巧对上了宝二哥色眯眯的小眼睛。我像被毒蛇咬了一口似的，甩开他的胳膊，勃然大怒："你干什么！"

他笑得得意忘形，仿佛占了天大的便宜。

我恶向胆边生，迅捷地操起小摊上一把沉甸甸的不锈钢漏勺，劈面向他拍去。

他没料到我的反应如此激烈，下意识地一偏脑袋，拔腿就逃。

那个阳光灿烂的上午，街道两旁的店铺如同电影倒带一样，从我眼前飞快闪退。宝二哥在前面一颠一颠地跑，像只行动不便的老兔子。

我铆足了劲，一边追，一边发狠："你妈的！你妈的！今天你就是逃到天边，我也饶不了你……"

跑了三四百米，我的心脏咚咚乱响，快要从喉咙里蹦出来似的难受。可我还是气势汹汹地挥舞着不锈钢漏勺，穷追不舍。

宝二哥终于跑不动了，毕竟快六十的人了，又腆着个大肚子。不过，他好歹没口吐白沫地瘫倒在地。

他哈着腰，两手扶在膝盖上，气喘如牛："阿三，我错嘞，我错嘞，你不要追了……"

此处有句老话：人怕恶，狗怕笃。

我在菜市场摆了十多年的流动百货摊，无论别人开什么颜色的玩笑，我都能面不改色地接住。身在异乡，无所依靠，若想不节外生枝，必须与自己所处的环境契合。既然是在龙蛇混杂的市井之地混生活，自然不能端着（也确实没什么好端的），但我有我的原则：口舌玩笑尽管开，动手动脚一律当场翻脸，不留半点儿情面。

早前，菜市场里的一批生意人，要数几个屠夫最无聊，一门心思想出我这个年轻外地女人的洋相。可惜他们从未得逞过。人不狠，站不稳，尤其是对宝二哥这样的混账。如果这次不镇住他，以后他就得寸进尺了。

我三步并作两步，冲到他的面前，拿不锈钢漏勺抵着他扣我脖子的那条胳膊，压低声音，咬牙切齿："下次你再骚扰我试试看。哪怕打不过，我也要拿命和你拼一拼！"

宝二哥嬉皮笑脸，连连摆手。那天之后，他果然不敢造次了。

这人浑愣归浑愣，正事倒是毫不含糊。他家住在半山腰的半山村里，他在自家的毛竹山里养了些猪，还有几百只鸡、几头背货的骡子。

猪以麦麸、糠皮为主食，搭搭萝卜、野菜、番薯之类的东西。养肥了，他便在礼拜天或节假日杀掉一只，拉到街口来卖。打的是"本地土猪"的牌子，一斤要比菜市场里的猪肉贵上五元左右，一个早市差不多就销光了。

鸡是春节前后的重头戏。浙东山区的鸡多半是阉鸡（本地人叫"线鸡")——小公鸡养到一定阶段,请兽医上门摘除它们的睾丸。阉过的小公鸡性情温和,成长快,头部像母鸡,尾巴像公鸡,但肉质比正常的公鸡更为鲜嫩。线鸡出售不论分量,按只计算。十多年前,一百二三十元一只。近几年,行情看涨,每只要一百五十元。

骡子不天天背货,但天天要喂食。夏秋两季,宝二哥天刚亮就开着三轮电瓶车来菜市场了。摆摊的菜农们不要了的玉米秆子、毛豆秆子、花生穰,他通通归拢到自己的车斗里,拉回家,晒得干干的,堆成垛子。到了冬天,这就是骡子们的口粮。菜市场到半山村,约十来里路,他一上午要跑两三趟。盛夏时分,太阳出来前已经很热了,再加上毛豆秆子和花生穰的根部带着新鲜的泥土,他每拉完一趟,都是一脸的汗水、一身的污渍。他蹲在马路牙子上歇息,撩起月白色的唐装擦脸的同时,嘴巴一刻不得消停。但凡认识的女人,他通通要在言语上揩一顿油,喊这个"骚货",喊那个"婊子"……被他点到名的女人往往不敢接招,只无可奈何地翻个白眼,落荒而去。

他龇着漏风的破牙,乐不可支。

我认识宝二哥多年了,他一向是这副腔调。这样的人,哪怕把他放在盐水里泡三年,扔进辣椒水里煮三年,投入石灰水里呛三年,拖出来,拍打干净,他还是那个原汁原味的浑愣货。他的骡子外出干活儿,是用三轮摩托车拉去的。车斗两边是加高的铁格栅,两匹高大强健的栗色骡子套着嘴笼,安静地立在里面,皮毛光亮,眼神温润。

我在百度上查了查,不出大力气的骡子,若侍弄得用心,活到三十岁以上完全没问题。像宝二哥家的几头骡子，累死累活地负重，寿命得打七折，顶多二十年。

小骡的入手价大概在五千。有一回，我问宝二哥："骡子总有背不动货物的一天。到那个时候，你怎么处理它们？"他说："有些同行，知道骡子背不动货了，就把它卖给屠宰场。这样的话，还能捞回一些本钱。我从来没卖过我的骡子。它们为我卖命了一辈子，临到它们老了，再亲手把它们送上杀场，我良心上过不去。我家的骡子，我都给它们养老送终，死后埋进自家的毛竹山。"

讲这一席话时，宝二哥像换了一个人似的，神情黯然，语气庄重。

宝二哥姓张，名云龙。

云　豆

◎ 喻永军

　　云豆的三叔云帆骑摩托车摔了一跤，伤了两根肋骨，住进了县城的医院里。三叔捎话说，让云豆去镇上找他二舅。社保局报销药费，需要镇上社保所盖公章。接完电话，云豆就从栗树上下来了。正是收获板栗的时节，秋初余热未尽，云豆早晚都在树上树下忙。

　　去二舅家时，云豆带了十斤新鲜板栗，想给二舅尝鲜。板栗装在一个细布袋子里，用麻绳扎得很紧。云豆到了镇上，改了主意，先找了建生主任。建生主任是云豆的扶贫责任人，很关心云豆。

　　章子没有盖成。

　　建生主任说："南所长那人难说话，你找你二舅去吧。所长是你二舅家女婿，你二舅能办成。"云豆说："你是镇上的领导，你办不成的事情，我二舅咋能办成？除非南所长有私心。我三叔摔跤是事实，这证明材料只需盖个公章就行了。"建生主任见云豆较真，便说："南所长说了，社保所出具的材料要承担责任。事故发生要第一时间报案，现场拍照，查看原因，才能盖章出具证明。"云豆说："当时只顾着救人，谁知道还有这些事情！"

　　二舅家院子临着大街。云豆穿过一道走廊，见二舅正在侍弄一盆花。二舅八十岁了，一个高个子老头，脸盘子很大，脸上总是挂着一丝笑意。云豆喊了声二舅，把那袋子板栗放在廊间的桌子上。

云豆说："这是今年的新鲜栗子。"见二舅笑呵呵的，云豆就心软了。二舅已是个老人了，还得看人脸色办事。云豆一下子不想让二舅办这事情了。他对二舅说要去买些零碎用物，就去了街上。从二舅这层关系上讲，他跟南所长沾点儿亲戚。云豆想自己去办这事情。这是个小事情。前些年，云豆日子过得差，灰头土脸的，只有在参与些大的家族事务时，才能见一眼所有亲戚，有些老亲戚不走动就认不得了。至于亲戚们咋样看他，他心里没底。现在咋样看他，他不在乎。他承包了一面山坡，全栽种了板栗。他精心侍弄，每年收入有好几万块钱。他是个踏实干事的人。他想，要不了几年，日子就会红火起来了。

云豆这样想着，就去了政府大院。他不知道南所长还记不记得他这个亲戚。云豆想不卑不亢地办事情，就是盖个公章嘛！尽管云豆这样想，但他心里还是不甚踏实。如果人家真记不起他来，他就也装作认不得他，但事情得办，三叔着急催呢。

二舅很爱云豆。云豆那时候中学毕业，曾在二舅家住过一段时间。二舅家门口放着一把焊枪、一把电钻、一台台钳、一个铁砧子和一个四脚落地的铁架子。二舅那时五十多岁，刚从地质队退休，闲不住。他本是个高级焊工、业余修理工。二舅干的，在云豆看来都是难上加难的活儿，比如机械上的螺丝钉断在螺母里了，二舅就有办法取出来。他先在螺母里的螺钉上钻个孔，然后在孔中焊一个丁字形钢件，滴点儿润滑油，就能用扳手轻松将其旋出来了。二舅活儿干得轻松漂亮，要价也合理，生意一直很好。二舅说这是技术活儿，一年半载学不精的。

没活儿的时候，二舅就背着一杆气枪出去玩，气枪用的是铅子。空着手出去，又空着手回来，但二舅很快活。

二舅问过云豆，愿不愿意学这手艺。云豆看看二舅，最后学了木工。

云豆也很爱二舅。他喜欢二舅说话做事的敞亮。那年，云豆去看二舅，那时表哥犯了事情，家里阴云密布。那天二舅干完活儿，照样背着气枪出去了。云豆不放心二舅，跟着他到了河堤上。那是夏末，河堤上柳树很粗壮，有鸟在树枝间跳跃。二舅背着气枪在河堤上走，河水哗哗地流着。云豆不紧不慢地跟着二舅。二舅突然开口说话了，他说："云豆，你不用操心我。你表哥犯事情，严管他是公家的事情，别人谁也管不了。咋管呢？再说，世上的事情，有地大的窟窿，就有天大的补丁。事情都有解决的时候。"

云豆给二舅干得最漂亮的一件事情，就是用北山松给二舅和二舅母做了两副寿材。用一个木工的眼光看，云豆觉得北山松胜过东北松，因为北山松长在干旱处，生长缓慢，油性大。他给二舅提了用北山松的建议，二舅就接受了。从选料到制作，都是云豆一个人干。云豆是个出色的木工。寿材做成，云豆选了几块松木边角料打磨寿材表面。木质摩擦着木质，木质里的油都被打磨出来了，寿材通体红润油亮，省了油漆。云豆又从丹江里拣了几块青石，当作压材石，还按习俗将一个铁铧打碎，一起放在寿材中。两年后，铁铧被松油裹满，青石里外红润油亮。

寿材是两年后运到二舅家的。按习俗，二舅家待了大客。凭着两副寿材，云豆成了客场的中心。人说，云豆这不言不喘的小伙子，手艺漂亮。人说，人家是给他二舅做，当然用心用意。举行酒宴的时候，二舅的女婿南仲未，专程来给云豆敬酒。南仲未把酒端给云豆，碰了一下，说："云豆，我是你表姐夫，咱哥俩喝一杯。"云豆就喝了。南仲未就是南所长。

后来，老家木工的活儿越来越少，云豆就去了深圳。后来，云豆媳妇跟云豆离了婚，带着孩子走了。后来，云豆就认识了建生，成了一个承包荒坡栽种板栗的云豆。

云豆推开社保所办公室的门，看见了南仲未。南仲未抬起头，愣了一下，就冲着云豆笑了。

立　誓

◎ 戴　涛

　　有个新交的文友来找我。他跟我儿子差不多大，所以我称他为"小朋友"。

　　"叔，我有个离婚案想要麻烦您。"

　　我说："谢谢，我从不办离婚案。"

　　"您不是律师吗，怎么不办离婚案呢？"

　　"律师亦是术业有专攻。啥都能办，那就是江湖了。"

　　"那咋办啊？"小朋友有点发急。

　　"我带你去见我一个同学，他是专办离婚案的，我们都称他是'妇产科里最好的男医生'。"

　　带着小朋友来到了同学的律所，同学见到我自然非常高兴："嗬，你这个搞涉外的大律，怎么今天有空来看我？"我说："陪这位小朋友来找你。"

　　"小朋友"接上就说："我想要离婚。"

　　我同学问："你想离婚，妻子不同意吗？"

　　"她同意的。"

　　"同意还上什么法院？"

　　"因为我们都想要孩子。"

　　"你是为了争孩子才要打官司？"

"是的。"

同学将脸转向我："对不起了老同学，凡争夺子女抚养权的案子我现在一律不接。"

"为什么呢？子女不就是婚姻案的一部分吗？"我说。

"婚姻案是包含了财产和子女，可在五年前我已发过誓，再也不接争夺子女的婚姻案。"

"能告诉我原因吗？为什么要发这样的誓？"

同学沉默不语。

"说说吧老同学，我非常想知道。"

"好吧。你们都了解，我一开始当律师就选择了《婚姻法》方面。尽管你们嘲笑我是'妇产科里的男医生'，可我自己觉得男律师代理婚姻案自有他的优势。比如遇到男当事人，他会认为男人更能理解男人；遇到女当事人，她会觉得男人更容易同情女人。所以在我代理婚姻案这二三十年里，一直感觉得心应手，直到五年前。"

"五年前究竟发生了什么事？"

以下，是我朋友讲的——

那天我在法院开完庭出来，因为没开车，所以急着赶去地铁站。当我走过一个街心花园时，天上下起了雪，花园里已见不到什么人，一排长椅孤零零地躺在那里。

突然，我看到长椅的尽头坐着一个人，是个四十多岁的女人，穿着全黑的衣裤，雪花飘落在上面，显得黑白分明。她怀里抱着一个一尺多高的布娃娃，布娃娃身上衣服的颜色已经模糊不清了。

当我走近时，她依旧像一座雕像一样一动不动。我仔细地看了她一眼，心脏不由得蹿了几下——我似乎在哪儿见过她。这时她抬起头来也朝我看了一眼，这眼神让我瞬间想起来了……我慌忙逃离了花园。

她是我一个委托人的妻子。好多年前，那个委托人找到我时提了三个要求：婚要离掉；儿子要归他；财产一人一半。我听完了他的案情介绍后说："你们都已分居三年了，离婚应该没什么大问题，财产分割也是。至于儿子的抚养权归谁，难说。"

他急了："儿子我是一定要的。"

我问："凭什么？"

"我们秦家是三代单传。"

"这不是理由。"

"财产我可以少要点，律师费我也可以多付点，反正我是一定要儿子。"

我连忙跟他解释："其实就是不跟你生活，儿子照样是你儿子，你可以经常去看他的。"

委托人还是坚持，最后我只能说："我尽量争取吧。"

既然答应了委托人，我便开始仔细研究案子。法院将孩子判给谁说到底也就一个原则：跟谁生活更有利于孩子的成长。如果孩子到了八岁，那就得先问问孩子的意愿。

我问委托人："你儿子几岁了？"

"快八岁了。"

"他现在跟谁好？"

"这三年我搬出去住了，当然是跟他妈好。"

"那在法官问他之前能不能做一些感情投资？"

"嗯，我想想办法。"

"还有，你妻子有没有什么不良记录或者不良嗜好？"

"让我想想。对了，这两年她开始搞迷信活动了。前段时间我回家看儿子，发现她关着窗门，又是烧香又是磕头。"

到了开庭那天，我终于见到了委托人的妻子——她穿着一身很素雅的衣服，脸上看起来没有化妆。庭审过程一开始很顺利，离婚和财产分割两人很快达成了一致。说到儿子，女人说："儿子必须归我，他是我的命根子。"男人说："别的都好说，儿子你别想。"

这时我提出申请，法庭应当先听听孩子本人的想法。法官马上表示同意。

看着孩子的奶奶带着孩子走上法庭，女人一脸的惊愕。

法官问孩子："假如爸爸妈妈不在一起了，你想跟谁啊？"

孩子小声说："跟奶奶。"

女人听了，一下情绪失控，当庭又哭又闹。法官宣布休庭。

庭后我又提出申请，希望法庭再实际了解一下孩子和他母亲的生活情况。法官又同意了，让我陪他一起去。

周六上午，我们来到了委托人的家。打开门时，里面黑咕隆咚，一股烟味直冲脑门。法官大声对里面的女人说："你快去拉开窗帘打开窗。"随着外面的亮光进来，我看到了屋里有一张供桌，上面供着一个什么神像，桌前的地上有一个盆，盆里正烧着什么纸。法官问："你儿子呢？"女人用手指了指一扇紧闭的门。

一周后，法庭宣判了，孩子的抚养权归我的委托人。女人听完判决一言不发，但她的眼神却让我不寒而栗。

从同学的所里出来后，我的"小朋友"再也没跟我提离婚的事。

腊　梅

◎ 李伶伶

　　岳琴走进兴旺养鸡场，第一个见到的人居然是腊梅。真是冤家路窄！若不是因为腊梅，她半年前就能来养鸡场打工了。养鸡场不好进，因为挣得多，进来的人如果没有特殊情况，不会轻易离开。岳琴没进来前总来养鸡场附近转悠，认识了在养鸡场看门的李大爷。她经常给李大爷带好吃的。有一天李大爷给她来电话，说养鸡场有两个人要走，她要是想来，赶紧做好准备。岳琴高兴得不知道说啥，谢过李大爷，马上着手处理家里的事。她先把猪和鸡卖了，然后把猫和狗送人了，又把门窗都换了新锁。就在岳琴和男人有德准备就绪要去养鸡场时，又接到李大爷的电话，说场长安排了自己的亲戚，他们暂时去不了了。岳琴很失望，但也能理解。

　　第二天，当岳琴得知腊梅和她男人大柱去了养鸡场时，她很气愤。这个腊梅，怎么总撬别人的活计！腊梅家地少，靠地里的收入供儿子读书上大学不够用，就出来打零工——种地、薅草、剪葡萄、摘梨，等等，啥活儿都干，多时一天能挣一百多，少时能挣七八十。靠力气挣钱本来没啥，可是她总撬别人的活儿，为此宁可少要工钱，这就让人很不齿。

　　腊梅撬别人的活儿倒也罢了，连住在一个屯的人的活儿也撬就有点儿说不过去了。岳琴在背后骂了她好几天。后来养鸡场扩建，李大爷又给岳琴打电话，她才进了养鸡场。

岳琴知道她会见到腊梅，没想到刚进来就碰见了。腊梅显然没想到会在养鸡场见到岳琴，一时很尴尬，但是很快就像什么事都没有发生过似的跟她打招呼。岳琴没理她，有德想跟腊梅说句话，被岳琴拽走了。

这是一家肉鸡养殖场，小鸡从进笼到出笼45天左右。这段时间如果没有特殊情况，工人一般不能出养鸡场。所以养鸡场招的都是夫妻工。两个人管理一个鸡棚，每个鸡棚2400只鸡。他们负责把鸡养大，养好了还有奖金。两个人一个半月最多能挣15000多块钱，大家都愿意来养鸡场打工。

经过简单的培训，岳琴和有德就上岗了。要养好这些鸡，主要得做好两件事：一个是喂鸡，一个是给鸡打疫苗。喂鸡不难，定好闹钟，按时起来喂就行。打疫苗对岳琴这样的新手来说就有点儿难。鸡雏进笼的第一天就要打疫苗，岳琴和有德因为手生和紧张，打得很慢。别人在晚饭前都打完了疫苗，只有岳琴和有德没打完，进度只有别人的一半。鸡场领导很不高兴，把他俩说了一顿。当时很多人在场，岳琴恨不得找个地缝钻进去。这时腊梅站出来说："领导别生气，岳琴他们刚来，手不熟胆子又小，等过几天熟练就好了。一会儿我帮他们打，保证今天把疫苗打完。"

领导走后，腊梅啥话也没说，直接开始给鸡打疫苗。她手真快，岳琴打一只的工夫她能打三只。后来腊梅的男人大柱也过来帮忙，四个人在半夜十二点前，终于给棚里的鸡雏都打完了疫苗。岳琴没想到腊梅能帮她，她想说点儿什么，却什么也没说出来。

在养鸡场待了一段时间后，岳琴才知道腊梅在养鸡场很出名——她来鸡场后，别人就没得过最高奖金；她养的鸡不仅病死率低，分量还高。老板特别高兴，让大伙都向她学习。岳琴同时也了解到，腊梅这么拼命地挣钱，是给儿子攒买房钱呢。腊梅的儿子大学毕业后在省城找了份工作，想在省城买房子，但拿不出首付，腊梅说她帮他攒。在农村，靠打工挣钱不容易，想攒下钱更不容易。这点，岳琴深有体会。

　　这天下午，岳琴和有德正在喂鸡，腊梅忽然来了。腊梅平时不来她这儿聊天，突然来，肯定有事。但是腊梅吞吞吐吐说不出来。岳琴说："你有话就直说吧。"腊梅就说了。腊梅儿子的单位来电话让腊梅和大柱去一趟，她管的鸡想让岳琴帮忙喂两天，他们最晚后天就回来。腊梅说完满怀期待地看着岳琴，生怕她不答应。腊梅虽然能干，但是人缘很差，整个养鸡场也就跟岳琴还算不错。岳琴说："你放心去吧，鸡的事交给我了。"

　　腊梅说他们最多三天就回来，结果整整去了七天，中间连个电话都没打。这七天可把岳琴和有德累坏了，想着等腊梅回来得好好跟她说道说道。可是见到腊梅，看到她红肿的眼泡和哀伤的神情，岳琴一肚子的话又咽了下去。原来，腊梅的儿子不是犯了什么错，而是意外遭遇车祸，永远地离开了这个世界。岳琴不知道怎么安慰腊梅。她以为腊梅会离开养鸡场回家休息，但是她没有，而是继续留在养鸡场干活儿，只是她再次获得最高奖励时，没有像以前那么高兴了。

　　这天中午，岳琴正在食堂吃饭，儿子打来电话，祝她母亲节快乐。岳琴忍不住笑起来，随后马上意识到腊梅正坐在她对面，她立即挂了电话。但是已经晚了，腊梅突然号啕大哭起来，大柱怎么劝都劝不住，最后把她拉走了。走到食堂门口，腊梅又大声笑了起来。后来，腊梅总是笑一会儿又哭，哭一会儿又笑，最后不得不离开了养鸡场。

大柱带着腊梅走的时候，没跟任何人打招呼，包括岳琴。岳琴时不时会想起腊梅，每次想起都忍不住叹息一声。

暖 冬

◎ 王在庆

　　我摇下车窗，长久地看着路边那个小小的坟头，坟头上枯草焦黄。我走下车，点燃一根烟，插在坟边。

　　又是一个暖冬。路北面阳背风的墙根下，几个叔叔大爷坐在马扎上，抄着手舒舒服服地晒太阳。我掏出烟来，向这群自封"北墙根等死队"的队员们走过去。这个说："华子回来了？"那个说："华子在家过了年再走哇？"一句一个"华子"——名字最后一个字再加上个轻声的"子"，把我叫得心里热乎乎的。一个叔叔要把马扎让给我，我谢绝了，放倒旁边一个玉米秸捆子，盘腿坐下，听叔叔大爷们接着侃大山。

　　抽了两根烟，这话题就和眼睛一起，转向村头十字路口的肉摊。

　　一个叔叔说："都是本村爷儿们，价钱没比集上低过——集上还能还还价，这连价都没法还，一毛两毛的零头也不抹，筋筋络络也不剔。做生意不活络，到集上去几个集卖不了一头猪，也就在咱这三两个庄上卖得了……倒不缺斤两……"

　　又一个叔叔接上说："还是冬子，不笑不说话，兄弟叔伯叫着，亲近。分分毛毛从来不要，还要添块肥膘。"

　　一个大爷说："哪儿听说过女人杀猪的？孤儿寡母的不容易，

我家吃肉从不到集上去，就在她那儿割。"

几个人说："俺家也是。"几声叹息。

我又让了一圈烟，起身向肉摊走去。

冬嫂子的大嗓门儿远远地就亮起来："华兄弟，啥时候回来啦?"

我一路应着声。

案上摆着切开的猪肉，旁边柳树上挂着半扇猪。冬嫂子不瘦，但也不算太壮实。闺女已出嫁，儿子上了大学，她连个帮手也没有，不知道这猪她是怎么杀的。

我踢了踢案下的大盆："嫂子，这是啥?"

"牛下水，进的。"

家里已经买了不少猪肉。我捡根小棍挑着牛下水看了看，是牛肚和大小肠，带着一层碎冰碴子。

"我就爱吃牛下水，嫂子，把这些都称了，我回家拾掇。"

冬嫂子一边捞，一边说："我给你控控水。"

水控得差不多了，我扯个塑料袋装上，放秤上一称，542.87块。我扫码付了钱，和嫂子告个别，提上回家。转过身来，冷风就进了眼。冬嫂子比我大两岁，刚嫁过来时，可是十里八村出名的俊俏媳妇，现在就像罗中立的那幅著名的油画——只需要把画名《父亲》改成《母亲》。

回到家，娘接过袋子一看："你啥时候上集了?告诉你别买东西别买东西，瞧这半袋子血水!你是买肉哩还是买水哩?俺这个傻儿!你在谁家买的?我到集上找他去!"

我说："冬嫂子家的。"

娘长长"唉"了一声，不言语了。

到了饭点，妻子端着菜过来，还忘不了调侃我："先生，请用餐。这道菜名叫'高价皇室熘肥肠'！"

我哈哈大笑，开了一瓶酒，倒了两杯。我举起酒杯，和对面的杯子一碰："过年了，兄弟，喝一杯。"酒热，肉香，爽快。

一饮而尽，酒有点儿辣眼睛呢。从小到大，我和冬子偷杏摸瓜，逮鱼捉虾，和邻村的孩子干架，从不分开。除了吃饭各回各家，连晚上睡觉都在一起，今天你家，明天我家，一个被窝里钻，一人一头。被子小，得挤着睡，你压我一条腿，我压你一条腿，谁也不吃亏。

妻子要来夺我的酒杯，我瞪了她两眼，妻子的手缩了回去。

那一年我参加高考，开考前一天的瓢泼大雨把我挡在了家里。爹说兴许再等一等雨就小了，就立刻送我去城里。谁知道到了第二天凌晨四五点，雨势依然不减。爹出去看了看，村子里一片汪洋。第一场考试将于八点开始，仿佛有一个巨大的定时炸弹的表针，"铿铿铿"地响在我们全家人的头顶。爹说："走！走着去！"

娘一拍手："冬子家有辆卖肉的三轮车！"

喊开冬子家的门，冬子跳脚大叫："咋不早说！昨天就该说！"

立刻发动三轮车，大家七手八脚用雨披和塑料布把我包裹好，再找不到东西给冬子挡雨了。冬子随手捞起油腻腻的卖肉围裙，往头上胡乱一扎："走！"

前路雨脚如麻，暗黄的车灯几乎要被雨水浇灭。三轮车一路"突突突"叫唤着，在坑坑洼洼的泥路上乱蹦。我蹲下来，紧抓住前面的车帮，左跳右跳上跳下跳，如果站起来肯定得被颠下车去。冬子半蹲着，屁股根本不沾座椅，两手抓把，就像驾驭一只史前怪兽。这哪里是赶考，分明是搏命。

大概赶了一半路程，剩下的十来里全是黏土路。没走多远，前车轮给泥巴塞得再也转不动。冬子跳下车来，咣咣两脚把挡泥板踹下来，捡起来扔到车厢里，抹着脸上的泥水大笑着对我喊："华子，瞧咱这越野赛车！"一路狂奔，泥浆飞溅，糊到冬子脸上，又给雨水冲掉。二十多年前，有这样一对追赶命运的兄弟。

等赶到县城，雨也小了，天也亮了。冬子从透湿的裤袋里摸出一张黏糊糊的十元钱，塞到我手里："华子，买点儿饭吃，考试不能饿着肚子！"我说："我带着钱哩。"冬子挥挥手，开着他的"越野车"走了。

娘要收拾我跟前的酒瓶酒杯。我伸开胳膊拦住，答应娘只喝最后一杯。

十年前，冬子在南方打工，遇到有人落水，他去救，把自己也搭进去了。

我确实有点儿微醺了，端起酒杯冲对面酒杯一碰："兄弟，最后一杯。"

冬子，你忘了一件事——

小时候，到了夏天，大人们为了防止孩子下水玩，哪个小孩的肚皮上没有两条烧火棍画的黑道子？只要黑道子没了，回到家就得挨顿揍。可是谁不是在水里玩了一晌之后，上岸晒干再补上两个黑道子？我们都为这种天才创意得意得嘿嘿哈哈大笑，只有你听爹娘的话不敢下水，像个傻瓜蹲在池塘边被我们耻笑。一庄到两头，所有的光腚孩子都笑话你不会水。冬子，在江边舍身一跃的时候，你忘了肚皮上那两条黑道子了吧？

　　冬子，哥，你不止温暖了南方的那一江春水。

合　钵

◎ 岑燮钧

　　柳凤娟是老了，身体发福得厉害，一身的老年病。陈凤娣去
医院看望她，只见她还在指导一个新收的学生。

　　在"双凤"锡剧团中，柳凤娟是团长，陈凤娣是副团长。柳
凤娟跟她来说事，陈凤娣十次有九次是这么说的："好的好的，我
赞成。"她一脸和善，以至于老柳的弟子有时也来找她："陈老师，
你帮我跟柳老师说说嘛。"她们私下称她为"陈妈妈"。陈凤娣觉
得，做人一辈子，这也值了。

　　锡剧界每年都有新秀比赛的演唱会。老柳把弟子们找来，说：
"我们要有卡位意识，你不占这个位子，别人就占了这个位子，我
们的影响就弱了。"

　　到了舞台生涯五十周年的时候，柳凤娟举办了一场声势浩大
的柳派演唱会，弟子悉数到场，众星捧月，向她献花，她在丛中
笑。第二年，轮到陈凤娣了，柳凤娟撺掇她也办个类似的演唱会。
陈凤娣觉得不是很合适——自己的弟子少，办起来就寡淡。她想
亲自上台，让电视台来录像，也给自己留下一份资料。若能让
"四大名旦"来给自己配戏，那不比弟子们捧场更有光彩？

　　"其他大姐都有空？"

　　"我一个个去请。"

陈凤娣的好人缘是出了名的。当年白秀文就想把她挖走，可惜柳凤娟看得紧。后来，柳凤娟还拉着陈凤娣一起拍了一张"婚纱照"，以表明两人是舞台原配。这次，陈凤娣去请白秀文，白秀文满口答应。陈凤娣要借她的戏，跟她搭《虞美人》，她二话不说，就把本子给了她。陈凤娣心里美滋滋的，她想演西楚霸王项羽也不是一天两天了，能够跟白秀文搭戏，也算是一了夙愿。

　　另外两位姐妹也都爽快地答应了。

　　陈凤娣跟老柳商量，两人演哪一出。定的是《白蛇传》。陈凤娣的意思是演《断桥》一折，这戏唱念做打都比较出彩。柳凤娟不言语，半晌才说："老陈，要不演《合钵》吧，好歹是个文戏，我还能唱几句。"

　　果然，这"一搭四"的演出，轰动了整个剡剧界。尤其是陈凤娣与白秀文搭的一折《虞美人》，风头盖过了《合钵》。

　　这一年十月，香港演出商来邀请"双凤"剡剧团去演出，正好柳凤娟住院。于是，他们转而邀请了白秀文。白秀文邀请陈凤娣与她合演《虞美人》，陈凤娣自然一口答应。可是，答应了之后，陈凤娣心里有点儿惴惴不安。这事不能瞒着老柳。记得有一年，编剧编了个《清宫怨》，主角是光绪皇帝。柳凤娟很喜欢这个戏，但是珍妃的戏不多，她想让编剧把这个戏倒过来，改成以珍妃为主的戏。编剧却说，这样一改，伤筋动骨，不值得。结果，柳凤娟就让自己的大弟子给陈凤娣配戏。陈凤娣心里明白，她也不说。演戏时，她反而捧着老柳的大弟子，让她也出彩了一把。老柳的大弟子就非常感激"陈妈妈"，不声不响地送了她一身套装。

"老柳，你身体好些吗？"在医院，陈凤娣刚跟柳凤娟说了几句，就有一个小姑娘进来了。"快叫陈老师，——这是我新收的学生……"柳凤娟就把新弟子介绍给了陈凤娣。陈凤娣问长问短，很是亲热。柳凤娟对弟子说："我们'双凤'是不分家的，我的学生就是陈老师的学生，以后有什么事，也可找陈老师……"然后转身对陈凤娣说："我们失去了一次去香港演出的机会，唉——"陈凤娣赶紧安慰道："身体要紧啊。"她几次欲说还休，好不容易找了个机会，把白秀文邀请她去香港演出《虞美人》的事给老柳说了，老柳脸有点儿"板"："那敢情好，算是半个'双凤'剡剧团出去了，难得……"

从香港回来，得知柳凤娟查出来竟是肠癌，陈凤娣不由得心神不定，在屋里来来去去走了半夜，第二天一早就去了医院。老柳已经开了刀，神色憔悴。她握住陈凤娣的手，声音微弱地说："以后，'双凤'要靠你了！"

白秀文在香港募得了资金，回来拍艺术片《虞美人》，再次邀请陈凤娣做搭档。为这事，陈凤娣忙了好一阵子。没想到，柳凤娟病情急剧恶化，不久就去世了。

在柳凤娟去世三周年的纪念演出上，陈凤娣穿了一件有点儿陈旧的西装。这是她三年来第一次登台。站在空旷的舞台上，看着台下茫茫的人头，她说："老柳走了，我很寂寞。大家都知道，我们'双凤'是一对舞台好夫妻，生活好姐妹！"说到这里的时候，她的眼圈有点儿湿润，"你们知道我今天穿的这件西装的来历吗？它是我们的'婚纱照'里我穿的那件，压在我的笼箱底下，快有半个世纪了！"这时，舞台的大屏幕上展出了她们当年合拍的婚纱照：柳凤娟身着白色的婚纱，头微侧着，倾向陈凤娣一边；陈凤娣西装革履，像个小开。当时，婚纱西装都是租的，因为陈凤娣喜欢，柳凤娟就咬咬牙把它买下了。"今天，老柳离开我们已经三年了，回想我与她演的最后一出戏《合钵》，现在只剩下另一半了。"这时，胡琴拉响了《合钵》哀婉的引子，陈凤娣对着大屏幕，开始唱了起来——

娘子是真情真意恩德厚，
我却是薄情薄义来辜负。
娘子是朝暮相伴不离分，
我却是几次三番将你丢。
……

唱着唱着，陈凤娣不由得流下了眼泪。她不知道，这眼泪是许仙对白娘子的眼泪，还是她陈凤娣对柳凤娟的眼泪。当她唱完这一段时，柳凤娟的声音也响了起来——

不怪许郎将我负，
只恨法海少理由。
……

两人隔空对唱，似乎穿透了阴阳相隔的铁幕。陈凤娣掀了掀身上的西装，转过身来。整个剧场，静得只剩下两人的声音，仿佛回荡在空旷的荒漠上，什么都消失了。

影　子

◎ 杨剑文

“花虎啊！那天晚上，我看到她回到了家里。二十多年过去了，她还是那么瘦。她的影子落在墙上，就像是一把枯树枝钉在了墙上。”胡三树给儿子花虎打电话的时候，这样说。

“葡叶呀！那天晚上，我起夜的时候，看见她好像刚刚穿过一场暴风雨回到了家里，瘦弱的身骨和湿淋淋的长发投影在院墙上，看着就让人心疼……可是，任凭我怎么叫她进家，她都站着不动，像是一根腐朽的长钉子，牢牢地扎在了院子里的地砖上。”胡三树给女儿葡叶打电话的时候，详细叙述了那天晚上的事情。

接连几天，胡三树都没有出门。胡三树在等着她再次回来，可是接连几天，她都没有出现在院子里。

连着好几天，胡三树都没有去位于村子中心的老磨盘那里闲逛。这天下午，村子里的高老头不放心，拄着拐棍来找了胡三树。

“嘿嘿！你在家啊！还以为你死了，这会儿应该尸体发臭了，蛆虫爬了一地呢。”

“死在这样热的天气里，炕上摆上三天，肯定就臭了啊。”

高老头是开玩笑的语气，胡三树却是一本正经的模样。

“开玩笑嘛！看你说的，现在都有冰棺了嘛。尸体放进去，插销一插，电流一通，冻得比羊肉猪肉都硬，放上三年都臭不了……"

"那得有人往冰棺里放啊!"

高老头猛地一怔,他在胡三树的眼神里看到一种冷冷的瞬息黯淡的光芒。

"没人放,我放。"

胡三树咧着嘴笑了笑,像村里那些顽皮的小孩子们一样,顺手揪了揪高老头翘起的长胡子。

"这杆绿玉烟锅给你了。"

高老头摆着手没接胡三树送过来的绿玉烟锅。

"拿上!真等我臭在炕上了,还不知道会落在谁手里呢!"

高老头只好接过了绿玉烟锅。

"前几天,我看到她回来了。"胡三树的眼睛里放着光,紧紧盯着高老头的眼睛。

"谁?"高老头又是猛地一怔,感觉脊背后一阵发冷。

"她就是她。"胡三树摆摆手,不再说什么了。

这天下午,胡三树跟着高老头走出了家门。只是,胡三树没有去村中心老磨盘那里,而是去村西头找了来村里采风的那个作家。

用了大半个晚上的时间,胡三树把他的人生故事给作家讲了一遍。

"没有什么传奇性。"听完胡三树的故事,作家淡淡地说。

看着胡三树失望的模样,作家又安慰地对胡三树说,不过有些情节还是可以作为素材糅进别人的故事里。

胡三树默默地离开了。

这天夜里，对着头顶的月亮，对着院子里的老枣树，胡三树又把自己一生的故事讲了一遍，而且这一次的讲述里，还有了他与她的故事的更多细节。

"我的故事就是我的故事，怎么能写到人家的故事里嘛！"胡三树说完这句话，沉重地叹了一晚上的气。

第二天早上，胡三树举着电话，对女儿葡叶说：

"葡叶呀！天热了，出门记得带把伞，不要晒黑了，要不然你家男人嫌弃你呀……嗯！我都好，吃得好，睡得好。她呀？再没有回来，估计还在埋怨我呢。二十多年了，她还是那么瘦，瘦得只剩下一把骨头了，骨头一样瘦的影子，淡淡地落在墙上……"

第三天下午，胡三树举着电话，对儿子花虎说：

"花虎啊！饭桌上一定要少喝酒，多吃菜……钱是赚不完的，自己的命比钱重要啊！现在村子里好多人家都修起了别墅，我想明年或者后年，也把这座老房子推倒，修建一院气派的别墅……哎呀，不用寄钱，我存的有……哦，你现在忙？那你先忙，完了聊。对了，晚上让孙子和我通通电话。"

接连几天，胡三树都打电话和儿女们聊上一会儿。

第七天中午，胡三树坐在院子里，举着手机不知道是在给儿子还是女儿打电话。要过上好半天的时间，他才会发出简短的"嗯，嗯，啊，啊"的声音，像是在认真听着电话那头的人在说着什么事情。

后来，手机从胡三树耳边滑落下来，掉在了地上。

手机是黑屏状态。

胡三树的电话并没有拨打出去，先前那些"嗯，嗯，啊，啊"

的声音，其实是他一个人在自言自语。

胡三树死了。

这天下午，高老头发现胡三树死了。

胡三树无儿无女，儿子花虎和女儿葡叶都是他对着电话想象出来的。

在村里人的印象中，胡三树始终是一个人居住在村头的一个小土坡上。只有村里老一点的人才知道那个小土坡叫虎翅坡。只有村里更老一点的人才知道胡三树曾经带回来过一个外地女人，几年后那个女人离开了，像一个影子一样轻轻地落在了墙上，又悄悄地消失不见了。

胡三树与这个女人的故事，他只告诉过那个来采风的作家。

女人走了，作家走了，胡三树死了。在这个村子里，在这片土地上，应该没有人再知道他们的故事了。

"活了一辈子，什么都没留下。"

"人都瞎活了。"

高老头和村里的许多人都哀叹胡三树的人生。

高老头指挥着村里人，把胡三树埋在了村外的野猫岭。

野猫岭上全是一个个低矮的孤坟，没有墓碑，没有供桌，里面埋着的都是周围几个村子里无儿无女的孤寡之人。清明、冬至、寒衣节都不会有人前来烧纸祭奠的孤坟，只能在每年春末领受一些从老榆树上飘落下来的榆钱当作祭奠的纸钱——野猫岭上长满了老榆树。

这年冬至的时候，高老头拄着拐棍，拎着纸钱来到野猫岭。

"胡三树，来领纸钱了。"

一把纸钱烧起来，很快就变成了灰烬，最后随风飘散开来。

高老头离开的时候，忍不住又回头望了一眼野猫岭。他远远地看见那些老榆树干枯的树影落在大大小小的孤坟上，就像是谁把这些孤坟里枯黑的尸骨从泥土里挖了出来，晾晒在这片土地上。

年木匠的杰作

◎ 邓建华

　　香椿煎蛋的香味飘散开来时，年木匠挑着他那套和他一样老的工具，从冬茅草半掩的土巷子摇摇晃晃走过来。父亲慌忙丢下手中的瓜瓢，雷急火急去开园门。

　　瓜瓢里的漱口水泼洒一地，父亲的客气话也倒了出来。父亲说："你看你看，有事总是辛苦您，今儿个又要劳您费心了。"

　　父亲小心翼翼侧过身，接了担子。

　　年木匠上气不接下气，只是露出满嘴黄牙嘿嘿笑，连搭话都使不上劲来。肩上的担子让父亲接过去后，他就站在园门边吃力地捶背。

　　园门还开着，我赶紧去关。

　　这样用柴棍和竹枝编织的园门，家家都有，时刻要记得关——担心家里的鸡呀鸭呀跑出去，糟蹋队里的谷子。当然，也怕自家半大不小的孩子掉到游鱼跃动的引水沟渠或漂着蝌蚪的池塘里。关园门的时候，我没有理会年木匠，我把一丝厌恶也紧紧关在心里，不敢让它溢出来。我知道，倘若流露出一点点这样的情绪，过后就免不了要被父亲修理。

　　上十里下十里，木匠有三个——年木匠最老，月木匠居中，日木匠最细。日木匠是月木匠的徒弟，年木匠是月木匠的师傅。

上十里下十里，也有一句出了名的老话：教会徒弟，饿死师傅。徒弟挨过师傅的打，但师傅的饭碗都慢慢被徒弟给抢了。月木匠出师后，就能造水车，做扮桶，架浮桥，上大梁。有人说："你业务这么繁忙，还是要留一点儿事给你师傅做啊！"月木匠说："他是个小木匠，本来就做不得这些大活儿，只晓得做点儿椅子、板凳，我这是自己操练出来的。"别人又说："他都几十天没事做了，快没米下锅了呢。"月木匠思索了一会儿，说："那拜托你给递个信儿，请他过来打下手啊。"当然，这话等于白说——年木匠辈分高，饿死也不会给徒弟打下手的。日木匠跟月木匠学徒时，月木匠倒是留了一手，许多诀窍只说了一半。日木匠连师傅教的那一半都忘了，出师后却一夜之间声名鹊起。月木匠看都没看见过的笨拙的锯木机、电钻、电刨、强力胶等新玩意儿，被"眼眨眉毛动"的日木匠玩得溜溜转。做一整套家具竟然一个卯榫都不要做了，一律用射钉和胶合了事。别人要半个月才能做完的活儿，日木匠三五天就能做成。

连月木匠都感觉天要塌半边了，年木匠自然也就成了文物级别的手艺人了。

我放学时，常见年木匠倚在菜园的竹篱笆边上望天。有一天，我看见他扯篱笆上晾晒的盐菜，放进缺牙的嘴里嚼巴，被他老婆臭骂："家里都揭不开锅了，你想吃草就老老实实去吃草，还要吃咸的？你够格？"

我听见了也装作没听见，我看见了也不敢回家说。我感觉我那天不怕地不怕的父亲跟年木匠好像蛮投缘，要不然，我家七七八八新新旧旧的木制品都不会与劣质产品有缘——碗柜门从做好就关不拢，木椅靠背靠上去总吱吱响，板凳腿常脱落，就连一张小桌也从来没有摆稳当过……这都是资深匠人年木匠的杰作。我到别人家，看他的徒子徒孙月木匠、日木匠周正气派的作品，简直眼都是直的。我甚至怀疑，我父亲当初请匠人时是不是脑子里有根筋搭反了。

这一回请年木匠来，是准备做"两个工"的。两个工，就是三十二元钱。这两个工要做的，一是修理散了架的烤火桶、关不拢的大门——当然，这两件也是年木匠之前的杰作；二是新做三条麻拐凳和一个洗脸架。父亲是在卖完一头仔猪后，安排赶修和赶做这些木器的。我看不出有多少紧迫性和必要性。手艺超好的日木匠正好这两天有空，工钱也和年木匠一样。况且，日木匠的店子里也有现成的麻拐凳和洗脸架，价廉物美，两件一共也才四五十元。但父亲大声旺气地宣布，要请年木匠做两个工。他之所以高调，是不让其他人在选匠人的问题上说三道四。

年木匠在园门边捶了一阵子背，又干咳了三五声，才来搭父亲的腔。年木匠说："又要来劳吵你屋里几天了。"

父亲将两瓢热水舀到一个搪瓷盆里，又将一条手巾放进去，示意我给年木匠端过去。见我似乎慢了半拍，父亲就轻轻踢了我一脚，悄悄说："一株草都要有一颗露珠养。你不小了，应该明白些事理。"

我不明白。我只是不敢违抗父亲的指令。我知道我们家的木器都是年木匠的杰作，他一辈子也不可能修好他亲手做的每一件作品。

我还是将热水端过去了，同时在心底默念："一株草，要一颗露珠养?"

　　一直念到今天，年木匠不在了，父亲也不在了，我隐隐约约感觉到，天地之间，每一颗露珠和每一根草，其实，都活得好好的。

骟 羊

◎ 齐川红

那时候农村各家大都养有猪羊鸡鸭这些牲畜家禽，也常常根据情况要阉割一些牲畜家禽的生理本性。阉，也叫骟。骟公鸡是从翅膀根割个口，挤出两个寸把长、小指头粗细的椭圆形东西。骟过的公鸡叫阉鸡，不再打鸣，可以像母鸡一样暖蛋，带雏。猪，无论牙猪草猪，若只为增膘长肉，也要骟。骟猪有专业的人，走乡串户，吹着号角。号一响，人们就知道骟猪娃的来了。也有骟羊的。母羊——我们这里通常叫水羊——需要繁殖，骟的都是公羊——此地称为羯子。羯子长到一定时候就发情，所以常称为骚羯子。羯子骚情了影响生长，农户一般也不留种羊，就必须骟。骟羊没有专业人员，一些普通的人就会操作，像我爹。

爹是个老实人，老好人，好央。有人央他，他总是答应得很干脆："中。"爹没别的能耐，可有两样做得好：一是织稿荐，二是骟羊。这些都是他自己摸索的。爹自己不喜欢央人，就摸索。他摸索的时候，有人看到了，大惊小怪："老三会织稿荐？""老三会骟羊？"随后就有人央："老三，给我织一条！""三哥，我家羯子骚情了，你来给骟了吧。"爹客套："模子（水平）不行。"对方说："总比我强，我还没整过。"熟能生巧，次数多了，爹便练成了好手。

这不，堤边按辈分我该喊大娘的一个妇女来央爹了："她三叔，闲了给家里的羯子骟骟。"爹说："中。"但后边画蛇添足，就搪塞了："闲了去。"大娘说："那好，等着你。"我奇怪，问爹："你咋不这时去？"爹瞪我一眼："哪有空？"但爹明明也不忙。看爹不耐烦，我就跑到外边坑边。坑边是个"人场"，人们常聚在那儿边吃饭边拍话（聊天）。见大娘从我家出来，有人问："干啥？"她说找老三有点儿事。一个寡汉头笑着问："找老三骟哩？"还说，"我也会，别看模子不咋，能给你骟。"她不理睬，走过去了。庄里有几个没成家的寡汉头，说的话总是莫名其妙，含糊其词。

几天后，大娘又来了，话没说泪就出来了。娘说："这就叫他去。"爹说："中，一会儿就去。"大娘撩起衣襟擦眼："她爹走后，啥都难。"娘安慰她："难啥吱一声，能帮的都帮。"从我记事起，她家就她和两个妮子。

爹进屋拿了一把斧头、一把锄，又在西厢房墙壁上挂着的一络麻中抽了几批，对我说："走。"爹干啥都好叫上我，上街也是。到了街上，他去办事，就叫我看车。有几次骟自家的羊，爹都叫我打下手。我跟着爹到大娘家，大娘高兴地说："她三叔来了！"说着拿出一盒烟就要拆，爹夺过去说："别拆，一吸烟就骟不好。"他把烟扔到堂屋油漆斑驳的黑色大桌子上。两个妮子也起来了，跟爹打了招呼。大娘叫她们去菜园薅草，她自己也端盆水到门外路上搓衣裳。

院子南墙边拴着一只老水羊、两只水羊羔和一只羯子。那只羯子不时对水羊骚情。爹走过，一手掐住羯子的脖子，一手攥住两条后腿，拖着它到院子中间光堂处，将其撂倒在地。爹叫我拿来麻批儿，劈开一绺分别绑住两只前蹄、两只后蹄，又用剩下的麻缠住睾丸根部，垫在锄头脑上，嘱咐我按住羊头不让它动。爹举起斧头，以斧头脑毫不留情地砸麻羯子的睾丸，羊当即扯开嗓子咩咩叫起来。爹真狠心，每砸一下羊就凄惨地叫。那几只水羊吓得蜷在墙根一动不动。一会儿，睾丸砸平了，爹摸了摸，觉得可以了，就取下锄头，解开麻批儿。羊的叫声不怎么厉害了，只呻吟着。大娘进来了，问："好了？"爹说："好了，倒一点儿香油。"大娘端出一个碟，里面浅浅的一层油，香喷喷的。爹手指蘸着油抹在砸得红紫的地方，然后解开羊脚上的麻批儿。羊慢慢站起来，艰难地走向水羊。爹在树皮上擦擦油手，拿起锄头、斧头就走。大娘说："就在这儿吃饭吧。"爹说："不啦，家里做好了。"大娘跑回屋，拿起那盒烟，塞给爹："没人吸，一搁就霉了。"拉扯几下，爹看推辞不掉，只得为难地接住了。

人们聚在坑边吃早饭，我想爹应该把烟放口袋里藏起来，他却捏在手里，似乎故意让人看到。一个老人问爹："去哪儿了？"爹说："帮个闲忙。"有个寡汉头说："给大寡妇骗哩？"爹鄙夷地拿鼻子哼了一声，不理他。我心里有点儿埋怨爹——烟不装起来，就应该给人伙儿散散，拿别人给的人情落个人情，不更好？爹却没有。果然背后有人说："信不？他不拆，会到合作社换钱。"

吃过早饭，我跟爹下地，经过合作社，他拐了进去。噫，要是给我换几个糖疙瘩多美！爹掏出烟，问营业员："堤边大嫂是不是在这儿买了一盒烟？"营业员说："哦，哪是买？赊着账哩。"爹说："是这不是？给，算还上了。"营业员目瞪口呆，不悦地把烟放到搁烟的柜台上。

秋天的一个晚上，大娘腋下夹着白布盖着的竹筛子，到我家，跟娘说："这几个梨，自己树上的，叫娃尝尝。她三叔也真是，我到合作社还烟钱，说退了。"

衣　禄

◎ 宗　晴

中考成绩下来，我没想到竟以十四分之差落榜了。很多人劝我去复读，包括我的班主任。我可怜巴巴地盯着父亲，父亲的头摇得很果断。他有言在先："别怪我没给你敲警钟。你只有一次机会，考上了就继续读，考不上呢，哼！……"

兄弟姐妹五个，我是最小的。他们都只读了小学三四年级，父亲希望我能考上大学，端铁饭碗，可我却要止步于初中毕业。父亲的话就是圣旨。其实我知道他不让我复读的一个重要原因：十一元学费令他头疼！

"学门手艺吧！俗话说，艺能养家。"父亲将头上变了色的头巾取下来，整理一番后又重新戴上。"学啥呢?"父亲犹豫道，"有位名老中医与我关系不错，你去跟他当学徒应该没问题，可我担心你墨水喝少了，学不会；学石匠吧，我怕你扛不动几十斤重的大铁锤；学木匠倒可以，修房造屋、打家具、做农具很吃香，就是不知道李师傅愿不愿意带……"父亲罗列了一大堆"手艺"也没拿定主意，便将目光落在我脸上征求意见。可我压根就没听，我的脑海里仍在过滤中考时的每一道考题——由于看不到考卷，我不知是哪些地方出了差错。"先学干农活儿吧。"末了，父亲叹气道。

父亲是干活儿的好把式，生产队的一条耕牛常年由他使唤。哪块稻田里有烂泥坑，哪块稻田里有乱石，他心如明镜。哥姐们未成年的时候，父亲每年挣的工分比别人多，但仍不够维持家庭的日常用度。好在父亲有一门手艺——能唱川剧，早年他曾在公社办的业余川剧团既当导演又当鼓师，不过最大的用处却在丧场。当地习俗，谁家老父老母过世了，都要请人唱川剧。父亲白天干农活儿，晚上便跟随一帮师友伙去"坐夜"。"坐夜"不会白坐，虽然报酬不多，但最差也能混几根蒸红薯填肚子。这是父亲最骄傲的地方，以至于后来他长期在我们面前炫耀："如果不是我这点儿手艺，一家人，啧啧……"然而父亲也为此付出了代价，比如经常熬夜。

　　父亲看出我不是"修地球"的料，又想到了他的手艺。恰好此时有个乡文化站要办一个川剧艺训班，决定聘请父亲去当鼓师，月薪60元。60元在当时是一个诱人的数字。父亲要我去学习打击乐器，我对此没兴趣，心里仍想着读书。父亲很惊讶，说："导演是省川剧院下来的专业老师，其他学员都要缴费才能接受培训，只有你能免费。剧团正式演出后，学员还可以领工资……"

　　父亲担心我手脚迟钝，要我先学打堂鼓，结果学员都比我年幼，手掌小，于是我改学打大钹。半月后，父亲回了一次家，被师友伙喊去"坐夜"，回到剧团时他发现钢笔落在主家那里了，叫我去取。我赶到那里时已经天黑，当晚，父亲的一帮师友伙要检验我的成绩，我依自己所学的技巧挥舞大钹，居然让他们喜笑颜开。后来，父亲将两元钱递到我手里，说第一次拿工资，必须收，还说添点儿钱就可以买一双胶鞋了。

两元钱是奖赏，是诱惑，也是陷阱。我没想到"坐夜"从此就成了我的主业，此后我常年随父亲和一帮师友伙在丧场上奔忙。可惜我一点儿也不适合熬夜——别人越熬夜越能睡，我是越熬夜越失眠。"坐夜"是固定晚上干活儿，晚饭后开始，结束时最早也得零点。回到家，躺到床上，我的脑袋往往异常兴奋，几乎完全失控。本以为到天明会有疲倦感，屁！一整天都心浮气躁，翻来覆去毫无睡意。起床吧，脑袋昏沉沉的，四肢疲软，身子飘飘然像具躯壳。很快，我变得面黄肌瘦。

父亲双眉紧锁，告诫我说："你这是心神不宁。"

我学会了喝酒。我发现熬夜后喝一点儿白酒能麻醉神经，很快就会昏昏入睡。我还学会了抽烟和打牌。父亲的脸上显出忧郁之色。我赚的钱根本不够花，便一心要另谋出路。

于是，我开始顶撞父亲，故意惹他生气，直至拒绝和他一起出去"坐夜"。有一次，父亲气得脸色铁青，嘴唇发抖着说："到外面挣钱，也要有技术。"我知道，父亲说的"技术"跟"手艺"是一回事。

我大声问："七十二行，陪死人算哪一行？"

一向性烈如火的父亲，曾不计其数地棒揍过我的哥姐，我想不明白他这次为何要对我如此容忍。他被我问住了，好半天，才无可奈何地说："也罢，你出去磨炼磨炼就知道了。"

仿佛一切都在父亲预料中似的，多年来，我始终没闯荡出什么名堂。最后一次在广东找工作时，我遇上了车祸，左脚后跟被摩托车后轮辐条绞伤，面临截肢的危险。我不敢告诉父亲，直至回家。

父亲面色阴沉，一句话也不说，但他会在我每次换药后悄悄跟医生打听情况。大半年过去，我的伤口还未能愈合，只能拄着拐杖一瘸一拐地行走。面对我连儿子的学费都缴不起的窘况，我向父亲提出要一起去"坐夜"，却遭到他强烈反对。后来我才明白，他是怕我伤口发炎感染，整条腿报废。

一天，他在我窗口外徘徊良久，最终走进屋，不请自坐。"我知道，你心里一直记恨我没让你读书。"父亲低垂着头，像个做错了事的孩子，"我年轻时也不喜欢这一行，不知哭闹过多少次，可没办法，谁叫我是独子！"至此我才清楚，原来父亲也有远大抱负，但不幸被祖父母"养儿防老"的传统观念掩埋了。

"许多人问我干的什么职业，我说不出口。"我的声音低得几乎听不见。

"你以为这行下贱，有失脸面是吧？错了！不偷不抢，劳动所得，光明磊落！"父亲理直气壮地说。

脚伤养好之后，我重拾老本行，跟父亲和一帮师友伙去"坐夜"。多年过去，如今竟然有人羡慕起我们这行当，说主家管吃管喝管抽烟还给工钱，独门手艺啊！

我不知道该怎么回答，只是笑笑。

儿子要在城里买房，为资金之事焦头烂额。当我把十五万元的存折递到他手里时，我忍不住说道："生存之道要有一技之长。我这辈子没啥本事，但这点儿钱却是我熬更守夜积攒来的。"

我的手在颤抖，儿子的手也在颤抖。在他"嗯嗯"着点头时，我发现，他的眼眶里，噙着泪。

芝麻秆

◎ 伍中正

上了年岁的亡人下葬前，墓穴必须用芝麻秆过火一次。这是伍家寨的一个习俗。

伍家寨的老辈人说，墓穴用芝麻秆过火后，棺木就不会被白蚂蚁毁坏。芝麻秆过火的效果好不好，伍家寨没有一个人正儿八经地考证过。

秋分那天，赵鱼在集镇上跟人打麻将。回来时，他在韩屠夫肉案前买了一个用火烧过的猪头。他把猪头搁在摩托车尾箱里，一溜烟地回了家。

到家后，赵鱼从尾箱里拿出猪头，在伍月梅面前晃了晃，示意她赶快做熟。

伍月梅刀法很熟地把猪头肉割下来，切成小块，放在锅里煎炸一番，又配以辣椒、蒜、酱油等作料，用钵子炖。

屋子里很快散发出猪头肉的香味。伍率海闻着那种香味，就把夸赵鱼的话不断地送到赵鱼耳里。赵鱼听了，不停地笑。

赵鱼知道，伍率海一生爱吃猪头肉。他跟伍月梅恋爱时，便探准了伍率海的饮食爱好。第一次上门，他非常舍得地在韩屠夫肉案前买了一个最大的猪头。他提着猪头进寨，让伍家寨的人羡慕不已。

餐桌上，赵鱼与伍率海对饮了三杯谷酒。他给伍率海很客气地倒了三次酒，还为他夹了三次猪头肉。

"赵鱼，这辈子，猪头肉算是吃好了。"放筷时，满面红光的伍率海说。

赵鱼和伍月梅怎么也没有想到，伍率海说的这句话成了临终遗言。

第二天，太阳出来，赵鱼没见伍率海起来。太阳有三竿子高了，赵鱼还是没见伍率海起来。早饭熟后，赵鱼喊他吃早饭，房间里无应答。等他打开房门，他看见伍率海已经僵硬在床上。

"爹——爹——"赵鱼号啕大哭。

"爹爹——爹爹——"伍月梅哭开了。

很快，伍率海过世的消息传遍伍家寨。

78岁的伍率海无疾而终。整个伍家寨谁都没有料到，他走得那么突然。赵鱼也觉得他走得太突然。

"赵鱼，爹下葬前，墓穴里要用芝麻秆过火一次。"在料理伍率海的后事时，伍月梅跟他商量。

"过火！一定过火！"赵鱼满口答应。

伍家寨几乎都不种芝麻了。到哪里去弄芝麻秆？赵鱼只有疑问，没有把握。

赵家屋场上，谁家里有没有芝麻秆？赵鱼给赵家屋场的人打电话。

"没有。"赵家屋场的人回答。

赵鱼继续打电话。

"你家里有没有芝麻秆？"赵鱼给他手下的一个民工打电话。

"没有。"民工回答。

赵鱼装作淡定的样子，仍旧给他熟悉的人打电话。

"芝麻秆弄到没有？"出殡前，一直担心的伍月梅问赵鱼。

"没有。"赵鱼说。

"郑宝来家里有几捆芝麻秆存放着。"韩屠夫告诉赵鱼。

别家的芝麻秆他要，郑宝来家的不要。赵鱼想。

郑宝来原来是寨里的贫困户。有一回，郑宝来提着两瓶酒求赵鱼，让他到工地上干几天活儿。赵鱼没答应。

"往后，说不定你会求我。"郑宝来走时，说了一句狠话。

"求你郑宝来？你真还想错了。"郑宝来走后，赵鱼这样想。

伍率海的死，郑宝来也很伤心。

1972年，郑宝来跟伍率海一起修过枝柳铁路。有一回，山上飞下一块石头，眼看要砸中伍率海，郑宝来一把推开了伍率海。最后，那块石头砸在郑宝来脚上，他的右脚落下了残疾。

郑宝来执意要送伍率海一程。他在伍率海的灵柩前磕了三个响头后，赵鱼在他的手臂上缠了孝布，给他递了一支烟。

"率海老哥，给你墓穴过火的两捆芝麻秆早放在你进山的路口了。你一路走好！"郑宝来摸着灵柩，声音很小地说。

说完，郑宝来径直走了，他的身后是出殡的鞭炮声。

送葬的队伍一进山，赵鱼就看见路旁堆放的芝麻秆了。他断定是郑宝来放的。

"用芝麻秆过火！"等到达墓地，管事的人喊。

赵鱼把两大捆芝麻秆背到墓穴边。抬柩的人很快散开芝麻秆，一把把朝墓穴里扔。

"点燃芝麻秆!"等芝麻秆扔完,管事的人喊。

有人用稻草引燃芝麻秆。瞬间,墓穴里大火腾空而起。

三天后,在答谢郑宝来的事上,赵鱼显得很大度。他跟伍月梅商量,决定给他一千块钱。伍月梅同意。

赵鱼去了郑宝来家。

赵鱼被郑宝来很客气地拉进屋。

两人对坐。

赵鱼先是感谢郑宝来。然后,他把那年不让他进工地干活儿的事说开了。

"到工地干活儿的事翻篇了!芝麻秆的事也翻篇了!"郑宝来说。

"芝麻秆的事,翻不过去!"赵鱼说。

赵鱼边说边从皮包里拿出一千块钱。

"送芝麻秆,我愿意,跟钱没关系!"郑宝来说。

"芝麻秆的钱,宝来叔一定得收!"赵鱼非常客气地说。

郑宝来摇头。他把那一千块钱塞回了赵鱼的皮包。

"往后,到我的工程队看守材料,工资每月结。哪天不愿干了,吱一声就行!"临走,赵鱼很认真地说。

月亮的样子

◎ 李士民

尽管夜晚的寒意有些浓，四方还是出了一身汗。

四方在工地上加班的时候，振动棒的嗡嗡声把周围的说话声、铁锨铲混凝土的声音都淹没了。

实际上，白天四方已经干了一天的活儿。吃晚饭的时候，工程队队长动员大家说，为了赶工期，晚上要加班为大梁和立柱浇灌混凝土，愿意加班的可以报名。

四方想都没想就报名了。晚上没有太阳晒，比白天干活儿清爽，当然，最关键的还是可以增加一份收入。

振动棒停下来的时候，工作面要从一个大梁换到一个立柱上。这样的时候，四方可以趁空喘口气。

工地静了下来，就像锣鼓喧天的舞台暂时来一个停顿或转折。

四方在脚手架上，手里扶着一根立着的钢管，抬头看天。

月亮悬在楼顶上，像家乡集市上刚出锅的烧饼，清亮而温热；又像媳妇枣花的脸，熟悉而亲切。四方觉得，月亮是那样远，远得像在梦里；又是这样近，近得仿佛伸手可以摸到。

四方想，这时候的枣花，一定正坐在院子里的槐树下，静静地剥蚕豆。枣花在门前的菜地里种了一大片蚕豆，蚕豆长得很旺，结了很多豆荚，像成排成排的小房子。蚕豆长大了，枣花就拿蚕豆煮来吃。吃不完的，枣花就拿到集市上，换些钱来。当然，她也会留下来一部分，晒干，过年的时候在油锅里炸得焦黄，让贪吃的四方过瘾。

枣花剥蚕豆时间长了，手有些麻，就会停下来，抬头看天。

月亮挂在树梢上，像过年时蒸好的团圆馍，冒着热腾腾的气息；又像男人四方的脸，饱满而朴实。枣花觉得，月亮很远，远得像在梦里；月亮很近，近得仿佛伸手可以摸到。

说实话，四方早就想把枣花和儿子接到这个城市来，只是，这里的房租有点儿贵，也不好入学。四方想好了，再过几年，多攒点儿钱，在家乡县城买一套房子，一家人都搬进去。

工地上的哨子响了，四方起身。随后，振动棒的嗡嗡声把周围的说话声、铁锨铲混凝土的声音都淹没了。

加班结束的时候，四方伸个懒腰，肚子"咕咕"地叫唤。

四方想起来，枣花好几次跟他说，一个人在外面别不舍得花钱，要照顾好自己的身体。所以，四方向工地大门口走去——就在工地的对面，有一家小饭馆。

说是小饭馆，其实就是一间简易房，一个大姐在里面做些面条水饺之类的快餐。

大姐最拿手的，是手工水饺。芹菜大肉馅的，十块钱一大碗；韭菜鸡蛋馅的，八块钱一碗。当然，食材是新鲜的，饺子皮是筋道的。

四方对大姐说："来一碗芹菜大肉馅的！"

这个点，也就只有四方一个顾客了。大姐一边下饺子，一边和四方唠嗑。

其实，就在四方来吃水饺之前，大姐也在饭馆外面看月亮呢。

前几年，大姐的丈夫柳根也在这个城市的工地上打工。有一回晚上加班的时候，他摔伤了腿，从此落下了病根，不能干重活儿了，在老家喂了几只羊和一群鸡鸭。因为家里还有闺女上高中，花钱的地方多，大姐来城里开了这个小饭馆。忙是忙了些，倒是有一些收入。

大姐看月亮的时候，手里拿着一把韭菜。

月亮悬在眼前的楼顶上，却像家里柜子上的一面镜子，映出了山羊和鸡鸭；又像丈夫柳根的脸，热烈而急切。大姐觉得，月亮是那样远，远得像在梦里；又是这样近，近得仿佛伸手可以摸到。

大姐想，此时的柳根，一定正坐在院子里的石板前，挑拣玉米里的杂物。柳根要把玉米弄得干干净净，然后在锅里炒得喷香，喂羊，喂鸡喂鸭。羊长大了，换成钱为闺女买书；鸡下蛋了，他自己舍不得吃，留着闺女周末回来吃，留着过年的时候给大姐吃。

柳根挑拣久了，手有些木，就会停下来，抬头看天。

月亮就挂在树梢上，像大姐回来时给他买的暖手宝，特别温热暖和；又像大姐的脸，圆润而结实。柳根觉得，月亮很远，远得像在梦里；月亮很近，近得仿佛伸手可以摸到。

水饺煮好了。大姐给四方端上桌，水饺飘散着香味和热气。

看着满满登登的一大碗水饺，四方知道，一定是大姐多下了几个。

在这个城市的角落里，这样一碗热乎乎的水饺，四方吃得心热胃暖。

临走，四方递给大姐十块钱。

大姐却推了回去。

四方说："大姐，涨价了吗？我给您添。"

大姐说："没涨价。今天是五一劳动节，咱们一起过个节，水饺钱不收了。"

四方说："大姐，哪能呢，这么晚了，您这么辛苦！"

大姐说："兄弟，再推来让去的，大姐就生气了。"

回去的路上，四方心里一直暖暖的。

刚才趁着大姐没在意，四方把二十元钱放到了碗下。

四方想，今天过节，工地上增加了一倍的工资，自己也要给大姐增加一倍的水饺钱。

四方踩着月光，像是走在回家的路上。

月光如水，暖意流淌。

五婶养鸡

◎ 黄兢业

　　翠叶生了个胖儿子，五婶高兴得就差在村里敲锣了。涂着红点儿的贺喜鸡蛋收了一竹篓，满月时还余下几十枚。

　　翠叶对志红说："娟子说供销社进了'的确良'，咱把鸡蛋卖了，也扯上一身。"

　　志红一边应着，一边往竹篮里装鸡蛋。

　　五婶过来说："这鸡蛋不能卖。"

　　翠叶沉下脸问："我嘴里省下来的，为啥不能卖？"

　　五婶笑了，说："娘知道是你嘴里省下来的，这些鸡蛋我有打算。"

　　志红的手放下了，但翠叶的脸没放下，她问："啥打算？"

　　五婶说："天暖了，咱家那只'固始黄'该抱窝了。我把鸡蛋挑挑，孵窝鸡崽。"

　　翠叶说："俺咋扯'的确良'？"

　　五婶说："咱孵窝鸡崽，鸡崽到中秋就下蛋了。每只鸡一年下七百枚蛋，三十只鸡能下多少蛋？娘到时候给你扯两身'的确良'！"

　　翠叶笑了："娘，一年多少天啊？"

　　五婶说："三百六十五天！"

翠叶说："一只鸡一天下几枚蛋？"

五婶说："娘逗你呢，挂着孵鸡呢。"

翠叶说："不卖了，孵吧。"

五婶把鸡蛋抔到院子里，一枚一枚地对着太阳观察，精挑细选了四十枚鸡蛋，放在桌子下面铺了麦秸的竹篓里。"固始黄"咕咕叫了几声，飞进去，伏下身子，张开翅膀把鸡蛋盖得严严实实。五婶把盛着水、谷子的碗放在竹篓旁，"固始黄"渴了饿了，就跳下竹篓，啄几口谷子喝口水，抖抖羽毛，又飞进竹篓内。

七天了，五婶倒了一盆温水，把"固始黄"身下的蛋一枚一枚地掏出来放进去，鸡蛋在水里扭动着。

五婶对翠叶说："小鸡在蛋壳内踢腿呢！"

五婶把扭动的鸡蛋捞出来用棉花擦干，又放在"固始黄"身下；把沉在水底的捞出来放在一旁，不多不少三十只。

五婶觉得时间过得真慢，每天都要掀开"固始黄"的翅膀瞅瞅。"固始黄"伸喙朝五婶的手上啄，五婶甩着手说："护崽哩！"

二十一天了，是鸡崽破壳的日子，五婶天不明就起床了，她端着罩子灯蹲到竹篓旁。"固始黄"咕咕叫着，膀子下蠕动一堆黄色的绒球，五婶惊叫道："小鸡出壳啦！"

五婶把小鸡捧到筛子里，端到太阳下。"固始黄"咕咕着跟了出来，看着五婶把它的孩子放在架子上，下面点燃了一把艾，青烟把孩子熏得叽叽地叫。"固始黄"飞上去，对着五婶拨动孩子的手，狠狠地啄了一下。五婶说："别叨，熏了艾，恁的孩子就壮实了。""固始黄"仿佛听懂了五婶的话，拍着翅膀抖起羽毛。五婶把熏过的小鸡放在地上，小鸡跟着"固始黄"开始蹒跚地走路了。

五婶的家住在村头儿。五婶上工，"固始黄"领着鸡崽跟在她身后；五婶锄地，"固始黄"领着鸡崽上玉米地里捉虫；五婶随身带一只罐头瓶，把挖到的蚯蚓、捉到的蚂蚱都装到瓶子里；五婶下工，对着玉米地咕咕咕喊上几声，"固始黄"就领着鸡崽蹿出玉米地，跟在五婶的身后回家。

娟子说："五婶，你对鸡崽比孙子还亲哩！"

五婶说："我对孙子亲，也对鸡崽亲。"

娟子说："以后喊你'鸡奶奶'。"

五婶说："现在就喊。"

娟子朝着五婶喊："鸡奶奶——"

"哎——"五婶答应的声音又脆又长，引得社员们都笑了。

小鸡长得有一斤多重了，二十九只母鸡，一只公鸡。

"赖八县"说："五婶，你咋恁会抱窝？"

五婶说："恁娘才会抱窝哩！"

娟子说："五婶，一只鸡就是一个银行，看你开了多少银行！鸡下蛋了，别忘给翠叶扯'的确良'。"

五婶说："放心吧，五婶吐口唾沫砸个坑！"

鸡崽长大了，"固始黄"不愿领它们了，可几只鸡崽还跟在它的身后，啄也撵不走。

一日午后，下起瓢泼大雨，五婶打着伞来到玉米地头儿，拖着又长又脆的声音唤鸡。鸡听到五婶呼唤，顺着地塍沟跑出来，跟着五婶往家跑。五婶把鸡赶到棚子里，数来数去，不见了那只"固始黄"，还少了五只鸡崽。五婶打着伞又到地头儿，扯着喉咙唤，仍不见"固始黄"。

傍晚，雨停了，"固始黄"没回家。

第二天，"固始黄"还没踪影。

"固始黄"灵性着呢，肯定下雨迷路进错家门被藏起来了。五婶在村内吆喝："俺家的'固始黄'迷谁家了，快放出来，不放出来俺要骂呢！"

社员们端着碗在大槐树下吃午饭，便和五婶打趣。

娟子说："少了几个银行，骂，大声骂！"

"赖八县"说："五婶，你咋没迷谁家？"

五婶说："我不会迷。"说罢吆喝起来，"我迷谁家了，跟恁爹睡啦——"

人们哄地笑了。

"赖八县"说："跟俺爹睡啦！"

人们的笑声更大了。

五婶红着脸说："几只毛鸡子，俺不会骂，算了。"

五婶回到家，见那只"固始黄"在棚子里呢，又数了数鸡崽，一只也没少。

三十八年后，翠叶从柜底儿翻出两件"的确良"，捧在手里泪流满面。

猫头鹰

◎ 刘　夏

　　"猫头鹰"是我们村老崔的外号。因为她惯于天不亮就起来活动，而且长年不洗头也不洗澡，头发乱糟糟的，加上嘴尖，看上去跟猫头鹰有几分相像，于是有人背地里叫她"猫头鹰"，后来这外号就慢慢流传开了。周围跟她外号差不多"级别"的还有几个，比如村东头的老朱头儿号称"野马虎"。这个外号是老朱头儿自封的，按说人们不会轻易给自己起个动物名当外号——"野马虎"是此地传说中一种凶猛可怕的食肉动物——但老朱头儿某天晚上遭遇了外村的小偷，对方叫嚣说自己是"野猫子"。老朱头儿遇强则强，反击说："你若是野猫子，我就是野马虎！""野猫子"听闻，只好仓皇而去。自从老朱头儿得了外号"野马虎"，我们村夜里小偷就少了些，他因此也算得上是"镇村神兽"了。

　　老崔原本住在村北的老宅院，后来儿子结了婚，儿媳妇不同意跟公婆住在一起，否则就要离婚，老崔为了孙子，只好花钱买了村南一户人家的几间旧房来住。她的丈夫瘦小干瘪，没什么话语权，家里大事小事都是老崔说了算。老崔当了丈夫的头儿，自然也时常要为家庭事务头疼。有时我怀疑她丈夫是故意示弱以逃避责任，毕竟没多少资金还要操持各项家庭事务不是一件容易的事。

老崔天不亮就起来活动，往高处说，算得上是勤奋治家，毕竟她只在自家院里或地里劳作。不过她有个男性化的粗大嗓门儿，而且是个急脾气，一着急就骂骂咧咧，所以难免有些扰民。自从她搬到村南，周围邻居的大公鸡都失业了，她因此也算得上是"牝鸡司晨"了。为了贴补家用，她赶集买了几只小羊，圈在院子的一角，打算养大了卖掉。农闲的时候，她安排丈夫出去放羊；农忙的时候，羊饿得发昏，顺着矮墙爬到房顶吃屋后的树叶，吃光了自家的几棵树还没饱，便没脸没皮地过了"楚河汉界"，继续去吃邻居家的树叶。邻居撵羊，羊只好去了邻居的邻居家，直到没了可去之地，才返回自家。邻居质问老崔，老崔把过错推给羊，大骂羊不要脸，或者大骂丈夫不要脸，连几只羊都看不好。羊吃饱了装作没听见，丈夫作为替罪羊也装作没听见，于是常常不了了之，但因此邻里关系闹得有些紧张。有一天，老崔的一只羊从邻居房顶上摔下来断了腿，咩咩地惨叫。老崔把羊抱回家，足足骂了三天，虽然没有指名道姓，但颇有含沙射影之功效。邻居憋不住了，只好过来道歉，还赔了点儿治疗费，老崔这才罢休。

　　老崔平时走在路上虎虎生风，一边走一边还小声自言自语，自带清场功能，方圆几米内没人近身。不过她是个爽利人，远远看见有人，就边走边挥手高声打招呼——仅限于打招呼，从不多说什么。虽然老崔样貌不喜人，风评也不太好，但奇怪的是我内心里对她并不反感。按照村里纵横交错的辈分，她喊我"大妹子"，我喊她"嫂嫂"。有时在街上迎面遇上，她冲我摆一摆手，说声"大妹子"，不待我喊她一声就风风火火地继续走了，倒显得我占了她便宜似的。

有一天放学回家，我看见路口聚了一堆人——大多数人在看热闹，少数人在劝架："别打啦，别打啦！再打就要出人命啦！"看热闹的圈子不断变换形状，随着圈子中心两个人的厮打滚动，时圆时方，时而呈奇形怪状。一个尖厉的女声和一个粗硬的女声混杂在一起，互相对骂，不堪入耳。过了一会儿，那尖厉的女声哭喊起来，边哭边骂"死猫头鹰"，似乎落了下风。有一个看客脚步不稳摔倒了，看客圈撕裂开一个大口子，我看见老崔骑在一个女人身上，拳头像铁锤一样砸下去，砸得那女人嗷嗷叫。不过老崔的脸也被挠花了，还流着血，头发更乱了，也更像猫头鹰了。我不由得想起课堂上刚背过的名人名言——"对待敌人要像严冬一样残酷无情"。那"敌人"被打晕前终于等到了解救者——老崔的儿子火烧火燎地跑过来，拼命把老崔拽开，把身下的人抱走了。原来那"敌人"是老崔的儿媳妇。老崔一边喘着粗气，一边骂骂咧咧。有大胆的本家上前把老崔扶起来，歪歪扭扭地送回家去了。据说老崔的儿媳妇私自克扣了给老崔两口子的粮食，老崔上门理论，儿子没在家，婆媳两人很快从嘴仗升级到了肉搏战。儿媳妇输了理，被打得半月没下炕。老崔不但挽回了面子，儿子还多赔了些粮食。又据说那儿媳妇没出嫁前就是有名的"泼辣户"，可惜遇到了老崔这个硬茬子。老崔一战成名，为村里受儿媳妇气的婆婆们扬了威，自此颇收获了些人缘。通过暗中观察，我很早就隐约知道，婆媳关系是这个星球上最难缠的关系，能够处理好的委实不多。两个八竿子打不着的女人争夺一个男人，一个握着这个男人的前半生，一个捏着这个男人的后半生，这场争夺战的残酷性可想而知。

老崔后来生了一场大病，去县医院确诊后，身体迅速地衰败下去，很少在街上出现了。据说她命令儿子一分钱也不要多给医院，她听天由命，省下来的钱留给孙子上学用。她家的几只羊也卖了，邻居清静了不少。老崔快去世那阵子，屋后树上总有几只猫头鹰在叫，于是大家知道她要走了。儿媳妇在老崔出殡那天哭得震天动地，但有细心的"观众"指出，她一滴眼泪也没有，属于不走心的干号。老崔高大的儿子佝偻着背，默默地淌眼泪。老崔的丈夫则傻呆呆的，似乎被抽去了主心骨。

杀 羊

◎ 侯建臣

一

那时候，那颗星星是清醒的。它无端地笑了一声，把周围的云彩笑愣了。

"抽风哩？"

"不是。"

"发神经哩？"

"不是。"

"那么是做梦哩！"

"也不是，也不是。"

……反正全不是。

然后就不说话，只瞪了眼睛看。

看啥哩？不知道。

星星是一只大眼睛，天空也是。

它们都在看。

它们看啥哩？不知道它们自己知道不知道。云彩是不知道，于是便发着愣，心就一下一下地满了。

羊看着云彩。羊看云彩时，一直是发愣的样子。

羊是大眼睛，里边绕着不少环。那些环是死的，显得羊总是发愣的样子。

羊看着云彩，还咧了咧嘴，那两三颗牙就露了出来，上面沾着草屑，草屑是羊的记号。草天生是给羊做记号的，就像星星是天空的记号一样。

"看我干啥？看我干啥？"云彩恼了。

羊还在看。羊没听懂云彩的话，更不知道刚才是星星和云彩说话哩。

二

每天遇到的一个熟人一样，就又遇到这个夜晚了。

一袋烟的工夫，或者一袋烟抽完以后不久，天就开始被染上颜色了。

一直灰着，是烟初起的样子。

再抽，层层叠叠的灰就渐渐黑了，让人觉得，那天是被人抽烟抽黑的。

乡村的夜晚，是"官厅"的味道。村子里一大半人都吸"官厅"。偶尔有几个吸"迎宾"的，那味是争不过"官厅"的。也有抽"紫云"的，大致是随了什么礼，花了几百块钱换来的——不去吧，总是抹不掉面子的；去吧，终是心疼那钱，就一直吃一直喝，恨不得都吃回来。哪能吃回来呢？心就一直疼，会疼好长一段时间。

据说老早以前，夜晚的村里都是"羊枪"味。一根完整的羊腿棒子，肉啃完了，放干，找一根铁丝放火炉子里烧红，"刺"地在中间烫个洞。在骨棒大头儿的凹陷处安个子弹壳，就成了。——这就是"日子"了。踞在炕头，或蹴在街边，把烟丝摁进子弹壳那小小的坑，拿一根冒着草烟味的艾草腰子凑近，一吸，一吹，"羊枪"的味道就出去了。艾草腰子是早准备好了的。艾草长出来，除了端午节要插在门头上，便是男人们编艾草腰子了。屋檐下的房柱子上，挂了锄头，挂了镰刀，再就是一长条一长条的艾草腰子，比电视里清代人后脑勺上的辫子还要长好多哩。听听，似乎远远近近都是一吸一吹的声音。夜，也便是那么个味道了。后来，夜还是那个夜，人却是一茬一茬地说不在就不在了。似乎"羊枪"也跟着最后一个吸"羊枪"的人一起，没了。好像最后还吸了一下，又吹了一下——是弱弱地吸，那一吹却就一直悠悠地停在一个什么地方，成了上了一点儿年纪的人的梦魇。

　　烟抽完了，指头一弹，就把夜划了一道痕。

　　"动吧？"

　　"动吧。"

　　"刀还快吧？"

　　"行吧！"

　　"刀得快，最好给个痛快。一下子的事，一闭眼就完了。不忍心再看第二眼。"

　　"是哩，是哩。喂了几个秋了，出出进进的，是有点儿不忍心！"

　　"也是没办法的事，都得活哩。你喂了它，就是让它反过来喂你哩。"说着，想笑，终是没有笑出来。

"是这么个理，但到了这个时候，也是心里有点儿啥哩。"也想笑，也是没有笑出来，脸上就浮出那么一点儿不知道是啥的东西。

"盆备好了？要接血哩。"

"备好了。"

"绳子备好了？要吊起来剥哩。"

"备好了。年年都是个这，去年的还在哩。"

"确实，年年都是个这。都是为个嘴。你们也是一春一夏地没亏待它们啥，尽往草好的地方赶，是为让它们吃得兴头哩；夜里还加料，是新鲜的玉米吧？还有麸子吧？"

"是哩，是哩，就怕它们饿了肚子。反正是，想让它们吃个肚子圆哩。"

"动吧。前年是个这，去年是个这，终究是个这。有那几个啥时髦词，是轮回，也是宿命哩。这是它们的宿命，哪有躲得过去的理？"

"嗯，嗯。"仿佛嗓子里堵了啥，竟就没话了。

三

羊们呢，还在发愣。

随着门"吱呀"的声音，院子里就响起了脚步声。

它们就都扭过了头。是来添料了吗？是玉米还是麸子？谁知道呢？就都看。

它也在看。它看到啥了？莫名地，它看到了自己的心跳。

一下，两下，三下……是看得到的。它不知道为啥，它看到了自己的心跳。而看起来，它便是那样呆呆的。

"那个。"他说。他用手指了指，便进了圈。羊们就围了上来。它们都熟悉他的味道，他的味道就是好草的味道、玉米的味道和麸子的味道。它没有围上来，却是躲着。它不知道它为啥莫名地想躲，它意外地没有闻到草、玉米和麸子的味道。摇了摇头，它还是没有闻到。

"哪个？"另一个他说着，也跳了进来。它们就都躲开了另一个他。另一个他身上的味道不是它们想闻到的，它们就躲着另一个他。

他终究揪住了它，先是尾巴，接着是腰上的毛，后来就掐住脖子了。

"是它？"

"是它。"

他和另一个他就扭了它往外走。

夜里，其余的羊就长长地舒了一口气。好草的味道、玉米和麸子的味道，疯了般在它们周围弥漫。

四

"再喂点儿麸子？"女人抽了抽鼻子，声音低低地问。女人不像是问谁，像是问这个黑夜。

"喂啥喂，喂也没啥用了。"

"要不喂点儿玉米?"女人弱弱地说。

"喂喂喂……"是不耐烦的样子,却真就从一边的袋子里抓了玉米出来。是今年的新玉米,闪着光哩,十分饱满的那种光,是含了春天的雨、夏天的阳、秋天的风的那种光。好玉米和好羊一样,是一眼就能从上面看出许多东西的。

羊看看玉米,又看男人。羊从男人那里把目光收回来,看女人。羊最后就直直地看着女人,嘴动了一下,鼻子抽抽,竟没动那玉米,眼睛则又呆呆地朝天上看。

总是有点儿不忍的。日日里看着,日日里喂着,就这么……

"羊的命,就是个这,迟早有这么一刀子。"男人的话里突然就有了硬硬的东西。

知是都有些不忍,女人就不再搭话。男人拿起刀子,指肚子在刃上蹭蹭,吐一口唾沫在上面,看到了上面的光,是那种贼贼的光。知道是磨过了的,知道空气稠了起来,便又咬咬牙,且把刀咬在两排牙中间,腾出了两手,搓搓。接着,眼里就露出了啥,或者是漏出来的,让夜都打了个寒战。

是在一瞬间,刀子就进了那羊的脖子。

血溅出来的时候,那羊喊了一声。两个男人没听到,但女人听到了,那是一声"妈"。

"妈……"那夜便支离破碎了。

绝地猫

◎ 郭　全

大约十年前，我养了一只猫，一只狸猫。

那时我刚刚大学毕业，在沈阳一家杂志社上班。临近五一的一天，下班回家的路上，遇一人卖猫，拎一笼子，囚着三五只小猫。我本就十分喜欢猫，又见小猫十分可怜，便动了恻隐之心。一只小猫售价二十元，不讲价。我兜里仅剩一只猫的钱，便选了唯一一只狸猫，抱回家去。

我是很喜欢猫呀狗呀这些小动物的。在我缺乏玩具的童年，猫猫狗狗带给我无数欢乐。所以，当家里那只大黑猫走丢之后，我一直都希望能再养一只猫，最好是一只温顺的猫。

没想到的是，这只狸猫简直糟透了。自从收养了它，我的生活就像一只坏掉的苹果一样，越来越烂。当时我的工资很低，典型的"月光族"。小狸猫打小就吃好的喝好的，让它像我一样天天吃素的确很难为它——主要是它不吃素，只吃肉。我到市场上每次买五元钱的鸡肝，煮熟了喂它吃——我吃方便面。有一次我见它吃得很开心，也馋了，从锅里拿出一块鸡肝刚咬了一口就被它发现了。它跳起来狠狠挠了我一下，然后一溜烟儿跑没影了。

有好吃的不和我分享，也就罢了，最可恨的是它尿床！抱养它的第五天早上，我起床时发现褥子湿了一大片，像是浸了水。

我还以为是我尿床了呢，羞臊不已，偷偷到药房买了一盒"尿多灵"。结果第二天早晨我发现裤子又湿了，而且这家伙正躺在尿渍上呼呼大睡，我这才反应过来是它尿的，不是我尿的！我对它进行了严厉的惩罚：掐着它的脖子摁在尿渍上，打得它嗷嗷叫，差点儿让它"生活不能自理"！

五一放假时，我把它装进背包里带回了老家。

母亲见我带了一只猫崽回来，有些不太高兴。家里已经有五六年没有养猫了。母亲嫌埋汰。以前养的猫炕上吃炕上拉，总让屋子里有一股子尿臊味儿。而且猫这种动物，捉了耗子喜欢叼回家跟主人显摆，有时甚至将活蹦乱跳的耗子丢在炕席上。耗子身子一落到实处，便胆战心惊地四处乱窜。待耗子稍微跑远一点，猫一跃而起，伸出前爪摁住，叼至某处，趴下，松口，瞪着大眼睛盯着耗子，耗子又跑，猫又将其捉住。往复数十次，直到把耗子累死为止。

按理说，养猫捉鼠，天经地义，能捉到耗子的猫应该奖励才对。但是，你想象一下：你打麻将赢了点小钱儿，哼着欢快的小曲子欢欢喜喜回到家，一眼就看见炕席中间侧卧着一只耗子，多倒胃口啊！所以，母亲是不太喜欢养猫的。我回沈阳上班的时候，还担心这家伙会不会受到母亲的"虐待"，后来才知道，我低估了一只猫的情商。

每次给家里打电话，我都会顺带问问小狸猫。母亲说这家伙起先不吃饭，饿了两天便什么都吃了；特别乖，从不在家里拉尿屙屎；尤其能捉老鼠，还没到十一，房前屋后已经看不见耗子的踪影了。听母亲的语气，她对这只远道而来的狸猫十分认可。这倒是让我很惊奇：这个小家伙看来很通人性呢。

十一假期，我因为有点特殊事情，没有回老家。一直到春节前几天，我辞了杂志社的工作，回到老家。进了家门，和父母打过招呼，我就问母亲："猫呢？"母亲说："在西屋睡觉呢吧。"我到西屋一看，这家伙两只前爪抱着头，睡得正香呢。它已经长大了，肚子微微隆起，似乎怀孕了。我伸手在它身上摩挲。小家伙似乎记得我的气味，睁开眼看了我一眼，然后又闭上眼睛，一边打呼噜，一边伸出舌头舔我的手。看来它还真不记仇，早忘记小时候被我狠揍的事情了！

过了春节，它产下四只小猫崽——竟然都是狸猫，闭着眼睛像四只大耗子，在它的肚子旁边蠕蠕而动，很是招人稀罕。

那年冬天奇冷无比。东北的农村没有锅炉，仅靠连通火炕的灶火取暖。后半夜是最冷的时候。猫妈妈为了给孩子们取暖，想出一个好办法：凌晨一两点的时候，灶坑内的炭火几乎熄灭，但余温尚在，它便把四只小猫崽一只一只叼进灶坑里；等到早晨五六点钟，灶坑内的温度和室温一致时，它又把小猫崽一只一只叼进我的被窝里。记得它第一次这么干的那天早晨，我起床时母亲人吃一惊：我已经黑成了包公！当时一家人都没明白咋回事，掀开被子才发现里面窝着一大四小五只猫，整个被窝都黑黢黢的！母亲专门给狸猫一家准备了一床小棉被，但可能是不如我的被窝暖和，猫妈妈还是在最冷的时刻把小猫崽叼进我的被窝里。

有一天，母亲去亲戚家串门，父亲上班，我自己在家，懒得起来。母亲早晨做好的饭菜一直在锅里热着。灶火熄灭后，整个屋子像冰窖一样。我趴在被窝里看武侠小说，直到下午两三点钟，估计父亲快要下班了，才起来点火热饭。起床的时候，我特意看了一下被窝，狸猫一家并不在，估计猫妈妈把孩子们都叼进自己窝里去了。

我抱了满满一怀抱柴火，塞进灶坑里，找了一小段胶皮，点燃。看着明明暗暗的火光逐渐亮起来，我往锅里倒了两瓢水，盖上锅盖，蹲在灶坑旁边烤火。隐约听到"嗵"的一声，回头一看，是猫妈妈从猫洞眼儿跳进了屋里。它进屋之后，向前小跑两步，停了下来，瞪着大眼睛直勾勾地看着我。突然，它一跃而起，几步就蹿到我身边，跳上灶台，又跳下来，嘴里发出"呜呜"的声音，听得我心里直发毛。我隐隐感觉有什么事情不太对头。

我还在发愣，猫妈妈突然"嗷"的一声长嚎，就像它在春日夜晚发情时的号叫，凄厉，悲切，叫了足足有一分钟。然后，它抬起头看了我一眼，那是一种在无边的绝望里夹杂着一丝留恋的眼神。接着，它一扭腰，钻进了烈火熊熊的灶坑里。

我惊呆了，赶紧手脚并用地把所有的柴火都撤出灶坑，用锹扒出所有炭火，并没发现猫妈妈的尸体。只有屋子里那股动物皮毛烧焦的味道告诉我，它确实钻了进去。

从那以后，我再也没有养过猫。

貂　丁

◎ 张　港

　　清朝时，兴安岭的索伦人不种地、不做工、不经商，成丁的索伦汉子每年得缴纳达到一定等级的貂皮，才能换回银子，才有衣食用物。缴不上貂皮，只得穷着苦着饿着。为这，死人的事也是有的。

　　一场大雪，压枝盖顶，白了兴安岭。时候到了，索伦人张罗着进山捕貂拿皮子的事。

　　深山老林，人迹绝无，可是人间世道、德行操守半点儿不能更改。坏了这些，就不是猎人，连人都不是。

　　老萨热是捕貂拿皮子的高手，可是他病了，上不得山。他唤儿子大布库、小布库到跟前站直溜了，将山里规矩，一条一道，唠叨又唠叨。两个儿子应承了，各自背了两遍。老萨热挥挥手："那就……进山……拿皮子去吧！"

　　大布库、小布库带着犬，逆顶北风，向伊勒呼里山去。这是捕貂的门道，如果顺风走，貂远远就嗅出人味，早窜远了。捕貂不能用箭——打坏了皮子，那是罪过。也不能下套子——貂气性大，被套上会挣坏皮毛。捕貂主要是靠索伦犬。索伦犬是捕貂专家，不会咬坏貂皮。

　　兄弟俩全在算计事儿。大布库算计着，这回得了貂皮，就带父亲上省城，找最好的郎中。小布库也算计着，这回得了貂皮，要带父亲上省城，找最好的郎中。就为这，一定要捕到上等好貂。

走了一个月，发现了貂踪。看爪痕，是公的，身长，有力。好貂，好皮子。

一来二去，索伦犬将这貂撵上一棵孤立的大树。这树，与其他树的枝条不相连，貂上了这树，蹿不到别的树上。

索伦犬绕树狂吠。貂被吓得从这枝跳到那枝，但是，怎么折腾也只能在这一棵树上。

兄弟两个细看树上，真是好货色：通常的貂是紫的，可这是只白貂，约比普通的貂长出三寸，粗上一寸。这样的貂，是最高的等级。这样的貂，等于白亮亮的银子。

索伦犬对树蹲坐，兄弟二人在雪地上展开狍皮，盘上腿，喝酒，吃肉。

貂这东西，肠子短，胃小，不存食，饿得快。人在树下又吃又喝，引得貂饥饿难忍。少则三天，最多五天，貂饿得头晕，就得从树上下来，到时索伦犬冲上前，一口叼住，猎人将貂往牛皮袋子里一塞，小绳一扎，一切完事，银子就算到手。

兄弟二人谈天说地，时不时看看树上。

怪了耶！过了三天，枝上那雄貂依然眼光有神，跳动敏捷，并没蔫巴、疲倦。二人故意把肉烤得香味四溢，故意扔个满地，就是让树上的饿貂闻着难受。

这时，有几只灰鼠过来捡便宜。索伦犬一心在貂，对灰鼠这小角色从不搭理。兄弟二人觉得有趣：灰鼠以松子为食，却原来也吃肉。小东西越吃，树上那家伙越馋，这是好事。

五天过去了，树上的貂依然精气十足，一点儿倦意没有。兄弟二人想，也是好事，体力越好越说明它是好貂。

可是，不对了——都八天了，树上那家伙仍然眼睛闪亮，活力十足。二人细细看，原来它在吃东西！光光的树上怎么有可吃的东西？

猎人眼力都好，他们看出来了，貂在吃肉，与自己一样吃的烤肉。看明白了，是小灰鼠将地上的肉叼给了树上的貂。二人大为光火，对索伦犬下了命令，将灰鼠撵得远远的。

又过了五天，树上的貂终于垂下脑袋，伏在枝子上。又过了一天，白貂缓缓向下移动。大布库将一块香肉摆在树根。在貂即将吃到肉的一刹那，索伦犬猛冲而上，一口将其叼住。兄弟将貂塞进皮袋，扔进些好肉，得胜而归。

回到家中，老萨热问："怎么用了这么多日子？"

两兄弟你争我抢、眉飞色舞地大讲灰鼠送肉的事。

老萨热一愣，一惊，哆嗦上了："你们……你们……你们敢坏了规矩！这可是义貂！灰鼠冬天住树洞，遇上极冷的年份，有可能冻死。最冷时，貂就将冻僵的灰鼠叼进自己窝里，它自己住进树洞。貂对灰鼠有让宅之恩，灰鼠为了报恩才救貂的。这是义貂。这样的貂，你们也敢捕！这个规矩，你们也敢破！"

"这……这……这可是最好的皮子。"

啪！啪！一人挨了一大嘴巴。

"快快，痛快给我背回山上，哪儿得的哪儿放了！"

熬了一冬，熬到开春，兄弟俩跪过爹爹，当兵吃粮去了。

蝌　蚪

◎ 黄宁东

太阳把稻田里的水晒得像出锅没多久的馒头一般温暖柔软，一摊摊透明卵块在水中孵化出一群群蝌蚪，它们在水里游动，在秧苗间休息。

大平卷起裤腿，跳到田里，在秧苗间寻找蝌蚪，他的脸快要贴到水面上。

水面倒映着大平的身影。水上的大平专心致志地寻找蝌蚪，水中的大平在数另一个大平脸上的眉毛，但他很快就感到无聊，他的目光越过水上的大平追逐天上的飞鸟。

蝌蚪停在水中，呆呆的，尾巴也懒得动弹。大平并拢双手，小心翼翼地润入水中，慢慢靠近它们，然后猛地一合手，蝌蚪就抓到了。大平把它们投入可乐瓶中，瓶中的水面发出"嘟"声。他认真地听着这声响，仿佛随着它来到瓶里。水面泛起涟漪，大平心神荡漾。

抓的蝌蚪够多了，他拧好瓶盖，把瓶子放在田埂上，他的拖鞋也在那儿。大平屁股垫着拖鞋坐在田埂上清洗干净脚上的淤泥，然后拿起瓶子，踩着拖鞋呱嗒呱嗒地走回家。大平的脚湿漉漉的，沾着路上灰黄色的草屑和红色的尘土。

中午的太阳照得地面一片苍白，空气里有股海鱼的腥味。大平躺到院里阴凉的树荫下，靠着大树，观察瓶里的蝌蚪，看它们小嘴一张一翕，摆动尾巴在如丝绸般细腻的水中游动。

奶奶在屋里喊大平进去喝汤，说外面天气热。大平嘴里说着"知道了"，但人还坐在树下。他用手指弹一下瓶身，惊得蝌蚪游动开来，但它们很快又变得懒洋洋，不紧不慢地摆动尾巴，像老头老太们夜里摇着蒲扇给孙子扇风。

瓶子突然变暗，是奶奶走了过来，拦住了光线。大平解释说蝌蚪是他在田里抓的，他没到池塘里玩。上次大平跟村里的小孩到池塘里戏水，逮小鱼小虾，被老太太发现，老太太折了根竹条，把大平两条腿打得这里红一条、那里红一条。大平坐在地上抱着两条腿搓，怎么也搓不过来。

"去田里抓的也不行。蝌蚪你养不大，捉它干吗？待会儿天凉快点把它们给放了。天气这么热，整天在外面瞎逛，书也不读。赶紧把汤喝了。"说是汤，其实是奶奶煮的凉茶。奶奶把碗递给大平，让他喝了，说是清热解暑。

大平把蝌蚪放下，接过碗，碗里黑色的药汤正热腾腾地冒气。大平抬头看了一眼他奶奶："怎么还是热的？"

"凉茶就是热的，凉了不补还苦，赶紧喝。"奶奶催促他。

奶奶眼窝深深眍䁖着，眼睛时常泛着泪光。

大平小心地呷了一小口。

"太苦啦。"

"捏着鼻子一口闷就不苦了。"奶奶说。

大平照奶奶的方法，皱着眉头捏紧鼻子，大口大口地喝。

奶奶在旁边看。随着大平一口口地咽下凉茶，她的嘴微微张开，仿佛她也在喝那碗凉茶。大平把凉茶喝干净，把碗递给奶奶。奶奶发现大平头上沾着树叶碎屑，便伸手摘了下来："一天天就知道在外面闲逛，不知道往哪里钻，头上都是树叶，不让我省心……"奶奶唠唠叨叨说个不停，还吸了吸鼻子。

大平看奶奶眼睛泛着泪光，他问："你怎么了？"

老太心头一热，说："一吹风就这样，不碍事。"

老太拿着碗走进厨房，大平在树荫里躺下。不怎么动弹的蝌蚪已经无法引起他的兴趣。

婆娑的树影洒在大平身上，他的身体和脸都舒展开来。周遭的一切都变得安静，明净的天空有如清洁的房间，太阳藏在白云里，阳光如淡淡的蛛网一样柔和地向外伸延。

大平听到哗啦啦的水声，是奶奶在洗碗。印象中，奶奶总在洗东西——洗菜，洗碗筷，洗锅铲，洗他和她的衣服……以前奶奶还用她干瘪而生满老茧的手给他洗澡，奶奶的手搓在他身上总让他发痒，想笑。但等他长大了些，奶奶就让他自己洗，他再也感受不到奶奶粗糙的手掌摩擦皮肤时的幸福。

大平陷入了对过往美好事情的回忆，它们离大平已经很远，不可能再出现，就像小鸡无法再感受到蜷在蛋壳里的全部美妙。

厨房继续传来哗啦啦的水声。大平心里难受，觉得有口气憋在胸口。

"奶！"大平声音颤抖地朝着厨房里喊。

哗啦啦的水声停了。"怎么了？"奶奶问。

"我待会儿就把蝌蚪给放了。"

"知道了。"老太太说。

鹿羔的眼泪

◎ 蔡永平

　　索南和老伴拉毛吉在深山中放牧，他们养着一百多只绵羊。儿子贡保杰在城里做生意，刚买了房和车。老两口放羊赚钱，贴补贡保杰。

　　春天，索南老两口到阿沿沟放羊。山坡上嫩草萋萋，雪白的绵羊像撒在绿毯子上的珍珠一般。老两口坐在毡衣上，索南吧嗒吧嗒抽旱烟锅，拉毛吉拨转线砣捻毛线。突然，松林里传来呦呦的鸣叫，索南站起身张望，没看到什么。索南刚蹲下，呦呦的声音又传来，老两口站起身，循着声音找过去。

　　老两口钻进密林中，看到大树下一只土黄色的小鹿羔。鹿羔惊慌地挣扎了几下，一头栽倒在地——它的一条后腿夹在猎夹里。索南黑了脸骂：“这些人真是造孽呀！”山外的人爱吃野味，野生动物的价格飙升，于是有人不顾政府的禁令，偷猎野生动物。索南让拉毛吉摁住鹿羔，他费力地掰开猎夹，小心地取出鹿羔的后腿。鹿羔的腿鲜血淋漓，小腿大概骨折了。

　　拉毛吉惊呼：“哎呀，鹿羔流眼泪了。”索南一看，鹿羔黑亮亮的大眼里真的流出了泪水。拉毛吉说：“鹿羔是不是吓哭了？”索南摩挲鹿羔的头：“鹿羔不怕，不哭。我救你，给你治腿。”

　　老两口轮换着将鹿羔抱回帐篷，索南生火打水，拉毛吉拿出了奶粉和炒面。这些奶粉是新年亲戚看望老两口时带来的礼物，老两口舍不得喝。冲调好奶粉，索南把瑟瑟发抖的鹿羔揽在怀里，拉毛吉用小碗把奶粉喂给鹿羔，鹿羔吧唧吧唧吃得香甜。

给鹿羔喂过奶，索南拎起斧头去山坡上砍来鞭麻，削去枝叶，将一根根细直的鞭麻秆密密排贴在鹿羔腿伤处，用布条一层层缠紧包扎。以前羊的骨头折了，索南就用这法子。

鹿羔安静地躺在索南怀中，黑亮亮的大眼水汪汪，一串泪水流了下来。拉毛吉捅索南："鹿羔又流泪了，鹿羔是不是感激我们呢？"索南满是皱褶的脸笑成了一朵花："嗯，这小东西有灵性呢。"

索南把鹿羔放到火炕中间，盖上被子，老两口睡在两侧。半夜，鹿羔呦呦鸣叫，老两口翻起身，生火烧水，冲调奶粉，喂给鹿羔。

二十多天后，索南取了布条和鞭麻秆，鹿羔的腿长好了。鹿羔整天缠着老两口，饿了，呦呦叫唤，用脑袋蹭拉毛吉的腿，拉毛吉就赶紧给鹿羔冲奶粉。索南笑说："这小东西，把你当成阿妈了。"

鹿羔长得很快，老两口去放羊也带着它。鹿羔蹦蹦跳跳抢最嫩的草吃，吃饱了，就追逐羊儿，追逐蜂蝶。老两口笑眯眯地看。索南打声呼哨，鹿羔就嗒嗒蹿上山梁，把走散的羊儿赶回来，拉毛吉笑说："这小东西，把你当成阿爸了。"

有鹿羔陪着，老两口的日子充满了欢乐。

这天，贡保杰和一个满身肥肉的中年汉子走进了帐篷。汉子睁大眼，笑嘻嘻地盯看鹿羔。贡保杰对索南说："阿爸，这是熊老板，他媳妇怀不了孩子，听说鹿肉大热大补，吃了能治不孕，他愿出三千元买鹿羔。"

汉子伸开双手卡住鹿羔的脖子，连声说："我要了，我要了！"鹿羔四蹄乱蹬，奋力扭动身子。索南冲上前，一把推开汉子，抱住鹿羔："我的鹿羔，不卖，出多少钱也不卖！"

贡保杰涨红了脸："阿爸，这么高的价你到哪里去找呀！我急着用钱呢。"索南从贴身的口袋里掏出一沓钱，递给贡保杰："这是给你阿妈买药的钱，你拿去吧。不要打鹿羔的主意。"

鹿羔蜷缩在索南怀中，黑亮亮的眼睛看着索南，一串泪水流了下来。索南轻抚鹿羔："羔儿不怕，有阿爸阿妈，谁也伤害不了你！"

秋天，阿沿沟换上了彩衣，姹紫嫣红。茂密的松林里，传来鹿群呦呦的叫声。索南拍打鹿羔："羔儿去吧，找你的亲阿爸、亲阿妈。"鹿羔偎在老两口怀中，黑亮亮的大眼看着老两口，一串泪水流了下来。

拉毛吉拉住索南："羔儿流泪了，羔儿舍不得我们，我们养它吧。"索南黑了脸，呵斥拉毛吉："不行，这会害了它！"

索南推开鹿羔，大声吆喝，挥动衣服，驱赶鹿羔。鹿羔嗒嗒跑到林边，回头望老两口。"呦呦——"鹿羔仰头高声叫，然后转身跑向密林中。

望着远去的鹿羔，索南和拉毛吉流下了眼泪。

老高卖马

◎ 田承友

　　马贩子一眼就看中了老高家圈里的那匹枣红马。

　　这是一匹身形健硕的枣红马，膘肥体壮，暗红色的鬃毛就像涂了一层油脂，泛着耀眼的光。马贩子伸出一个巴掌，说："兄弟，就这价，给足了！"老高摸了摸马头，眼睛里盈起泪光。身边的女人拽了一下老高的衣角，鼻子一酸，眼泪就流了下来。

　　马贩子拉开系在腰间的钱包，抽出一沓钱，数了五千，递给老高，说："数一下吧。"老高接过钱，转手就给了身旁的女人，说："数啥数！你还能少给了不成？"然后又摸了摸马头，有些不舍地说："走吧，我送送你。"

　　此时正是盛夏时节，连续的几场大雨使得松花江江面又拓宽了数十米。那条摆渡的小船停靠在码头上，在江水的涌动下此起彼伏，远远看去，就像一枚遗失在大海上的落叶，显得那么孤单而落寞。

　　老高牵着马走上那条小船，然后熟练地解下了系在马嚼子上的缰绳。老高看着马贩子，寓意深长地说："这匹马跟了我十二年，如果不是闺女催着我们去城里帮忙照顾孩子，我是不会和它分开的，就拜托兄弟给寻个好人家吧。"

　　马贩子从包里掏出一条缰绳系在了马嚼子上，又拍了拍马的身子，说："放心吧兄弟，这么好的马，一定能遇到伯乐的。"

小船驶离码头向对岸漂去，老高站在江堤上目视着那团枣红色一点儿一点儿消失在薄雾里。少顷，远处的江面上突然传来一长串马的嘶鸣，那凄厉的声音穿透雾气撞击在老高的心坎儿上，直撞得他一阵阵心痛。

这天夜里，狂风夹杂着暴雨再一次袭来。三更时分，风停了，雨住了，老高披了一件衣服习惯性地走出屋门。他端起门旁的簸箕，舀了两瓢碎苞谷，径直走进了院旁的马圈。点亮门口的马蹄灯，空空如也的马圈呈现在他的眼前，老高的心一下子就凉了。他叹了口气，倚在拴马桩上卷了一支烟。烟雾缭绕中，他仿佛看到那匹枣红马正在向他跑来。他揉了揉昏花的老眼，枣红马不见了，而那盏吊在门框上的油灯，微弱的火苗忽明忽暗地跳动，就像深秋里挂在枝条上的一枚枯叶，摇曳着余生那一点儿最后的时光。

老高有些沮丧，转回屋摸着黑爬上了炕。黑暗中，睡在炕梢的女人说话了："心里放不下那匹马是吧？"老高叹了口气，说："十二年了，能一下子就放下吗？"女人说："都答应给寻个好人家了，咱就把心放在肚子里吧。"老高不再言语，扯过被子盖在身上。这时，窗外的雨又噼里啪啦地下了起来。

天快亮的时候，雨又停了。一夜没睡好觉的老高披上衣服卷了支烟，眯着眼睛坐在炕沿上吧嗒吧嗒抽了起来。此时，外面的鸡叫了，马也打起了响鼻。老高愣了一下，不对啊，怎么会有马的响鼻？他竖起耳朵仔细聆听，又一声马的响鼻真真切切地传进屋里。老高掐灭烟头儿，趿拉着拖鞋就跑了出去。随后，外面传来了老高惊奇的叫喊声。

女人也起来了，推开房门后就愣在了原地。她看见，那匹枣红马浑身湿漉漉地卧在马圈旁边，就像一个疲惫的老人，无精打采地耷拉着脑袋，还时不时抽搐一下身子打个响鼻。

"快，撮一簸箕苞谷来。"老高吩咐了女人一句就蹲下身子搂住了枣红马的脖颈。老高说："夜里黑咕隆咚的，还下着那么大的雨，你是怎么从那么宽的江面上游过来的啊！"听见主人的声音，枣红马努力几次后挣扎着站立起来。它伸过头来把脸贴在了老高的脸上，那可怜的样子就像一个受了委屈、久别归来的孩子。

女人端着一簸箕苞谷站在旁边，一边掉眼泪一边说："造孽啊，黑灯瞎火的，江水那么大，这是遭了多大的罪啊！"

老高把马嚼子上的缰绳解下来，重新换上了自家的缰绳，然后牵着枣红马进了马圈，一边走一边说："不走了，咱不走了。"又转过脸对一旁的女人说："把那五千块钱拿出来，一会儿找马的肯定会过来。"

早饭过后，天晴了，那个马贩子果然找来了，跟在他身后的是一个满脸长着浓密胡须的车轴汉子。这个汉子老高认得，是江南闫家屯专门宰杀大牲畜的闫老六。

马贩子看到拴在马圈里的枣红马，脸上露出欣慰的笑容，说："老马识途，我猜得没错。"身旁的闫老六搭话："就怕老高反悔。"

"不是反悔，是规矩。"老高拿着五千块钱和那根缰绳从屋里走了出来，说："马回来了，就不能再卖了。"马贩子显然不能接受这个现实，说："老高咱们再商量一下，实在不行就从价钱上找。"老高说："你是牛马贩子，应该懂得规矩，这不是钱的事儿。"

马贩子和闫老六悻悻地走了。看着两个人离去的背影，女人叹了口气说："闺女把车票都买好了。"老高说："这有什么难的，退掉一张！"然后又撮了一簸箕苞谷，头也不回地进了马圈。

怀　表

◎ 谢志强

运输队最热闹的地方在哪儿？马厩，大家都叫"马号"。

马厩的草棚里有麻雀窝，燕子也衔泥筑巢。麻雀胆大，甚至飞落到食槽里，紧挨着马嘴找食，那里有残存的碎苞谷和草籽。周围居住的职工养的鸡，也飞、钻、跳进马厩来觅食。大大小小的狗也窜进来凑热闹，那是小男孩带来的狗，有黑狗、花狗。它们闹得马厩鸡飞狗跳，尘烟斗乱。

马厩是我们小男孩的乐园。星期天，或者放寒暑假时，我们都到马厩来玩，把苜蓿垛当山，还在空地上支起大筛子扣麻雀——那是在雪后。

马厩是队里最热闹的地方，其实也是最安静的地方。我爸爸是饲养员，他住在高高的饲料槽前的走廊尽头的一间土坯房里，常有小马驹待在里边。我也跟爸爸住在一起。有时半夜醒来，静静的，黑黑的，能清楚地听见马吃夜草的声音。爸爸夜里要拎着马灯给马槽里添草料，等他回来，被窝还热着呢。

要是爸爸也睡着了，我能听见怀表指针在走的声音。我想象它一圈一圈地走，像磨坊的毛驴。爸爸不让我碰怀表，至多，他拿在手里让我听。那是爸爸的战友留下的怀表。战争年代，爸爸在骑兵连当饲养员，给战马铲蹄子、喂饲料。他的一个战友是排长，在牺牲时把那块怀表交给了他。爸爸有个习惯，每天晚上临睡前给怀表紧一次发条，仿佛只要怀表在"走字"，他战友的心脏就还在跳动。

运输队里只有两个人有表：一个是队长，腕上戴着手表；一个是我爸爸，胸口的兜里揣着怀表。都说爸爸也是队长——马匹也是一个队。其实，爸爸根本用不着看怀表掌握时间。什么时间给马添草料、饮水，他连天也不用看就能掌握个八九不离十，简直比怀表还准确。

有个星期天，一大早，我的一帮小伙伴就来马厩。晒干的苜蓿草又堆上了草料垛，草山又高起了一层。那是队里的"制高点"，能望见农场场部的篮球场。

我们玩捉迷藏。顿时，马叫，雀飞，狗吠，鸡鸣，老鼠也惊慌地蹿来蹿去。

往常，爸爸对此睁一只眼闭一只眼，任凭我们玩。可是，那天，他突然叫停。——爸爸的怀表不见了，一副失魂落魄的样子。

我们正在兴头上呢。我不想让小伙伴们扫兴，就发动小伙伴们一起寻找怀表。我像裁判一样做了个"暂停"的手势，说："从现在起，找怀表。谁找到有奖励。"

我还没想好奖品。想必爸爸一定会用哈密瓜、桃子或者葡萄来奖励吧？

马厩掀起了空前热闹的高潮，鸡犬不宁，尘灰弥漫。我们几乎把马厩翻了个底朝天。

爸爸已找过一遍，像用梳子梳过了乱发。他似乎料定小孩子弄不出个啥名堂，就制止了，板着脸说："好了好了，再这样找下去，马吃草也不安定了，散了散了。"

我是小伙伴们拥戴的头儿，而且这是在我的地盘上，我不想失去威信。我说："爸爸，我来帮你找。"

爸爸打量着我，说："你有把握找到？花多久？"

我当着一众小伙伴的面拍胸脯，说："太阳落下去之前，我保证找到。"

爸爸似乎不太相信，不抱希望，他摆摆手，说："也行，有枣没枣你打两杆子吧。要找不到，你晚上回家去睡。"

我向小伙伴们宣布："吃过晚饭再来集合，继续玩捉迷藏，天黑玩才有意思。"

中午，天太热，大人睡午觉。外边太阳耀眼。一阵一阵热风吹进马厩，像哈气。马站着打瞌睡。马厩里像夜晚一样寂静。麻雀在草棚里上上下下地飞，趁机觅食。

我像卫生员那样，只不过没用听诊器，而是把耳朵贴近食槽，转而又钻进一排马中间。地上垫着麦草，草上有马的屎尿，我也顾不得那气味，支棱着耳朵，一会儿哈腰到马肚子底下，一会儿匍匐在麦草上，捕捉可能传出的怀表的声音。我身侧的马腿形成了一个隧道，我想起了葡萄架。

老师说过："功夫不负有心人。"终于，我在沾着马粪的草里听见了有节奏但轻微的声音。那声音在我耳朵里放大，像广播发出的通知。我掀开草，发现了跟我捉迷藏的怀表，我说："我总算找到你了。"

我没叫醒爸爸，而是延缓传捷报。我享受着第一次拿上怀表的喜悦，终于满足了我的好奇。我抚摸它，聆听它。——再走几个钟头，你就要停了，是我及时发现了你。

我把怀表放在衣兜里，站在爸爸的床前。爸爸似乎觉察到了，或许，他听见了怀表的声音，他睁开眼，说："你怎么像拴马桩一样呆站着呢？"

我笑了。爸爸可能想起来我的承诺，说："找到了？"我说："猜一猜。"爸爸说："你还给我卖关子，掏出来。"

像重逢久别的战友，爸爸粗糙的手深情地摸着怀表光滑的表壳，他说："你咋找着的呢？"

我侧一下脸，做出俯耳的姿势，说："热闹盖住了它的声音；静下来，我就听见了它在走的声音。——爸，你早晨起过马圈呢。"

爸爸说："嘿，它也溜出去藏了起来，学你们捉迷藏呢。"

巷子里的小孩

◎ 芦芙荭

上二年级时，从家里到学校要经过一条巷子。那条巷子又长又窄，但给我们上学提供了很多方便。不仅是我们，住在巷子两头的大人进进出出也都走这条巷子。

这条狭窄的巷子中间凹进去了一块，那里有一道门。早上我们上学时，门是紧紧闭着的，像是没有张开的嘴。到了中午我们放学回来时，那嘴像是在打呵欠，张得大大的，还吐出一个男孩。那个男孩年龄和我们差不多，或者更大点儿，胖胖的身子慵懒地窝在门前土台上的一把椅子里，身上的肉像发面一样都要溢出椅子了。他的头特别大，直接架在肩上，没有脖子，样子着实有点儿吓人。

我们走到那里时，男孩就会转过头，呸的一声把一口唾沫向我们吐过来。

那唾沫像只蚊子似的飞过来，一头栽进我们脚前的尘土里，仿佛一条肥胖的虫子在那里蠕动着。

这让我们很恼火。可看着男孩那庞大的身躯，还有他笑起来那怪模怪样的脸，我们并不敢靠近他。我们只能举着拳头，远远地做出一副要揍他的样子恐吓他，而他根本不在乎，依旧傻傻地笑着。下一次放学路过那里，他照样会将一口唾沫送给我们，仿佛这是他庆祝与我们见面的特殊仪式。

我们就从地上捡起土块掷向他。土块砸在他身上，他还是傻傻地望着我们笑。

我们就知道了他不仅肥胖，而且还是个傻子。

傻子的笑听起来有些粗糙，像是在搓揉一堆干树叶。有一次，我们在他的笑声中慢慢地靠近他。我们的目的是，等靠近他了，想办法合力将那把椅子连同他一块儿往土台的边上挪一挪——那个土台有一尺多高，只要他稍微动一动，他那肥硕的身子连同那把椅子就会一块儿翻到土台下面来。我们希望看到他滚下来那狗吃屎的狼狈样子。

我们一步一步向他走去时，他并不知道危险正在靠近。他依旧傻傻地笑着，甚至用他那胖乎乎的手在我们的手背上轻轻地抚摸着。那一刻，我感觉到他的手热乎乎的。

我们费了很大的力气才将他和椅子挪到了土台的边上。我们看他笑时那把椅子一摇一晃的，就一窝蜂地撒腿跑了。那时，他大概有点儿急了，我们听见呸的一声，一口唾沫差点儿飞到我们的后背上。

整个下午，我们坐在教室里，满脑子都是他跌落到土台下的样子。我甚至能想象到他的头跌破了，血往外淌时还冒着热气。

那天下午放学，我们急急地跑进巷子，刚走到那儿，呸的一声，一口热乎乎的唾沫朝我们飞了过来，那唾沫跌到地上时，似乎摔得很疼。我们抬头，那个男孩依然坐在椅子上，椅子不知什么时候又挪回了原位。男孩咧着嘴傻傻地笑着，他并没有意识到我们是曾经想害他的人。

我们走过去，想知道那椅子是如何回到原位的。男孩的目光一下子变得温柔了起来。他一把拉住我的手，将一颗糖放进了我的手心，然后又傻傻地笑。

那之后，我们放学后经过那里，他依然朝我们吐唾沫。我们知道他是在用这种方式向我们打招呼，表示友好。慢慢地，我们也习惯了那个男孩以这样的方式向我们打招呼，就将书包堆放在土台上，在那里玩起了各种各样的游戏。我们玩游戏时，男孩似乎很开心，不停地嘎嘎笑。

时间一长，我们就知道了那个男孩的父母出了意外去世了，是他的姐姐在照看他。据说他的姐姐长得很漂亮，奇怪的是我们一次也没有见过她。

快放暑假时，有一天，我们放学走到那里，却没见一口唾沫向我们飞来。我们的脚步有点儿迟疑。等了一会儿，我们才发现，那扇门像我们早上经过时一样紧紧地闭着，那只椅子依然在土台上，椅子里却少了男孩。我们的心里竟然有了一种莫名的恐慌。我们透过门缝往屋子里看，里面黑咕隆咚的，什么也看不清。

从那之后，那扇门再也没有开过，那只椅子上男孩的体温渐渐退去，上面落满了灰尘。

屋檐下

◎ 蒋　宁

　　早上起来，看到外面下雨了，小小深深吸一口气，想吸进春天的气息。可是，开春好久了，天气还是很冷，并没有暖和起来的迹象。小小想到那句谚语——春雨贵如油。果然，小小问妈妈："爸爸去哪儿了？"

　　妈妈说："去田头啦，雨披都不带，要打湿衣服了。"

　　厨房里飘出来一团团白色柴火烟，微微有些呛人。它们并不害怕被打湿呢，在蒙蒙雨雾中，缭绕在窗口下的水井旁边，又飘到水井旁的大橘子树上，然后就被风吹散了。小小正发着呆，爸爸回来了，在门槛旁跺脚，又用篾片刮鞋帮子上的泥水。

　　"饭还没做好啊？"他冲着厨房里喊。

　　小小从台阶上下来，帮爸爸打了一盆水。

　　爸爸扯过毛巾，擦一把脸，嚷道："今天要洒农药，等雨下大了就来不及了。"

　　听到声音，妈妈从厨房里回答："你最好去买件雨披。屋里那件已经坏掉，穿不了啦。"

　　爸爸去厢房里把旧雨披找出来抖了半天，破洞一个连着一个，实在穿不了了。

　　"那我去小卖部里赊一件。"爸爸说着就往外走，走到门口还在嘀咕着，说麦子出苗很好，要赶紧洒药追肥。

妈妈拿着锅铲追出来："早饭已经好了呀，快点儿回来。"

小小回到房间里翻书，又听到妈妈的大嗓门儿在嚷："叫你弟弟起床啦！"

小小对着弟弟房门喊一声，继续看书。她刚刚进入对读书痴迷的阶段，语文课本已经来回翻了好几遍，老师要求背诵的那篇朱自清的《春》也早背熟了。班上男生喜欢在早读课上大声诵读文章结尾的那几个排比句："春天像刚落地的娃娃……像小姑娘……像健壮的青年……"他们一边朗读一边嬉笑着你推我，我推你，仿佛那是多么有趣的事。小小喜欢默念文章里的诗句和谚语。那句"吹面不寒杨柳风"让她想了好久，读起来轻飘飘的，要飞到天上去似的。"一年之计在于春"常常被爸爸写到对联里，而且每次爸爸都要提醒她，下一句是"一日之计在于晨"，叫她珍惜时间，抓紧时间读书。

她又拿出琼瑶的言情小说来看，这本昨天都看完了，明天上学要去还掉。她不在意小说的故事情节，往往更喜欢里头美丽的句子。小说里那些漂亮的男生女生总是出口成章，不管看到什么风景都能想到一些美妙的词句。而且，不管他们处在什么环境，都能不受影响。她最羡慕的就是这一点。她总觉得那里面的人和她生活的不是同一个世界。

弟弟"咚咚咚"地从厨房里跑进跑出，他已经嚷了好几遍了，他急着吃完早饭出去玩。

"小小，你要不要也来吃饭？"妈妈在窗户外面喊她。

她把小说收好，走到厨房里，问爸爸怎么还不回来。

"一出去就不回来了。"妈妈唠叨着，给弟弟盛饭。

弟弟接过饭碗，急匆匆地扒着饭菜。小小坐在炉子旁边，觉得双手还冻得慌。妈妈喂了鸡，又喂了猪，才坐下来吃饭。很快，弟弟就把碗筷放到灶头上往外跑了。

"雨下大了就要回来!"妈妈追出去嚷。

小小默默吃饭，想着爸爸去了好久了。

"你去叫你爸回来?"妈妈看到小小快吃完了，问她。

小小点头。

"旧雨披穿不了了，那把雨伞的伞骨也折了好几根，你找出来看还能不能撑着。"

小小在厢房里找到雨伞，撑开来，锈迹斑斑的，整个半边的伞骨都断了，雨布塌下来，撑不住了。

她去房间换了一件有帽子的棉衣，把帽子戴起来，走到雨里，发现雨势渐渐大了。

村里唯一一家小卖部在泥巴路的尽头，那里是条水泥路，通往乡里中学和镇上。小小每次放学回家都要经过这个小卖部，里面总是聚满了人。门口有凉棚，遮阴也挡雨，棚下支着好几张桌子，方便人们歇脚聊天，或者打牌打麻将。路过的时候，小小目不斜视，听到"哗啦哗啦"推麻将子的声音，也听到妇女们出牌吆喝的声音。她不喜欢在这里停留，小的时候还帮家里来买豆瓣打酱油，后来弟弟大了，这些事都交给他，他也乐意。

要是刚才叫弟弟来喊爸爸就好了，小小走在泥巴路上，懊恼地想。

路面已经被雨水泡软了，有车走过的地方，留下了深深的车辙，车辙两边翻出烂泥。小小踩在最边上的草藤草蔓上，又要小心不要跌到旁边的沟坎里去。

快要走到泥巴路头时，路边的一户人家院里跑出来一只大黄狗，对着小小嗷嗷叫。小小心里强作镇定，慢慢地往前走，余光还瞅着大黄狗，看它会不会冲过来。狗主人在院子里往外扫了两眼，吆喝一声，大黄狗垂下尾巴回去了。

路过村卫生所，小小鼓起勇气抬头往里看，正好瞧见幺婶端着碗出来，她只好跟幺婶打招呼，还勉强笑了下。

"下着雨，去哪里呢？"幺婶问她。

"去喊我爸回家吃饭。"小小简短地回答。

"哦。你爸在小卖部？"幺婶探出头望了望。

小小"嗯"了一声，顺着她的目光朝前走，没走两步，就看到了爸爸。

凉棚下竟比平常还要热闹些，两桌子的人都在打麻将。看来是雨下大了，耽误了人们做农活儿，人们干脆到这边凑个热闹。

就这么几步路的距离，小小感觉自己仿佛迈不过去。她听到雨水"滴答滴答"敲在棚布上，又看见它们连成线落下来。爸爸没有站在凉棚下，他站在小卖部柜台外的屋檐下，看着他们打麻将，仿佛看得很认真的样子。可是，他身前身后都站着人，能看清牌桌上的麻将子吗？

小小往前挪着步子，心想，爸爸再不看见她，该怎么办呢？凉棚里乌压压站的坐的都是人，纸烟的袅袅烟雾在雨水里四处飘散。隔着烟雾，她失掉了开口的勇气。

等她把帽子摘下来后，爸爸突然就扭过头，看见小小了。

没等她开口，爸爸大踏步走过来，一下子就到了小小跟前。

"你怎么来啦？"爸爸责怪她冒雨过来，还帮她把帽子又戴上。

"妈妈叫我来喊你回家吃饭。"小小小声地说。

爸爸走在前面，步子太大，小小紧紧跟着。

幺婶就站在门口，看到他们父女，疑惑地问道："一大早来买啥？"

"来看看。"爸爸答非所问，不停脚地往前走。

小小看到爸爸的后脑勺从帽子后面露出来。那里没有遮挡，有一滴一滴的雨水从帽顶沿着两边往下淌，有的落在了肩膀上，有的顺着后脑勺淌进了脖子。

这一刻，小小濡湿了眼眶。那天印在她心里最深刻的并不是被雨打湿的爸爸，而是站在别人屋檐下的爸爸。

精　灵

◎贺　侠

　　人们都说姑姑傻，我却始终不明白她傻在哪里。她个子矮小却纤细苗条，头发黄而直立，一双圆圆的眼睛镶嵌在略黑的脸庞上。她一生陪伴我的奶奶，在奶奶撒手人寰之后不久，她也消失了，走完了她单调苦涩的异域之旅。

　　我的姑姑是一个沉默善良、毫无心机、与世无争的弱女子，一个闲来老爱翻自己的衣柜而里面却无非是别人穿剩下的一堆旧衣的女子，一个总是有些呆滞、又爱往粮筒里钻的女子，一个一生怀着一颗童心、总是与小孩子们为伍的女子。

　　姑姑与我们不大相同。她，是另一个世界的人。

　　我常问姑姑是怎么投身到我们这个地方来的。

　　她总是爬到奶奶家储存粮食的楼上，那里有一个用大竹席子卷成的粮筒，里面存放着粮食。姑姑有一次带我钻进了那个粮筒。起初我以为姑姑真的很傻，会去粮食里面玩，谁知，那里有一个通道，走出弯弯曲曲的通道就迎来了外面灿烂的阳光。

　　我不知道那个太阳和我们的是否一样，只是感到一样的温暖柔和。

　　这里的人们外貌和姑姑差不多，矮小可爱。我问姑姑这是不是一个精灵王国，姑姑笑而不答。我又问："那你一定就是一个精灵喽?"姑姑说:"一定要保密!"姑姑用我听不懂的语言和这里的人们交谈。这时,她是另一个人,一个容光焕发的可爱女孩。

她招呼几个小朋友陪我玩。在我的周围是一片花海,粉色的白色的野桃花、嫩黄嫩黄的迎春花,在早春二月都已绽放笑脸。

姑姑兴奋地来往穿梭,她纯真活泼的天性像溪水一般自由流淌。让我奇怪的是那些动物也能与姑姑讲话。我看到姑姑抚摸着一头牛,和它说着话,而牛的脸上竟露出了微微的笑容。她又像与老友重逢一般,亲切地和一群蚂蚁打招呼。

我试着爬上架在树杈上的小房子,乘坐狗拉的小木车,躺在微波起伏的绿草地上……仿佛置身于童话之中。

在我们那边,我从未听过姑姑爽朗的大笑,在这里却时常听到,那是发自肺腑的快乐。

我惊喜地看着姑姑,她终于有一个归宿,一个心灵停泊的港湾,一个让她真正开心的地方。我禁不住泪流满面。

姑姑从书包里掏出书,走到树荫下,在一块白色的板子上写字,教给围坐在周围的精灵和动物们。那是我所不认识的文字符号,精灵和动物们用宽大的绿叶和可流出白汁的细枝条写字。姑姑一边讲一边做一些动作——她和兔子击掌,甚至骑在牛背上做什么示范。大家饶有兴趣地学着,不时发出会心的笑声。

我在那里等了许久但一点儿也未觉得无聊,我希望一直这样过下去。可是突然听到奶奶在楼下的叫声:"阿姜,小妞妞,快下来吃饭!"

姑姑停止讲课,收拾起书,也收起了自己的笑容。姑姑和大家拥抱告别,我看到她是那样不舍。

我和姑姑从粮筒里钻出来，走下楼去。奶奶立刻操着一根细枝条劈头盖脸地朝姑姑打来："傻呀？你自己成天往粮筒里钻，娘不管你，怎么还带孩子去！"

我哭起来。姑姑默默地端起碗坐到门墩子上吃饭。

姑姑吃得很少。她悄无声息，就像一个影子一样。有时，她也和我们说话，只是说得很慢。她唱的歌挺美，可惜我们听不懂。尽管如此，我们兄妹几个还是成天跟着她在山坡上、田野里玩。

有一次，我问姑姑："粮筒那边多好呀！你为什么要回来？"

姑姑慢慢地说："小时候贪玩迷了路，跑到这边来，被娘养大了。一直想走，可又舍不得离开娘。我是一个孤儿，娘给了我一个家……"

难道姑姑要一直这样过下去吗？

姑姑日复一日地帮家里带小孩、扫地、挑水。农忙时她就下地劳动，干那些挑粪、扶犁、摘柿子之类的活儿。姑姑既然被认为是傻子，就总是被人驱使。同一个院子的邻居老太总是趁我家大人不在指使姑姑为她家扫地。

我们那儿缺水，挑水要到山后一眼泉水那里挑。这股泉水只有线一样细，半天才能积满一池，再用大勺往桶里舀。村里几十户人家全靠这一眼泉水，每次挑水都要排队，因此，挑一担水总要费不少时间。一次，我和姑姑一道去挑水，等啊等啊，天都快黑了，才轮上我们。刚舀好水，却突然来了个亲戚，他径直走过来把水倒进了自己的桶里，说："大叔家有事，我先担走水，你们俩再等等吧！"我和姑姑只好再到后面排队。他无非是看我们一个是小孩一个是傻子，好欺负罢了。一个人对待弱者的态度最能反映他的道德水准。

我想，姑姑在生活中常常受委屈、受压抑、受欺负、受打击，她该多么痛苦！她并不像表面上那么麻木、呆傻，她是感性的，她的心和我的一样脆弱。

奶奶说："她常滚到粮筒里玩，我就是在那里捡到她的——一个熟睡的小女孩，大概还不到四岁。她是谁家的孩子呀？怎么会被丢在我们家的粮筒旁……"

姑姑也嫁过人，嫁到了更偏远的村子。她的与众不同、她的善良与软弱招致婆家人无情的欺负。他们说她中了邪，用绳子绑她，用火烧她的手心。奶奶一听到这个消息立刻昏厥了。

我记得爸爸、伯父、哥哥和我一起去接姑姑时，她像受伤的猫咪蜷缩在炕角。

姑姑回到了奶奶身边，此后，再也没有离开。

后来，我随父母离开了家乡。再后来，奶奶、姑姑同伯父一家也从农村搬到了城市。

姑姑到了城里，是否还能找到回精灵王国的路？她在这个与她格格不入的世界里的烦恼可有地方倾诉？

时光飞逝，我很少有机会回老家去，只是有时会忧心地想念姑姑，想起她与众不同的外貌、她的小声的歌唱、她的寂寞的笑容，想起她在人群中无所适从的孤单、她的无人能解的哀愁……

奶奶老了，姑姑侍奉床前。每夜，老人总是腿疼难眠，一会儿要药，一会儿要水，姑姑从无怨言。

有一次，我打电话回去，接电话的恰好是姑姑，我听到她仿佛呢喃般的声音："妞子，你放心我吧，我们的寿命是很长的。我送走了娘肯定要回精灵们那里——我带你去玩过的地方。"

去年，奶奶走了，没过多久姑姑也去世了。她被埋在故乡的山脚下，奶奶墓穴的一旁。

我赶回去时丧事已经办完了。

我悄悄来到老屋的楼上，甫一进屋便闻到一缕幽香，那是久违的属于姑姑的香气。我看到破旧的席筒旁有新踏的足印！

我徒劳地寻找记忆中的通道，却只见地上整齐地叠放着一条旧围巾，上面绣着一簇簇淡紫淡紫的勿忘我——啊，这正是姑姑心爱的围巾！

对于姑姑的离世，家乡人颇感震惊，因为她一直显得那么年轻！堂哥的两个年幼的孩子还哭着要找她。

只有我知道，姑姑的坟茔必然是一座空坟。我的姑姑，她是一个精灵，她回到了属于自己的世界……

大板车

◎ 于心亮

　　村西通了柏油路，又直又平坦。在上面行驶的，大多是骡马拉着的大板车。大板车平时用来运送货物，比如运沙、运土、运粪，又比如送苞米、送小麦、送花生……有一年邻村庄稼大丰收，村里就组织社员坐着大板车风风光光去城里看戏，把我们都羡慕得不行。

　　我们敬佩的是车把式，他们能把骡马训练得既听话又老实，真是太了不起了。看见大板车来了，我们就往前凑。车把式见了，大都把鞭子轻轻一晃，嘴里吆喝："小心，别叫车轧着！"但有的车把式心眼儿好，倘若不是拉着重物，也就让我们爬上板车坐坐。

　　有一天傍晚，一辆大板车拉了些柴草经过村边。我偷偷爬上去，车把式没发现。我默不作声地坐在大板车上，别提心里有多"恣儿"（开心）。坐了一会儿，我干脆舒服地躺下了，耳边听着呱嗒呱嗒的马蹄声以及车轱辘轰隆隆的滚动声，我竟然迷迷糊糊睡了过去。

　　车把式在饲养院卸柴草的时候发现了我。我害怕他揍我，撒腿就跑。车把式拦住我，笑着说："告诉我你是哪的，我送你回家。"我以为他要赶着大板车送我回去，忙说："我是西河崖大队的。"车把式说："好啊，咱爷儿俩走吧。"我说："你不赶着大板车吗?"车把式说:"大板车回到队里就完成任务了,就不能再动用了。"

就这样我被车把式大叔一路护送着回家,走累了他还背我。走到村口的时候听见我妈正扯着嗓子四处找我,大叔跟我妈说:"大妹子,孩子我给你,但有个条件:你可不准打他。"我妈连忙道谢,请大叔到家里吃饭去。大叔说:"吃啥饭啊!家里也等着我哪!"说完就走了。

回到家,我一五一十说了事情经过。我妈责备我不该偷偷爬大板车,更不应该在车上睡着了,尤其是更不能麻烦车把式大叔再送我回来,人家忙活一天已经够累的了……我妈越说越有气,说到最后还是把我摁在炕沿儿朝我腔上啪啪揍了好几鞋底子。

第二天我就在大道边等着,瞧见一辆大板车过去了,瞧见两辆大板车过去了,瞧见三辆大板车过去了……我终于瞧见昨天送我的车把式大叔赶着大板车过来了,就开心地跑过去。大叔晃着马鞭子吆喝:"小心马踢人,甭叫车轧着!"我大声喊:"大叔,是我呀!不认得我了?"

大叔认出我了,笑着说:"昨晚回家,你妈没揍你吧?"

我说:"揍了,哪能不揍呢?大叔你今儿干吗去?"

大叔说要去神童山水库拉泥土。我说:"大叔,我和你一起去吧?"大叔笑着说:"不怕你妈再揍你啊?"我说:"揍呗,又不是没揍过!"瞧大叔光笑不说话,我立刻就跳上了大板车……两匹大骡子在前头呱嗒呱嗒走得飞快,我想它们应该是看见我高兴的。

坐在大板车上,我问大叔:"去水库拉泥土干啥?"大叔说:"拉回去沤肥。"我问大叔:"骡子能下崽不?"大叔说:"不能下。"

我问："为啥不能下？"大叔说："不为啥，自古以来就不能下崽子。"我说："不能下崽子，那骡子是怎么来的呢？"大叔说："是……你还小，等长大了，好好念书，就知道啦！"

说着话就到了神童山水库。由于长时间没下雨，水库都干得露出底来了。得下一个大坡，我和大叔跳下大板车，大叔拉着大板车手闸，两匹大骡子也使劲往后顶着车，顺着一条大斜坡把大板车轰隆隆地拉到了水库底上……大叔拿起铁锨去挖泥土，我跑到一边去薅草喂骡子。

大叔挖泥土的时候，竟然挖出了几条泥鳅。我拿着泥鳅去喂骡子，骡子却连嗅都不嗅就移开了嘴巴。大叔笑着说："骡子要是吃肉就不叫骡子了。"我说："吃肉长力气，骡子为什么不吃肉呢？"大叔说："等你上了学就好好念书吧孩子！把书念好了，就知道为什么了！"

大叔铲了满满一大板车泥土，用铁锨把泥土拍得硬硬实实。瞅着高高的、长长的水库堤坝，大叔把两匹骡子身上长长短短的襻带挨个紧了紧，随后又捡了块带棱角的大石头放在车上。我问大叔："捡石头干啥？"大叔说："待会儿你就知道了。"

随着鞭子叭一声爆响，两匹大骡子浑身的肌肉顿时都鼓绷起来。它们埋着头，迈动蹄子，拉着装满泥土的大板车往坡顶上冲去！此时的大叔把浑身的力气都用在嘴巴上，他一边喊着"驾！驾！"一边使劲挥鞭子。我看得热血沸腾，忍不住跑到大板车后面要帮着推，但原先好脾气的大叔却一鞭子朝我抡过来："滚远点儿，不想活啦？！"

眼瞅着快冲到坡顶了，两匹骡子却使尽了力气，大板车的速度越来越慢。大叔抡鞭子朝骡子身上猛抽，然后抄起车上的石块塞在车轱辘后头……我站在一旁都看傻眼了——我被吓坏了。我看着两匹大骡子拼完最后一口力气，拉着大板车冲上了坡顶。

大板车停在坡顶上，两匹骡子身上全是鞭痕。它们呼哧呼哧喘着气，浑身都在哆嗦。车把式大叔也呼哧呼哧喘着气，喷出的热气足有两尺多长。回去的路上，大叔傍着骡子在路上疾走。他让我爬上去再坐坐大板车，我却摇着脑袋坚决拒绝了……

往后的日子，我依旧喜欢看大板车轰隆隆地驶过柏油马路，驶过我们的村子，但我再也不去坐大板车了，因为想起那一天差点儿累死的两匹骡子，我就不忍心去坐了。

往后的日子，当我遇到困难想放弃的时候，我就总会想起大板车，想起拉大板车的骡子，想起赶骡子的车把式大叔，想起车把式大叔说过的话：

"好好念书吧孩子！把书念好了，什么就都好了。"

腊月龙灯

◎ 练建安

一

冬日暖阳，静静地照耀雨后群山。

洪峰过后，蜿蜒的汀江水位下降，浊浪南流。

未时，七里滩码头，一条竹篷船悄然靠岸，里头钻出一位先生模样者，一袭灰布长衫，持折扇，拾级而上。他的身后，紧跟着一个敦实的后生，抱着长条形的包裹。

一群辅娘新鞋新衣，挽香篮，与他们擦肩而过。辅娘即哺娘，又叫辅（哺）娘子人，是对闽粤赣边的客家妇女的特定称谓。此刻，她们匆匆赶往集镇。

七里滩位于千里汀江中游，人货辐辏。

先生停步，喊道："阿四妹，停一下。"

就有一个哺娘停住了脚步，转身，笑道："文哥啊，您不是官差吗，咋一看像先生似的？"

"不年不节的，回娘家干吗？"

"哎呀，出大事啦！"

"嘛介？"

"禾虫，乌泱乌泱的，手指大，吃光了谷仓，就剩了一堆谷壳。"

"怪哉，怪哉。"

"这不，今夜舞龙灯，驱邪魔。嫁出去的，送香烛鞭炮来了。"

"腊月十九，上元节还早嘞，咋就舞龙灯了？"

"问锡龙叔吧。"

这文哥不是别人，正是名震江湖的汀州府快班捕头邱文德。

邱捕头笑笑，啪啦打开折扇，扇了扇袖口。

二

七里滩有邱、李、陈、黄四大家族，首富是闽泰木纲行的总理邱锡龙。

邱锡龙的故事，笔者在《鱼粄店》中讲述过。他是个大商人兼大善人，功夫深藏不露。

邱家大宅院为"九井十三厅"。听闻大侄儿回家，邱锡龙亲自出迎，接到上厅饮茶。

"好茶。阿叔，云雾茶？"

"老侄，听到风声啦？"

"瞒不过阿叔。"

"不查也罢。家丑不外扬。"

"害虫猖獗，百姓恐慌。"

"七里滩、枫林镇、乌石寨，多处有食谷虫。要舞龙灯了。"

"妖言惑众，必须查办。"

"哦，阿叔差点忘了，贤侄吃的是公门饭。"

"咦，咋不见文峰老弟？"

"书呆子。明年秋闱，闭门苦读呢。"

"不打扰他了。"

"跟我来，看看谷仓去。"

邱锡龙带着邱捕头和张捕快一同来到后厅，上楼梯，打开一间谷仓，但见空余数堆谷壳。奇怪的是，另两处仓库金黄的稻谷堆，完好无损。

邱捕头回到受灾的谷仓，转圈细细察看，以折扇敲击土墙，击声厚实。

"叔，此处存粮多少？"

"百十石吧。"

"确定吗？"

"确定无误。莲塘背、竹叶坑的田租谷。"

"叔，您可见过手指大的食谷虫？"

"讹传。黑壳虫也只有米粒大小。"

"文峰见过？"

"一介书生，两耳不闻窗外事。"

"其他人等见过？"

"从未听闻。"

"记得小时候，叔，您带我到磨坊砻谷。"

"你腰功臂力怎样来的？"

"叔，一石谷，半石谷壳哦。"

"玉不琢，不成器。叔是磨炼你哪。"

"叔，肚子打鼓啦，有什么好吃的呢？"

"好个大捕头，嘴馋。"

此时，西厢书房传来抑扬顿挫的朗诵之声："暮春者，春服既成，冠者五六人，童子六七人，浴乎沂，风乎舞雩，咏而归。"

"哦，《论语·先进篇》。吾弟熟读四书五经，来年必定蟾宫折桂。"

"借贤侄贵口吉言。"

"不见他了，免得乱人心志。"

"兄弟手足，见与不见，一个样。"

晚饭过后，邱捕头带随从去看了舞龙灯。舞龙灯是客家人祈福消灾的一种隆重民俗。民谚说："龙灯入屋，买田造屋。"七里滩墟镇中央人头攒拥。鼓乐齐鸣、鞭炮断续的炸响声中，双龙齐舞，矫健刚勇，一扫众人心头阴霾。

三

次日，用过早餐后，邱捕头、张捕快换上玄衣黑帽，腰悬绣春刀，来到了麦记船行。

老板麦三笑脸相迎。

邱捕头说："麦老板，老相识了。"

麦三笑道："上下行船，承蒙捕头大人多年关照。"

"这个码头，一次可供二十条货船的，还有谁家？"

"好像只有我们麦记船行。"

"说吧，是谁？"

"捕头大人，我不知道您在问什么。"

"你应当明白官差的手段。"

"明白，明白。"

"麦老板，生意可好？"

"混碗饭吃。"

"我想，麻七早就盯上你了。"

"麻七？"

"不留活口的江上悍匪。"

"邱大人，您保境安民，您劳苦功高。"

"说吧，是谁？"

"是您的……您的……您的老友。"

"我的老友？"

"是……是丁大侠。"

"丁铁伞？"

"是他，铁伞大侠。"

四

七里滩下游一铺水路处，名为黑虎峡。逆行，须拖船上滩。

冬日黄昏，丁铁伞光着臂膀，在乱石密布的河滩拉纤，大汗淋漓。

江上，有二十条竹篷船。丁铁伞身后，是一群青壮。

啪嗒！

一把开山刀丢落面前。

丁铁伞抬头，看到了昂首挺立的邱捕头。

"铁伞兄，果然是你！"

"是我。"

"铁伞在船上吧？你手边没有兵刃。"

"嘛介？"

"开山刀，你将就着用。"

"不用。"

"我要亲手拿你归案！"

"老邱，你是个糊涂虫。"

丁铁伞甩脱纤绳，站立，微笑着直视老友。

一只硕大的黑色怪鸟掠过峡谷，没入东山丛林中，不见踪影。

五

随同黑色怪鸟出现的，是一团人影，落在邱、丁之间。此人是七里滩大秀才邱文峰。他递给堂兄一张草纸。邱捕头细看片刻，把草纸塞入嘴里，艰难地干咽下去，突然仰天大笑，挥动双手，悄然收队离去。

原来，连日暴雨，汀江下游韩江发大水，潮汕灾民缺粮。义者设局，巧取了上游富豪的余粮救助。

玉山崩

◎ 邓石岭

美男子嵇康，身高一米九，懂书法，善绘画，精通音律，还会打铁铸剑。魏晋人善清谈，嵇康就是清谈家口里"别人家的孩子"。

嵇康也有苦恼。长得太帅、懂的东西太多，满身优点让嵇康觉得自己没有了优点，这日子过得就痛苦。

公元248年——姑且说是248年吧，我总不希望他成名太早，少年成名难道是什么好事吗？——一个春天的早晨，鸟儿和虫儿都还没醒来，嵇康醒来了。这是他初次来到洛阳。不知是初到异地的兴奋还是被满大街娉娉婷婷的美女所惊艳到了，嵇康一夜未眠。他睁着惺忪的睡眼，拖着慵懒的身躯，身上背着琴，手里拿着剑，在洛阳的街上百无聊赖地走了一圈。

像一匹奔跑的雄性野马在辽阔的草原上长嘶而过，整个草原都充满了荷尔蒙的气息。嵇康把这一圈走成了后来被传为千古美谈的行为艺术。

几天里，洛阳城大户人家的小姐丫鬟，都在谈论着一个背剑弹琴、容貌绝世无双的男人。直到他住的店有一天被里三层外三层的燕瘦环肥的女人围住了，嵇康才知道，原来人们谈论的男人是自己。嵇康躲在房间不出来，店里的伙计每隔几分钟就跑进来一次，通报：某某大户人家的小姐，希望能将亲手绣的香囊送给嵇康少爷。又通报：某官宦家的小姐，希望嵇康少爷能亲自为她弹一曲。

嵇康在房间里坐立不安。他怎么也想不到，城里人这么会玩。

接连三天，酒店门口被围得水泄不通，脂粉的香味把洛阳牡丹花的香味都压了下去。

整个洛阳城的妙龄少女，几天之内全患上了脸热心跳的相思病，一个叫"嵇康"的名字像病毒一样迅速在洛阳城的大街小巷传播。关于他的俊美与才华的传闻，沿着包子铺、狗肉铺、绸缎店、车马行一路发酵。

让嵇康坐立不安的，是他真正等的人一直没来。

第四天的黄昏，太阳在洛水河里摇摇晃晃像个醉汉，一辆皇家马车在青石板铺就的街道上疾驰，街上的人纷纷停住脚步。有人早已认出了，这是长乐亭主的专用马车。

长乐亭主是曹操的曾孙女，当年洛阳城老少都传唱这样的歌谣："宁要亭主笑，不看牡丹开。宁要亭主笑，不爱洛水流。"

亭主是个冷美人，不管是宫里的人还是整个洛阳城的人，或是亭主的父母，从来没见长乐亭主笑过。没有人知道，长乐亭主这是要往哪里去。

长乐亭主的马车停在了嵇康住的酒店外面。一些纨绔少年、风流诗人，一路跟随而来。刚刚还在高谈阔论唇枪舌剑的，全部屏息凝神，所有人的目光都盯在亭主的马车上。

几分钟过去了，长乐亭主一直没有下车。

人群躁动起来。

嵇康头发披散，衣服敞开，嘻嘻哈哈着像操刀的屠夫一样从房间里出来了。看到亭主的车子，嵇康席地而坐。亭主的随从一路小跑着走到嵇康身边，头低到尘埃里："愿闻琴。"

"手中无琴。"

"请舞剑。"

"手中无剑。"

良久，长乐亭主的马车掉转车头而去。眼尖的人看到，在马车掉头的时候，车帘子掀开一角，露出一张冷俏的脸，嫣然一笑。

整个洛阳城都失了颜色。

尖叫声、呐喊声山呼海啸。嵇康像入定的和尚一动不动。

几天后，为亭主提亲的官员到了嵇康家里。

多少年后，嵇康被诬陷，将赴死，对长乐亭主说："告诉我，当年为什么选择了我？"

亭主坦然对曰："琴为剑心，剑乃琴胆。剑心琴胆，都来自内心的修养。公子当年手中无琴无剑，在我心里正是到了无限妙处。公子放心去吧。"

"好一个'无限妙处'！"嵇康笑了，慨然赴刑场。

盯着嵇康的背影，很久很久，长乐亭主泪如雨下，喃喃自语："夫君啊，你不知道，你站在那里，像挺拔的孤松傲然独立。你喝醉酒后，像高大的玉山就要崩倒。又有哪个女人不心甘情愿被你俘获呢？"

又多少年后，在洛阳城的郊外，一家饭馆，酒旗猎猎，洛阳城里的王公贵族、名媛淑女络绎而来，却为的一道叫作"玉山崩"的名菜。客人坐定，小二一声吆喝："玉山崩，来啰！"

——一颗通体透明的白菜，被厨师巧妙地做成人形，像一个喝醉酒的汉子，将倒而未倒。

发育万物

◎ 叶北海

于祉在国子监读书，却没考中科举，这是件很遗憾的事。

他少年时参加科考，按惯例，进场前是要搜身的，防止"怀挟"。

怀挟的手法很多，有人把小抄藏于笔管，有人把缩本置于砚底，甚至有人花重金请微雕师傅在墨锭上动刀，乍一看是梅兰竹菊四君子，放水晶镜框下再瞅，一枝一叶，满是"子曰诗云"……

好，考生所需的笔墨纸砚，由贡院统一安排，不必私下准备。

于是怀挟又转向了衣物：靴子里垫本书，衣服里加层衬，冠冕上镶块玉石。不光微雕师傅，连刺绣女工都开始捞偏门了。

好，考生所着衣冠，也由贡院统一安排。

怀挟还是禁不住，只能裸检搜身。

发辫解散，一根一根地梳；胳膊抬起来，腋下不得私藏异物；两腿分开，一只手伸进去……

也就是那一刻，于祉恼了。寒窗十载，饱读圣贤书，只图个一鸣惊人，天下皆知，眼下竟要受这等屈辱，还考什么考？当场抢回衣物，穿戴整齐，在众人错愕的眼神中扬长而去。

自此后隐居澹园，读书，写诗，练字，教学生，终生不仕。

园中无甲子，转眼就是六十年。

于祉老了，头发白了，胡子白了，连眉毛都白了，可他的心性还跟个孩子似的，贪玩。每天一早，拄着那根摩挲出包浆的古藤杖，慢悠悠地踱出小角门，上街找乐子。

潍县人好褒贬人物，闲来无事，就三五成群地聚一堆儿，说陈介祺辞官归乡，在罗家巷建了座"万印楼"，收藏三代秦汉印章七千多方、商周古钟十一件、先秦青铜器无数，那可真是价值连城；说张昭潜编定《山东通纪》，正在写《北海耆旧传》，要把潍县城从古到今的贤哲逸闻写进去，功德无量；说曹鸿勋金榜题名，高中状元，光宗耀祖，振兴门楣，更是潍县城的第一等大事！

于祉听得开心，脸上的皱纹绽成一朵花。

那位说了："我们聊潍县城的贤哲，你乐个什么劲儿？"

于祉笑笑："与有荣焉，与有荣焉。"

当然，有时也会听到自己的名字。说顺着这条巷子走到头，住着个古怪老头儿，当年曾大闹金銮殿，气得嘉庆爷吐了血；说他回乡归隐，大兴土木，建了这座澹园，自号独笑生，教了半辈子书，潍县城的读书人一多半出自他的门下；说他已一百多岁，闭馆不教了，整天神神道道，白天见不着人，晚上却在楼上跳大神，莫不是黄大仙托生的……

众说纷纭，不一而足，听得于祉直摇头，拄着藤杖走了。

出了巷子，转到书院街。

于祉半生无事，著述颇丰，有《澹园古文选》两卷、《澹园诗集》八卷、《澹园诗话》一卷，另有《三百篇诗评》《揽古轩书画录》等，都已付梓出版，潍县城大小书铺里都有售卖。

于祉逛书铺，先看有什么新书，尤其是那些学生有没有新著作问世，再看自己的书卖得如何。闭馆谢客后，他的书竟卖得更好了。也是，这些小童生无缘听他讲课，还不兴人家买本书自己揣摩领悟？

听着书铺老板不停念叨着要加印，于祉也就乐开了花。

除了看书，他还看匾。

潍县城重文风，店铺开业都要请名家写块匾，或者写副对联挂上。"百济堂"是板桥公的六分半书，百年老店了；"南宫和乐"是刘罗锅的重墨，倒不愧他"浓墨宰相"之名；"长松酱园"则是谭谟伟的"指书"，老相识了。

还有他的题字。六十年了，他的题字不计其数。有时候碰到一块匾，看字体、笔意、落款印章，是自己写的，没错，哪年写的呢？于祉一阵恍惚，记不起来了。

有些字写得跟狗爬似的，竟然也落着"澹园独笑生"的款，让他哭笑不得。

算了，人生百年，哪能事事较真儿，板桥公早提醒过了，"难得糊涂"嘛。

有些事却不能糊涂。

东岳庙二门上有块匾——"发育万物"，古朴圆融，外柔内刚，难得。于祉站在门前，一看老半天。

庙里的烧火道工竖着大拇指向他炫耀："这字写得不错吧？澹园独笑生的字，大手笔。当年板桥公来此游赏，也为之搁笔，声称'余字多逊于君'。你想，板桥公是谁？扬州八怪，一手六分半书开先河。能得他老人家一声赞，那得是多大的荣耀？"

于祉把脸拉得老长——郑板桥于乾隆年间担任潍县县令，距今已逾百年，而于老头刚过了八十整寿，他的书法匾额，怎么能得板桥公的赞赏？那不成"聊斋"了？

烧火道工对他的话很是不屑："少见多怪了不是？澹园先生是个老神仙，活了一百四十多岁，当年跟板桥公笔墨论交，那可是咱潍县城的佳话。"看游客进门，他懒得搭理于祉，继续炫耀郑板桥的墨友去了。

于祉越想越不对劲儿。别人冒他的名号，无非是赚一笔散碎银子，养家糊口，无伤大雅，可让他去冒认人家的书法，这就是欺世盗名了，不行。

第二天，他带着笔墨纸砚，到东岳庙论理来了。

他指着"发育万物"说："这是康熙年间于适所书，大手笔，足可以名垂千古的。于祉是谁？就是我，澹园里一个教书匠罢了，跟人家没法比。再看字体，我的字，满大街都是，你去看看，比比，不一样的。"他一边说，一边写各种笔体的"发育万物"，果然不一样。

烧火道工很惊讶："你就是澹园老神仙？"

"什么老神仙？普普通通一老头儿。"于祉继续写。再看那块匾，仿的《瘗鹤铭》的笔意，没有几十年的功夫，写不来的……

烧火道工指着他的字，笑了："还不承认是你写的？这不一样吗？"

围观的百姓也纷纷附和，是一样。

于祉看看笔下的字，再抬头看匾，布局、章法，还有那笔画气韵，竟真的一模一样。

未知梅

◎ 张爱国

　　雪下了几天，终于停了。土墙草顶的屋子里简朴整洁，一张床，一张书桌，一盆缓缓输出暖气的炭火。金色的阳光徜徉在窗前书桌上，似是要零距离窥视主人的诗和画。王维刚铺开纸，一个人走进院子，头顶还冒着热气。王维惊叫道："沛儿，你来了！"王沛快步进屋，一番恭敬的问安后说："伯父，这地方好是好，但离洛阳城远，找得我好费周折。"

　　"伯父不比靖节先生'结庐在人境，而无车马喧'，只能隐居到此。"王维淡然道。

　　"伯父琴棋书画精熟，门生故旧繁多，城郊哪能得此清闲？"王沛给王维的茶盏里续上水，"伯父，这里固然清静，但我们老家，还有您一手营造的辋川……"

　　"沛儿，回去告诉家里人，此处甚合我心。马四跟随我十多年，心肠好，也勤快。你们放心。"王维起身走向院子。院子不大，也是土墙，半人高，院中积雪满地。王沛放眼院外，满世界白茫茫的雪。"伯父孤身在此，又年高体……"

　　"我身体好着呢。"王维似是要向侄儿证明自己身体的好，"走，到寺院里去。天气晴好，我每日晨昏都漫步来往。"

　　通往寺院的路不过四五百步，积雪覆盖。王沛要在前面踩出

259

路。王维不许，要自己走前面，说他走熟了此路，但真的走起来，每一步都要借助竹杖才能迈得出。一开始，他拒绝王沛的帮助，后来只能任由王沛搀着走。王沛心里不由伤感：曾经的伯父，一袭白袍，一支琵琶，一曲《郁轮袍》，王子公主、文人雅士，皆被倾倒，沉醉其中。可是现在，伯父老了，尤其那件事，让他一夜间老去十数岁。

王维一番虔诚礼佛后，坐到蒲团上。一只鸟飞进来，扑棱着翅膀好一阵上下寻觅，却没有发现可以吃的东西，就停到大佛佛首上，叽喳乱叫。王维急忙挥起竹杖要驱赶。"施主不必。大雪数日，鸟雀饥乏。我佛慈悲，不怪不怪。" 一旁的僧人正说着，鸟儿却在佛首上拉下鸟粪。王维立即现出惶恐的神色。僧人一笑："施主，我佛不仅慈悲，还容纳万物。不论外物给他几多腌臜龌龊，我佛大度能容，坦然放下，绝不耿耿于怀。"

"伯父，大师说了，佛祖容纳万物，放下万物，不介怀万物。"王沛紧握王维的手，急切地说。王维轻声一叹，起身向外走。

回来后，王维坐到院子里，向王沛细细询问家里的人和事。院内一株梅花，植株低矮，枝条稀弱，被积雪压得即将伏到地上。一阵风来，梅株好似轻轻抖动身子，枝雪簌簌落下，枝条也稍稍挺起来。细看，枝上已点缀数粒花骨朵儿，圆鼓鼓的，似一张张鼓胀胀的小嘴巴，仿佛到了明日，娇艳艳的梅朵就会绽放。

"沛儿，老家庭院里，我当年读书的绮窗下，那株梅，还好吗？你来时，梅朵开放了吗？"

"好着呢，伯父。每当春来，我爹就给它施肥。我爹每日也会在梅前凝视，抚摸枝叶，喃喃低语。我来之日，枝头已冒出细密的蕾粒儿，现在大约也像这株梅，即将开放。"

"那株梅，四十多年了，是你伯母新嫁时，我与她亲手种下的，一直由她照料。二十多年前，她病故，就由你祖母照料。如今你祖母也已故去几年，幸好有你爹和你们。"王维凝视着眼前的梅株，一只手不由得轻抚枝头，"那株梅，究竟长成何种模样了？"

"伯父，寺里的大师刚才说了，佛祖能放下所有，不论外人强加他何种污浊。伯父一心向佛，也学佛祖，放下吧，不要再自我折磨。"王沛蹲在王维面前，紧握王维那双冰冷的手。他知道伯父心里过不去的，那也是他不愿回家的原因：安禄山攻入长安时，他想尽办法却逃不出城，被抓获。他胡乱吃药，让自己生病，但安禄山需要借他的名声和诗才为己所用，强行授他以官职。为此，他至今放不下，说自己亵渎了皇上和王家先人，无颜回朝，也无颜回家。

"伯父，清者自清，大唐皇上清楚，天下人清楚，后世也会清楚：伯父当时全然被逼，伯父心中一直抗拒。"王沛用袖口轻拭王维苍白干瘦的脸上的两行清泪，"伯父想家了，家人也想伯父，都在等伯父回家。伯父，和我一起回家吧。"

王维不语，起身走进室内，坐到书桌前，提笔在他先前铺开的纸上作画。

不一会儿，一株梅跃然纸上：梅株苍老，梅枝遒劲，密密的花骨朵儿圆鼓鼓的，似一张张鼓胀胀的小嘴巴，仿佛明天清晨，朵朵红梅便会盛开，满室便会盈满梅花香。王维注视片刻，又题上一首诗：

君自故乡来，

应知故乡事。

来日绮窗前，

寒梅著花未？

王沛定定地看着画里梅花，分明是老家庭院里的那一株啊。

[注] 王维，唐代诗人。史载，天宝十五载（756年），安禄山叛军攻入长安，王维被俘。为逃避麻烦，王维曾吃药取痢，假称患病，但因其诗名太大，被安禄山强行委以伪职。安史之乱后，王维隐居孟津，留下诗作数篇。

消失的骑士

◎李　宇

　　你身披甲胄，右手握着剑，坐在黎明前的沙漠中闭目沉思。一整夜，你都遵循北极星指引的方向前行。现在，你等待着炎热的白天的来临。你并不打算脱下盔甲，因为你是一位骑士。骑士在任何时候都不应该脱下他的盔甲，尤其是在他休息的时候。你的马躺在你身边，你回想着一周前第一次遇见她的那个下午。

　　当时你骑着马在书籍之城里游逛。这座城市完全由书籍组成，骑马走在里面，马蹄踩在由硬皮书砌成的路面上，身旁建筑的檐柱和瓦片也都由书页卷成，头顶的天空也被葡萄藤蔓般、由书组成的枝条遮盖。枝条上要么长出了叶子——每片叶子上都写了一本残缺不全的书，要么挂上了一盏小灯笼——每个灯笼的糊纸上都只写了一个字。在书籍之城里，人们往往抬着头走路，所以大家的颈椎都不太好。书籍之城里有难以计数的道路，每条路都不断分岔，又与其他道路连接起来。每条路的上方都挂着许多灯笼，枝条上都长出了许多叶子。在每个岔路口，你都可以选择走很多不同的路。每条路根据道路长短的不同，头上的灯笼可以组成一个句子、一个段落，或者一个章节。无论你从一条路的哪一端开始走起，灯笼上的字都可以畅通无误地将你引向下一个路口，而下一条路上的文字同样能够接上你刚刚读过的内容，使你读到的故事继续下去。你进入书籍之城的时候，第一眼望过去，感觉里面的文字排版错乱，好像连一个句子都组不成。但当你开始和人们一样抬起头阅读的时候，你才发现，只要开始阅读，就会有合适的文字跳到你的眼前，与前一个字组成词，接下去。你开始信马由缰地读了起来。

在一个岔路口，人群十分拥挤，你骑着马难以行动，而你心里却在想着下一个句子。就是在这时，你看见了她。她正蹲下身来，想把一本硬皮书从地面上撬出来。她费了很大的力气终于把书撬开，抱在了怀里，向四周看了看。她发现你正在盯着她，慌忙把书丢了下去，消失在了人群中。你想骑马去追，又动弹不得。你俯下身子，问了身边的一位老人。老人对你说，那是海上之城的公主。海上之城在时间存在之前便已经存在，在世界灭亡之后仍将存在。可以说，在那座城市里，时间是永恒的，或者说，是没有时间的。因而海上之城无须文字来记录历史。相反，它还利用海风将自己的传说吹到陆地上来。人们听了这些传说之后便开始写作。书籍之城里的书正是由这些作品组成。但海上之城的公主却喜欢阅读。她希望有一天书籍之城能够迁移到海上之城里去。公主经常来这里偷书，每一次她都会被人发现。发现她的人总决定要去寻找她，可又不知该怎么做，就开始在书籍之城里寻找关于海上之城的信息。读的书越多，要去寻找公主的人便越觉得对海上之城了解得还不够。

"至今还没有一个人真正地出发。"老人说着，叹息了一声。

你问老人，他是否了解海上之城。

老人对你说："唉，我除了知道它在北极星所指引的方向，又知道什么呢？"

你抬起头，看到公主的身影消失在了一个街角。你想着要去找到她。当你低头再想去询问刚才那位老人，了解更多关于海上之城的消息时，他却已经消失在了人群中。你看看四周，发现所有人都抬着头，他们的样子都和那位老人很像。你觉得知道海上之城的方向就够了，你决定出发。

你总是昼伏夜出，这样才能根据北极星所指示的方向找到海上之城。有一个白天，你被马的嘶鸣声叫醒。你睁开眼，看到来时的方向有一座隐藏在沙尘后面的城市。你以为那就是海上之城，以为那些沙尘是海上的雾气，你策马赶向那里。当你慢慢靠近时，那座城市反而消失了。当夜幕再次降临，你才发现北极星居然在你身后。这时你才明白，你看到的是沙尘而非海雾，你看到的城市是海上之城在沙漠上的幻影。

在寻找海上之城的路上，你没有遇见一个人，因而你已经很久没有说话了。你把想说的话都用剑写在沙子上，但它们很快就被风吹散。渐渐地，你发现自己想说的话、想写下来的字变得越来越少。你觉得把一切看在眼里就已经足够。又过了一段时间，你忘掉了一些复杂的字，再后来，你觉得简单的字也没必要记得。风、水、太阳、沙漠，这些东西难道不能代表它们本身吗？它们本身就是一种文字密码，向你传递关于宇宙的信息。不仅如此，你还失去了语言。但你觉得这不重要。你有风的声音、水的声音、阳光在沙漠中产生的哔哔剥剥爆裂的声音，这些都是你的语言。你感觉自己仿佛走在一座更大的书籍之城里，遇到的每一个事物都是小灯笼上的字，都能向人透露一个完整的秘密，就像一部长篇小说的一个小章节也能够自成一体，讲述一个完整的故事一样。你就这样去往海上之城。你不知道找到海上之城的公主是否还有必要，但你决定一直走下去。人们再也没有你的消息，也不知道你最后有没有到达海上之城。只是海风吹来时，人们又多了一个关于去往海上之城的骑士的传说。

寻觅雪山的人

◎崔　故

　　他把身上沾染的月色掸到门口，进入客栈的时候，我就注意
到他了。他戴着黑色的礼帽，把脸藏匿到黑暗里，将身上背的行
李安排在了房间最僻静的角落。我看着他卸下鼓鼓囊囊的行李，
坐在木头椅子上吞下一碗茶。那时我就对你讲，他肯定不简单。
你不以为意，还嘲笑我的敏感。我内心透过一丝凉意，屋外的月
亮像个巨型洞穴的出口，露出缥缈的光，挑逗着无能为力的人。

　　客栈里有几个本地人，他们围成一桌，要两三碟花生米，又
各要一碗清酒，叽叽喳喳说个不停。老板到他身边，问他是否需
要酒。他摆摆手打发走老板，垂下头打起呼噜，于是客栈里又添
了新的噪音。我知道你忍受不了，可我们也是傍晚时分才来到这
个地方，人生地不熟，应当谨慎一点。你握紧拳头，朝一旁的虚
空挥去，周围平静的空气被划拉开一道口子。他停止打呼噜，抬
头盯着我们，目光寒彻，杯中的热水居然结了冰。我一哆嗦，立
马叫你转过头，不要去招惹他。你却瞪圆双眼，眼里满布血丝，
一副要吃人的模样。几个本地人碰着酒碗大声说笑，他转过脸，
又朝他们看去。我立马把水放到一旁的火炉上解冻。那群本地人
被他看得不自在，停了谈论，屋里难得地安静下来。坐东边的一
个本地人站起，说："你们这帮外地人，我知道你们的心思。是不

是从很远的地方赶过来，就为旁边这座雪山？死了这条心吧，这雪山和别处的雪山没啥两样。你们的愿望，它一个也实现不了。过不了多久，等开发商的施工队来了，它自身都难保。"

雪山在客栈一旁神秘地立着，月色和周遭的雪勾兑，散着诡异的光。你听了这话，突然泄了气，小声抽噎起来。我理解你的难过。家乡遭受灾害，只有我们走了出来。一位老人曾告诉我们，在很远的地方，有一座雪山，它可以实现人们的任何愿望。我们为了让大家活下去，千里迢迢赶来，却被告知是个骗局。你难过，我更难过。你趴在我肩头，泪水打湿了我的衣服，渗下去，衣襟开始滴水。

坐北面的本地人站起，对刚讲话的那人说："胡说八道，小心遭雷劈！这雪山，可了不得。我比你大几岁，听长辈讲过流传下来的故事。这里以前气候温润，土地肥沃，后来发生了灾害——有人说是火山喷发，有人说是发了洪水，总之死伤无数。灾害过后，有个老人拄着拐杖，往山顶爬。你们说神不神奇——上面那么大的风和雪，他居然爬到顶了！他把拐杖插在山顶，跪拜三次，那风啊雪啊就全停了。那老汉跟人说，当时他一闭眼，一睁眼，就又直直回到了山下。之后那些在灾害中伤残的人，当天就痊愈了。那时候人们求这个神拜那个佛，都没这山灵验。你说它没用？要真的没用，现在还能有你？"

你停止哭泣，转悲为喜，拍打着我的肩膀，晃动起来。我脱下外衣，搭在炉子旁的架子上，看他戴正黑帽，继续盯着本地人看。

坐在西面的本地人将酒一饮而尽，站起说："这雪山分明就是一个恶魔，比阎王还可怕。你们一个认识不清，一个完全被骗了。你所说的灾害，就是雪山引发的！这雪山，它自然实现不了你的愿望。你不知道，那爬山祈祷的老汉，几天后就因冻伤和风寒离开了人世。"

你眼角又噙满了泪。我束手无策，只能拿来炉上的水，给你补充水分。他依旧歪头盯着那几个本地人看，饶有兴致。

坐在南面的本地人有些醉意，拍拍桌子站起："你们都没错，这雪山到底是什么呢？把你们的看法糅起来，就是真实的雪山了。"

他把目光移到桌子底下，下面躺着一个人。那人手里握着酒瓶，摇晃着坐起，说："都错了，都错了。把你们这些想法全扔了，扔了，就是最真实的雪山了。"

我看到你眼里满布疑惑，和我一样。我们千里迢迢赶来，难道真的毫无意义吗？你目光呆滞，仿佛失去了生命。

他还是盯着本地人看，目光如炬。几个人开始浑身发热，纷纷脱掉外衣。东边那个擦擦额头的汗，说："那个一身黑的人，你到这里是来干什么的？"

他指指我们，说："和这两个人一样的目的。"

外面卷来一阵狂风，搡开门，吹落了他的帽子。他弯腰去捡。桌子底下那人看到他的脸，大叫起来，掀翻桌子，挥舞着四肢跳出门，跑进了凝重的雪夜里。他拍掉帽上的惊吓，戴稳妥，提了角落里的行李，说："我该走了，我也在找寻雪山，不过不是这一座。"他出了客栈，托付给黑夜的背影不消片刻就完全被抹去了。

北面那个本地人说："这人我好像去年见过，他似乎每年都来一趟。"西面那个说："我也有印象。以前听他讲,他每年都会到全世界的雪山走一遭,却从不上去,今天怕又是路过。不过他到底是为了什么?"南面那个笑笑:"他当然是为了找雪山,只不过,他一直都在寻找的路上。"

那么我们呢?我们到底在找寻什么?"是该继续出发,还是停在此处?"我转过头,轻声问你。

枞角的海

◎ 周泽宇

枞角身材高大，皮肤白洁，有一双如同女人般细嫩的双手。他在一家久负盛名的酒吧供职，每天负责把仓库的存量清点清楚和给客人上酒。酒吧拥有来自世界各地品种不同的酒，枞角为了记住它们，全都一一品尝过。虽然他并不爱喝酒，但他一向负责。

他并不喜欢这份职业。

酒吧每天晚上六点开门，对面是一家面馆。枞角最近常常发呆，朝着窗口站着，像是和对面面馆的招牌对望。个中原因，竟然是他爱上了面馆里的女厨——雅。

这场爱恋大约始于半个月前，如果它及时停止，所有人都可以当作什么都没发生过。然而，虽然只是短短半个月，但他已经深陷其中无法自拔了。

酒保阿泰觉得枞角未免操之过急，毕竟他对雅的了解还不够深。"最起码你要抓住她的小手，让自己的心感觉一下，会不会有烟花绽放的感觉。有那种感觉才能证明你是真的爱她。否则，一切都是你的遐想。"阿泰笃定地扬起下巴。

枞角太确信自己对雅的爱了。在此之前，枞角没有爱过任何人。他每天只想海。枞角是个生活在内陆的人，从没见过海，但他一直在幻想海——海面上波纹的线条、海浪摆动的幅度、阳光折射在海面上的色彩……这一切是枞角心上最完美的艺术。但自从雅出现在他的视野中，一切就都改变了。枞角不再想海，他只想雅。

从爱上雅以后，雅翻动面团的手就是海面的波纹，在面板前扭动的腰肢就是海浪，而雅的声音就是这世上最美妙的色彩。

"枞角，你要向她证明，为了她你忘了海。"阿泰告诉枞角。这么用劲地爱上一个女人，对于一个品尝过世间各种酒的滋味的男人来说，是一场灭顶之灾。

但事情就是这样发生了，已经无法控制。爱如同打嗝。枞角就如同忍不住打嗝那样无法自控地爱上了雅，一连半个月都没停下。他觉得自己不能再这样下去，毕竟，一两个嗝没有问题，但是连打半月，就要命了。

于是，他只能告诉雅，然后拥有她，或者永远失去她。

倒霉的是，他去之前，忘记了海。

雅问他："你爱我的什么？"枞角突然脑海一片空白。在爱上雅之前，他用了所有的时间去想海。突然爱上雅，他是把像海一样深厚宽广的爱投掷给她的。他该让雅知道自己的爱像一片无尽的海洋，甚至比海更深，但是他已经忘记了海。

"我该怎么告诉你，我对你的爱，如同一片我没见过的海呢？"

女孩想知道那海一般的爱是什么样，于是给了他一次机会，让他去见一次海，然后回来，告诉她，他是如何像海一样爱着她的。枞角虽不情愿如此，但也答应了。对于雅的爱折磨了他半个月。虽然只是短短半个月，但他依然不堪忍受。得到雅，或者永远失去她，他需要这个答案，为自己解绑。

㴰角去见海，他朝东走去。

"我知道会有这一天，你会因为爱她弄丢了你自己。"这是阿泰对㴰角说的最后一句话。

路途艰难而遥远，但㴰角还是咬牙坚持了下去。他走出了困住他几十年的盆地和山脉，见到了许多从没见过的景象。

过去了很久，也许是一年，或者比一年再多几个月，㴰角终于走到了海的面前。㴰角说的第一句话是："海像是无尽的酒窖。"

他走到沙滩上，坐了下来。似乎是累了，在那儿长久地坐着，一动不动，只是偶尔眨巴一下眼睛。此时，他想起了雅，那长久的折磨终于消失了。㴰角的心里现在只有海。

他望着海，感觉海在这里等他很久了。

酒吧很快有了新的仓库管理员，替代了㴰角的位置。雅再没等到㴰角回来。

番茄市长

◎ 陈七斤

　　我今天要介绍的城市，和传说中的比丘国有些许相似的地方，只是并非城里的人，而是城外的人为它取了一个有意思的名字——番茄城，而番茄城的市长，自然也叫"番茄市长"。

　　但在城内，是没有一个人敢叫他"番茄市长"的，人们都尊称他为"霍尔市长"。

　　番茄市长酷爱棕红色的领带，他每日出门前都会要求夫人从千篇一律的棕红色领带里面挑出与当日的他最配的一条，虽然在夫人的眼里，丈夫每日的脸与衣柜里数不清的领带没有任何区别。棕红色的领带衬托得番茄市长那布满暗红色颗粒的酒糟鼻更加红肿，但夫人总能为每天的领带想到一套说辞，让市长心满意足。

　　至于霍尔市长为什么被称为"番茄市长"，只能说全是他自己的问题。在霍尔市长的就职宴会上，酒店暖黄色的光照在霍尔市长那张意气风发的脸上，他那像一团橡皮泥一样的鼻子显得异常大。

　　"最近有什么好事发生啊？"他问。

　　那个在他左侧第三个、蠢蠢欲动已久的男人甚至来不及咽下嘴里的饭菜，连忙说道："市长，咱们市的番茄，今年有了大收成。"

"番茄？番茄好啊！"市长拍了拍右边那人的肩膀，那人配合地笑笑，努力不让自己呕吐出来，因为刚才说话那人把饭喷到了他的酒里，而待会儿他还要向尊敬的市长敬酒。

"这样，原汁原味的最新鲜，去，让酒店上几个洗好的新鲜番茄来给大家尝尝鲜。"市长向秘书使眼色，那个瘦高、眼睛很细的男人点头哈腰地快步走出包间。

屋里嘈杂的声响搅拌着脚步声。

挂着水珠的番茄像女郎性感的嘴唇，散发着诱人的光。那盘鲜艳的番茄被摆放在了市长面前。此刻霍尔市长的眼角被酒精熏得通红，他手上戴着的金戒指把肉勒得挤了出来——他也正是用那只手拿起了那一盘番茄里最上面的那一个。

市长张开了巨大的嘴巴，露出了泛黄的牙齿，在众人的注视下直接咬了下去。不料，那番茄喷溅出浓稠的汁水。瞬间，市长的整张脸，连同他那极为鲜明的大鼻子都被埋进了番茄汁里，就连他那最爱的棕红色领带也悬挂着汁水，一滴一滴，滴在白衬衫上。

滑稽。

最先是站在门口还没来得及走的服务员笑了起来。这个少女不假思索地笑，声音像银铃一样。紧接着，那个准备敬酒的男人也笑了起来。他侧过身笑得前仰后合，还不小心打翻了自己的酒杯。然后，像是被传染了一样，全桌的人都笑了起来。最后笑的是秘书，那个可怜的男人憋到了最后，竭尽全力地把整张脸都皱缩了起来，还是没能忍住。

可想而知，市长勃然大怒。回家后虽然脸被洗干净了，可是那条领带却依然弥漫着番茄的清香。现在即便是巧舌如簧的夫人也安慰不了市长，他把所有的棕红色领带都丢掉，换成了蓝色的领带。

过后的几天市长都在加班，他办公室的灯光亮了整整两个夜晚。

随后他颁布了一条条新的政策：首先，他要求所有的大学停止当前的研究，因为他们要为番茄取一个新名字，并且所有的书籍都要把"番茄"给换掉，他不想再听到"番茄"这个词，不然他马上就会回想起自己耻辱的那一刻；其次，他要求，在为番茄想出新名字之前，全城的人不准说"番茄"这个词；最后，他要建立一支部队，那支部队直接听命于他——他们会帮他找到那些说"番茄"的人，并驱赶他们出城。他们的特点是绝对忠诚。

第一批反抗的人是那群忠诚的信徒。他们跪在市政府的门口号啕大哭，宣称"番茄"是神明赐予的名字，市长不能违背神明的旨意。

他们统统被驱逐出城。

第二批被驱逐的人是消息闭塞的郊区住户。他们在自己的菜园了里种满了新鲜的番茄，因为生活中充满了番茄，所以在不经意的谈论间触碰到了市长的底线。

忠诚的部队把他们赶到了城外。

这群人中不乏一些口无遮拦的地痞，他们在城外大肆宣传市长的丑闻，还为他取了"番茄市长"的外号。

"番茄市长"这个名字的传播范围越来越大，他的市民却越来越少。

市长的部队越来越敏捷。厨娘在削番薯时因为想要夸奖手里的番薯个头大而在说出"番"字的瞬间，就被部队捉住了。她被丢到城外时，手里还拿着小刀和削了一半的番薯。

那个当初在包间里说番茄收成好的人也被赶出了番茄城，因为人总会情不自禁说漏嘴，毕竟是从很早就认定的名字，何况现在"番"字也变成了禁忌。

市长的夫人也被赶出了城——她在和保姆讨论番茄酱的时候说错了话。

大学依然没有为番茄想出新名字，因为老师们大都被赶出了城。最高等学府的最高等教授写下了"西红柿"这个名字，却还没来得及发表论文就在与朋友欢呼雀跃时说了"番茄"两个字。

没过多久，城区里就只剩下了市长和他的部队。现在没有任何人会再触碰他的底线，但他是愤怒的，一是因为他没想到自己的市民会如此愚蠢，连忘记一个东西的名字都做不到；二是本来因为番茄城的名声，有很多慕名前来做番茄生意的人，可现在，本可以大赚一笔的市长发现已没有人再为他种植新的番茄了。

此刻他走在菜市场里，街边堆满了没有卖完的番茄，却没有一个卖家。

突然，他拿起一个番茄狠狠地砸在地上，番茄触地裂开，汁水四溅，就像他就任的那晚。

"不就一个破番茄吗？多大的事?!"

番茄市长的话还没有说完，他就被人架起丢出了城。

他的部队在城内向他敬了个礼，恭敬地关上了城门。

二次呼吸

◎ 史雨昂

世界曾经是很仁慈的，因为它赋予了每个生命有限的时间。而我们实现了超越时间的永生后，这个世界的仁慈就不再降临在我们身上了。

我意识到这种终极痛苦是在李涂老师的新书发布会上。

阅读李涂老师的作品，是我最后一次从文学作品中收获乐趣。

他写了一个晦涩的意识流历史科幻故事，其中穿插呈现一种时间闭环的理论体系。故事中虚构了一种短命病——大概一百二十岁就要死亡，但死亡后有极小概率会让这夭折之人的意识重回婴儿时期，并且想办法避免感染短命病。

虽然这部小说里的每一处情节都能令我回想起前人的佳作，但是混在一起让我有种读下去的冲动。我想知道一个一百二十岁的人的意识突然回到婴儿时期的肉体会发生什么。

我很快就明白这种乐趣并非源于李老师的作品本身，而是不知何时从我苍白的心里升起的一缕朦胧的欲望。

我想要回到无知的婴儿时期，重新体验许多个"第一次"带给我的无与伦比的欢愉。品尝佳肴的愉悦在于第一口的惊艳冲击，而后续的咀嚼不过是尝试对这愉悦的复制。

"遗忘"是我在一万五千年前就开始的疗救方式，然而随着意识体的抵抗力越来越强，记忆恢复的速度越来越快。彻底遗忘一门语言后，我能在短短五分钟内重新精通，因为各门语言交互形成了复杂的认知体系，就算缺失一块小零件也能很快复原，这是每个健康的永生人最终都会做到的。

还记着一万年前彻底超越时间获得永生的时候，我们治愈了最后的病症——死亡，无限增殖的量子机器人注入满是补丁的陈旧躯体。

从那之后，我们就被困在无限时间之中了，前方是永远走不到头的永恒。

历经上万次的培育、观察，第一万个孩子的每个成长碎片都能从其兄弟姐妹身上找到影子。作为宇宙的长子，这或许就是我们需要背负的最沉重的苦痛。

于是第三个万年我只追求一件事情，也就是让自己的时间再次变得有限。

我是长子中的长子，你们总有一天会理解自己身处无限时间的囚笼，成为时间的仆人，花上几千年的时间品味最后也是最珍贵的悔意，进而像我一样选择将自己的生命固定在一段有限的时间里。

第三个也是最后一个万年，我终于找到了方法。

受过教育的孩子都知道，"过去"无法改变，无法影响，只能观察。

历经几万余年时光的意识体无法兼容幼时的躯体，只是因为这个意识体会驱使躯体做出与熵的曾经形态不同的事情，进而被时间"排异"出去。然而只要保证古老意识体进入婴儿时的自己后，还做出与"过去"完全一致的行为，这个意识体就能永远存留在过去。

做到这点是多么简单啊！只要在让别人帮你把自己的记忆完全清洗的瞬间，将意识体推入几万年前生命起源时的身体。尚未发育成熟的躯体无法提供这个意识体携带的"学习能力"，进而就会被"排异"进时间的乱流中。

我像一条衔尾蛇，将自我的时间吞噬，进而脱离了永生的囚笼，历经新的三万余年后再次进入新的循环，就像远古童话里讲的轮回转世一样。

最后我也没什么要写的了，看我遗书的人也不必再费力找寻宇宙中突然消失的一个意识体。当然如果你觉着这是你的职责并愿意花上几千年甚至上万年的时光去解答这个疑团的话，那将是我的荣幸。

自第一个人看到这封遗书算起又过了近十万年，宇宙已经变得十分安静了，人们都忙着委托别人帮自己吞噬自己的时间，无暇照顾最后一个新生的孩子。

待到宇宙彻底安静下来后，无数个轮回的时空浓缩成一个奇点，随后是让整个宇宙剧烈升温的大爆炸。

被遗忘的孩子在寂静的宇宙中苏醒。

开智的猿猴第一次仰望星空，第一次使用工具，第一次学会生火。

它们在最多几十年的生命中许下永生的愿望，憧憬着对于它们来说有无限可能的宇宙。

于是整个宇宙开始了第二次呼吸。

基因定制

◎ 叶惠娟

　　M城进入了一个全新的时代，人们将拥有自身智力和身体素质的决定权。

　　M城的科学家表示，他们可以通过改变基因让人类充满智慧和活力。不仅如此，还可以进行基因定制，决定孩子未来是科学家还是文学家，是画家还是金融家。一切都可以在出生前进行选择。科学家将根据需求，对胚胎先行干预。胚胎携带定制的基因在母体里快速成长，直到呱呱坠地。这也意味着新生儿来到这个世界上时就已拥有超强的知识储备。定制版的孩子甚至连在母体内的成长期都要缩短许多。

　　很快，这个消息传遍整个M城并引起轰动。很多人对此持谨慎观望的态度，毕竟，它的安全性也是人们考虑的重要因素。科学家经过权威实验，拿出了充分的证据，证明改变和定制基因没有风险。对正在备孕的年轻夫妇来说，这个消息无疑具有极大的诱惑性。

　　不久，就有勇于尝试的先行者。定制版新生儿降生后，与普通新生儿有着明显的差别，稚嫩的脸上有着成人般思考的神情。随着年龄的增长，他们利用基因自带的大量知识，打破了一个又一个世界纪录。

有了这项发明作为基础，科学家们很快有了新的突破——除了新生儿，已经出生的孩子也能进行基因改造，且改造后的孩子比同龄人更聪明，能更快掌握知识，可以快速完成学业内容。与此同时，年轻人也想拥有比同龄人更成熟的头脑，以便更快掌握职场技能，把握更多攫取财富的机会。经过基因改造和定制的人被称为"早熟的人"。

这项基因技术被M城的人视为珍宝，整座城为之疯狂。

M城的大部分人开始发生变化，陷入了你追我赶的激扬状态。只有更早熟，没有最早熟，M城的人不断追寻更高的标准。

不过，也有一群不愿意改变的人。他们结婚，自然受孕和生产，在什么年龄做什么事情，一切都按照原来的发展模式，丝毫不受外界的干扰。他们变成了"晚熟的人"。

晚熟的人发育缓慢，知识储备远不及早熟的人。他们自顾自地按照原有的节奏生活，似乎变成了被遗忘的群体。他们在社会中常常被歧视和排斥，成了被嘲笑的对象，被视为次等公民，甚至被禁止进入一些场所。

不久之后，问题出现了。随着科技的快速发展，早熟的人原有的知识储备已经不能满足社会的需求，而他们并没有被赋予不断学习的能力，科学家也无法对他们进行二次改造。待他们储存的知识用尽，需要学习新的知识时，他们发现这是一项根本不可能完成的任务。他们无法适应社会的快速发展，慢慢地开始自卑、畏缩。

M城的市长对此手足无措。

早熟的人如今已经沦为需要被管理和救助的人，该怎么办？

市长找来科学家。科学家表示，社会的发展太快了，当时预设的社会场景已经不复存在，如今知识快速更新，没有学习能力的人面临着被社会淘汰的风险。市长下令，必须为早熟的人找一条出路，不能让他们被社会遗弃。

科学家沉思良久，说："寻求晚熟的人帮助可能是目前唯一的办法。"

市长对这个建议感到疑惑："晚熟的人不是一直被早熟的人歧视和排斥吗？如何才能让两者合作？"

科学家解释说："晚熟的人在成长过程中遵循自然规律，具有强大的学习和适应能力，这些正是早熟的人所缺乏的。如果能结合彼此的优势，那么他们或许能共同应对社会的快速发展。"

市长同意了这个建议。他们成立了一个新的项目，并设计了一个特制的 AI 辅导系统，邀请晚熟的人担任导师的角色，在日常生活中对早熟的人进行辅导和训练，培养他们自主学习和自我修正的能力，而早熟的人也利用自己的知识和智慧为晚熟的人提供支持和帮助。

这种合作模式逐渐取得了成效，早熟的人开启了漫长的学习和成长之旅，晚熟的人也不再是被歧视的对象。早熟的人热情拥抱了晚熟的人。

M 城还会继续定制早熟的人吗？或许不会，也可能会。